죽림한풍을 찾아서

이 병 순

장편소설

실천문학사

차례

병신유고

무슨 일이 있어도 동치 집에 가서 〈죽림한풍〉을 갖고 와야 한다. 내 비록 운신이 버거워 구들을 앉거니 눕거니 하지만 동치 집이 벌써 빚쟁이한테 잡혔고, 끝내 집을 비워 줘야 한다는 소식 정도는 듣고 산다. 동치 아들 명한이 제 아비 소장품을 팔아먹을 때부터 그 집 대들보는 들썩거렸다. 명한이 고물장이들을 불러 이사 설거지를 시킨다는 말을 듣고 정신이 번쩍 들었다. 고물장이들이 동치 집 헛간과 다락, 벽장마다 처박힌 고서나 종이 나부랭이들까지 싹 거둬간다는 판에 내 〈죽림한풍〉이 무사할지 걱정됐다.

내 나이 예순 셋, 동치는 일흔여덟 살. 둘 다 지금이라도 저승 문 안으로 들어간다 해도 아까울 것 없다. 동치는 몇 달 전부터 자식들도 제대로 알아보지 못하면서 나를 알아보는 것은 신통했다. 지금도 동치는 자식들만 보면 나를 데려오라고 소리를 지른다 한다. 생각해보니 나도 동치를 찾은 지 두어 달포는 좋이 된 것 같다. 동치보다 열다섯 살 적은 나도 동치 못지않게 들피져 시난고난 앓는 신세라 삽짝 밖이 천리 같다. 얼개 빠진 사립문처럼 삭신이 삐걱댄다.

나는 댓돌에 놓인 털메기 한 짝을 꿰신고 툇마루 아래에 머리를 처박고 바닥을 더듬어 나머지 한 짝을 끌어당겨 신었다. 쥐새끼란 놈이 짚신짝을 마루 밑에 물어다 놨을 테지. 울거미가 닳아 총으로 겨우 칭칭 얽어맨 짚신짝에 고린내만 풍길 뿐, 물어뜯을 것도 없을 텐데.

"막돌아, 막돌이 어디 있느냐!"

나는 중치막 끈을 조이면서 막돌을 불렀으나 아차 싶다. 막돌이 뒷산에 갔다는 것을 그새 잊었다. 막돌이 돌아올 때까지 기다리면 동치 집 가기는 글렀다. 막돌은 아침나절에 지게를 멘 채 새총을 만지작거리면서 삽짝을 나섰다. 이제 기력이 딸려 눈썹조차도 버겁다. 웬만하면 맞바리라도 해서 녀석의 새잡이를 그만두게 할 터인데. 내가 어쩌다가 열 살짜리 손자놈의 새잡이에 명줄을 이어가는 신세가 됐을꼬. 나는 막돌이가 새를 잡아 파는 바람에 입에 거미줄은 치지 않으니 녀석이 어둑발에 들어온다 해도 나무라지 못한다.

씨도둑은 못한다더니 막돌은 아들을 빼닮았다. 녀석을 보면서 내 아버지는 어떻게 생겼는지 궁금했으나 궁금해봤자다. 나는 부모가 누군지 모른 채 어느 푸줏간에서 자랐다. 거기서 도망 나와 팔도를 떠돌다 환쟁이가 되었다. 오다가다 만난 갖바치 딸과 두어 번 정분이 났지만 그이가 아이를 낳았다는 것은 훗날에 알았다. 어느 날 갖바치가 열세 살 된 아들을 데리고 나타났다. 갖바치는 제 딸이 몹쓸 병으로 죽었다고 했다. 갖바치는 딸 유언을 들어주기 위해 물어물어 아들을 데리고 나를 찾아왔다. 떠돌이인 내게 자식은 가당찮았다. 그때 마침 내가 아는 양반 집에 머슴을 구한다기에 아들을 거기 맡겼다. 아들은 거기서 얼마 못 있고 달아났다. 그렇게 달아난 아들이 스무 살 때 강보에 싼 아기를 안고 내 앞에 나타났다. 나는 닮을 게 없어 아무 데나 씨를 흘리는 나를 닮느냐고 나무랐으나 아들은 내 탄식이 끝나기도 전에 뒷걸음쳐 달아났다.

나는 핏덩이를 안고 여주에 아는 주모를 찾았다. 주모가 아이 하나 주워 키우고 싶다는 말을 입버릇삼아 했던 터였다. 손자 이름은 지어줘야겠다 싶어 고심 끝에 두 글자를 뽑아냈다. 막돌. 막 뒹굴지만 돌처럼 단단하게 살라는 뜻이다. 나는 여주를 지나는 길이 있으면 주막을 들렀다. 막돌이가 쑥쑥 자라고 있어 고맙고도 미안했다. 먹물을 찍은 듯 짙은 눈썹, 얇은 눈꺼풀에 눈꼬리가 긴 것까지 내 아들과 똑 같다. 막돌이가 할아버지, 할아버지 하고 따를 때마다 명치가 뜨끔했다. 공짜로 할아버지가 된 게 죄스럽다.

주모는 4년 전에 몹쓸 병으로 죽었다. 나는 주모를 양지바른 곳에 묻어주고 막돌을 내 초막으로 데려왔다. 하필 녀석은 내 몸이 망그러질 때 낙엽처럼 굴러왔다. 많은 사랑 중에 피붙이 사랑이 가장 마음을 엔다고 하더니, 그게 무슨 말인지 늘그막에 깨닫는다. 막돌이는 이제 겨우 열 살이다. 어린 막돌에게 병든 나는 예사 짐이 아니다. 어둑한 숲으로 기어가 짐승처럼 나무뿌리를 베고 가뭇없이 가야 하는데.

나는 국화 무더기를 걸터듬어 몇 송이를 따 사립문짝 고리에 매달았다. 문고리에 꽃이나 풀잎이 꽂혀 있으면 잠깐 볼일 보러 나갔다 온다는 뜻이고, 나뭇가지를 끼워두면 제법 긴 시간 있다가 오거나 밤을 새고 온다는 신호다. 막돌이가 만든 우리 둘만의 신호다.

"환쟁이래요, 환쟁이래요."

마을 길을 지나자 꼬맹이들이 내 뒤를 따라오면서 알랑거린다. 통 갓이나 패랭이를 쓰고 바랑을 짊어졌을 뿐, 아이 어른 할 것 없이 내가 환쟁이라는 것은 잘도 알아맞힌다. 환쟁이, 환쟁이. 그 이름은 장다리꽃처럼 낭창낭창한 기운을 머금었다. 양반가나 사대부 집 사랑을 차고 앉아 술상 밥상을 받으면서 붓질을 하자면 천하가 눈 밑이었다. 지필묵만 있으면 아흔아홉 칸 집에서 상다리가 휘어지도록 진상을 받고 앉은 정승도 눈 아래로 보였다. 장죽에 담배를 재어 올려 부싯돌을 지피면 '여봐라' 소리가 목구멍을 뚫고 나오는 것 같았다.

*

사람 인연이란 희한하다. 내가 처음이자 마지막으로 그린 풍죽이 동치 손에 들어갔다. 4년에 걸쳐 완성한 〈죽림한풍〉을 서슴없이 동치에게 주었다. 빈털터리인 동치한테 땡전 한 푼 받지 않고 〈죽림한풍〉〉을 줘버렸다, 아까운 줄 모르고.

나는 쉰여섯 살에 동치를 만났다. 그때 동치는 일흔한 살이었다. 일본이 억지로 조선 바다를 따고 들어온 지 15년째였다. 나는 그때 양주 황참의 집에서 머물다 그림을 그려주고 내 초막이 있는 용인으로 왔다. 양반사대부가들 기운도 푹 꺾여 예전만 하지 않아 우리 같은 환쟁이의 소일거리가 점점 줄 때였다. 그러던 차에 몸도 쑤셨다. 환쟁이 인생 반이 풍찬노숙에 등걸잠 신세였다. 내 나이보다 빨리 몸이 으스러진 까닭을 거기서 찾으면 맞겠다.

"호랑이 그려요! 까치 그려요!"

남의 집 대문을 두드리면 열에 여섯 집은 대문이 활짝 열렸다. 언제부턴가 대문은 좀체 열리지 않았다. 부잣집이나 양반가 사랑을 차고앉아 향긋한 술과 푸짐한 밥상을 윗목에 두고, 마시느니 먹느니 하면서 장침에 다리를 걸치고 한숨 늘어지게 잤다가 번뜩 드는 정신으로 화선지에 붓을 꾹꾹 찍던 것도 다 옛말이다.

엎어진 김에 쉬어가자꾸나. 평생 다른 사람 부귀공명이나 입신출세를 기원하는 그림만 그렸지, 정작 내가 그리고 싶은 것을 그리지 못했다는 데 생각이 미치면 자다가도 화들짝 놀랐다. 그런데 사대부가에 걸린 그림들은 어찌 그리 비슷한지 신통하다. 비쩍 마른 계곡에 이쑤시개 같은 나무줄기만 그려 놓은 데다 그림 크기는 좀팽이 낯짝만 했다. 화폭에 담긴 것도 매화, 난초, 국화, 대나무라니! 그나마 내가 눈여겨본 것은 대나무, 그중에서 풍죽이었다. 풍죽 역시 크기가 좀팽이 낯짝만했다.

나는 풍죽을 그릴 작정으로 묵과 화선지를 듬뿍 준비해 초막을 차고앉았다. 벽을 가릴 커다란 풍죽을 그리리라고 말이다. 크고 넓은 화선지에 바람과 댓가지를 쓸어 담아 그려 넣고 싶었다. 매일 연습을 했지만 댓가지를 휘어 꺾는 게 쉽지 않았다.

"그대 소문은 일찍부터 듣고 있었네. 잉어 비늘 하나도 붓질이 꼼꼼하고 고양이 발톱 하나도 온 정성을 쏟는다는 걸 송 참판 댁에 걸린 걸 보고 알았네. 웬만한 집에는 자네 그림이 붙어 있던데 왜 우리 집에는 한 번 안 오나 했네."

동치를 정식으로 만난 때였다. 그는 일흔이 넘었지만 조쌀해 보였고 목청도 우렁찼다. 살이 빠져 목이 쭈글쭈글했고 얼굴에 검버섯도 거뭇했지만 한때는 헌걸찼을 풍채 같았다.

"자네를 기다리다 지쳐 아들놈을 몇 번이나 보냈는데도 소용없었네. 팔도가 그대 안방이라더니, 용인에서 그대 얼굴 보기는 힘들구만."

아들놈을 보냈다고? 언제? 나도 오래전부터 동치 집 대문을 두드렸다. 서화 골동품 수집에 미쳐있는 동치라면 뛰어난 화공들 그림이 넘쳐날 테니까 거기에 그림을 더 보태고 싶지 않겠지 생각하면 그뿐이었다. 그래도 퇴자 맞은 것은 피새가 났다. 올랐다. 한참 나중에 안 사실이지만 나를 마다한 사람은 동치가 아니라 아들 명한이었다. 명한이 동치가 서화 골동품에 빠져있는 것을 몹시 싫어했다는 것과, 나뿐만 아니라 환쟁이들이 대문을 두드리면 절대 집에 들이지 않았으며, 환쟁이가 가고 나면 대문 앞에 소금을 뿌리게 했다는 것을 훗날에 알았다.

"이것 봐, 한호[1]편액이야. 이건 혜원[2] 그림이고, 이건 현재[3] 그림이야."

동치가 다락문을 열어 꺼내 보인 것은 한호 글씨와 혜원이 그린 버들 풍경과 현재의 산수화였다. 부자는 망해도 3년은 간다더니, 명한이 동치 소장품을 그렇게나 팔아먹었다는데 서화 몇 점이 남아 있었다. 그러나 그들 그림 또한 내 반 마음

---

1 한석봉
2 신윤복
3 심사정

에도 차지 않았다. 왜 너른 논바닥만한 종이에 그림을 못 그리나 말이지.

"이걸 구했을 때 며칠 동안 잠 못 들었지."

동치는 개골창에 물거품이 일고 그 옆에 소나무 몇 그루가 휘어 굽은 그림을 손바닥으로 쓰윽 휩쓸면서 말했다. 늙은이 손바닥 서너 배가량밖에 안 되는 좁은 그림에 나는 그저 시큰둥했다.

"나리, 어떤 그림을 그릴 갑죠? 맨드라미와 호박이 뒤엉킨 그림 두어 점, 이빨이 송두리째 빠져버린 호랑이 몇 마리 그릴 갑죠?"

나는 그렇게 물었지만 동치가 주문할 그림은 들으나 마나겠지. 액운을 막을 부적을 그려 달라 하겠지. 동치에게 필요한 것은 해말쑥한 산과 물이 아니라 형형색색 덧칠된 벽사용(辟邪用)[4] 그림일 테니까. 이미 집안이 기울 대로 기운 마당에 액막이 그림 따위를 그려봤자 무슨 소용이겠느냐마는.

"이 버들개지는 내 마음을 간질이듯 살살거리고."

동치는 강가 버들잎이 바람에 휘날리는 그림을 펼쳤다. 버들개지타령 그만 하시고 그림이나 주문하시라. 그가 서화 골동품에 빠져 학문도 하지 않고 팔도를 다니며 골동품을 사들였다는 것은 동네방네 똥개도 안다. 급기야 끼니 잇기도 어려

---

4 잡귀를 물리치기 위한 그림

워 명한이 동치 소장품을 다 팔아먹었다는 것은 온 산천이 다 안다. 용인 최고 갑부인 동치 집안이 끼니 걱정을 하다니, 세상 참 모를 일이다.

동치(董痴). 골동에 미친 바보라는 뜻이라는데 누가 지었는지 별호 한 번 잘 지었다. 모두들 동치, 동치 해대니 김윤묵이라는 제 이름은 개가 물어갔는지 없다. 동치가 한성 계동 양반이 지니고 있던 풍죽(風竹)을 얻어내기 위해 다섯 번이나 그 집을 찾아갔다는 이야기는 유명하다. 동치는 풍죽을 손에 넣고 계동 양반한테 천 냥을 주었지만 그 양반은 거절했다고 한다. 계동 양반 또한 여느 양반들처럼 대대손손 전해지는 보물을 돈과 바꾸는 것을 가문의 수치라 여겼단다. 참 희한한 양반들 아닌가! 나 같으면 그깟 풍죽 한 점 갖겠다고 그 먼 길을 나서지도 않을 테고, 또 풍죽 한 점에 천 냥을 준다면 냉큼 받겠다.

"이보게 병신, 풍죽 한 점만 그려 주게."

병신(丙申)은 내 이름이다. 이름과 별호를 따로 만들어 살게 뭐 있나. 나는 이름만으로 족하다. 내 부모가 나를 푸줏간에 버리다시피 두고 떠난 것은 유감이지만 강가(姜家) 성(姓)에 병신년에 태어났다고 하여 이름을 '병신'이라고 지었다는 사실을 알려준 것은 다행이다. 그 한 마디가 없었다면 내가 1836년에 태어난 것조차 모를 뻔했지.

"내게는 우죽, 설죽, 풍죽이 몇 점씩이나 있었지만 어쩌다보니 그 모든 것은 내 곁을 떠나고 없네. 이 벽을 둘러친 백납병풍도 없어지고 다락에 첩첩이 쌓였던 시문집과 그림 뭉치도 없어졌네. 저 벽이 비었으니 집안이 텅 빈 것 같아 너무 허전하이. 많이도 말고 딱 저 벽을 메울 풍죽 한 점만 그려주게."

내가 묵화 연습을 하고 있다는 것을 동치가 어떻게 알았을까? 내 초막 대나무 울바자에 앉았다 떴다 하는 참새가 외워 바쳤나? 또 하필 대나무라니! 내가 풍죽을 그리려고 나명들명[5] 대숲을 살피는 것을 동치가 다 보고 있었단 말인가?

"묵화하면 대나무, 대나무 하면 풍죽이지. 바람 소리 피릭피릭 들리는 풍죽 한 점만 있으면 아무 것도 필요 없다네. 댓잎 스치는 바람 소리라도 들어야 내 마음의 욕창이 가라앉을 것 같네."

바람 소리 피릭피릭? 그러면 그렇지. 동치가 내 마음을 읽었을 리 없지. 그저 붓만 들었다하면 모두들 대나무 가닥부터 그어대곤 하니까 나도 대통 가닥이나 꺾겠거니 지레짐작했겠지.

내가 풍죽을 염두에 둔 까닭은 댓잎과 대통보다 그 사이를 밀고 가는 바람 때문이다. 댓자락을 훑는 바람 소리만큼 만감에 빠져들게 하는 것은 없다. 대숲에 사각대는 바람 소리를

---

5 나고 들면서

듣자면 다시 태어나도 서러운 팔자로 나고 싶은 마음이 든다. 대 바람을 듣고 있으면 삽상한 서러움과 건들대는 외로움이 삭신에 밴 내 인생이 차라리 그림 같아서 위안이 된다. 그렇고 말고, 그림이 인생이지.

동치 그림 주문을 받은 그날로 나는 대숲을 더 살뜰하게 맴돌았다. 안적사 비탈에 무너질 듯 사선으로 뻗은 대숲을 종일 바라보고 왔다. 사락사락. 바삭바삭. 시비적시비적. 홀싹홀싹. 파그작파그작. 노작노작. 휘리릭휘리릭. 쏴쏴쏴. 화락화락. 대바람소리는 갖추갖추였다.

몇 달을 대 바람 소리에 귀 기울였다. 화선지를 펼치면 귀에서 대 바람이 한 줄기씩 굴러 나왔다. 바람 소리는 때때마다 달랐고, 댓잎 모양도 때때마다 달랐다. 맹맹한 콧물을 자아내는 바람, 통갓을 훌렁 벗기는 바람, 중치막 끈 자락이 얼굴을 간질이는 바람, 바지랑대를 휘영청 기울어뜨리는 바람, 툇마루에 늘어놓은 감꼭지를 휩쓰는 바람, 뿌지직하고 소나무 가지를 빼개는 바람 등, 갖가지 바람에 따라 댓잎 모양도 달랐다. 앵돌아진 댓잎, 위로 뻗대는 댓잎, 몇 갈래로 찢어진 댓잎, 송곳처럼 날선 댓잎, 성황당 깃발 같은 댓잎, 가지째 뭉친 댓잎, 아래로 처뜨리는 댓잎 등, 댓잎과 대통은 가지가지였다.

하루에 한 잎씩 그렸다. 어쩔 때는 하루에 반 잎도 못 그렸고, 어떤 때는 며칠 공 칠 때도 있었다. 앓다가, 누웠다가, 마실 나갔다가, 들거니 나거니 하면서 쉬엄쉬엄 그리다 보니 4년 만에 완성했다. 수십 장 그렸지만 내 마음에 드는 풍죽을 건지는데 4년 걸렸다. 아궁이가 미어지도록 파지가 쌓였고 몽당붓도 여러 자루였다. 동치는 나만 볼 때면 지필묵 값을 한 푼 쥐어 주지 못해 송구하다는 말을 했다. 그때만 해도 나는 며칠에 한 번 맞바리 노릇을 했기에 지필묵 정도는 구할 수 있었다.

"이게 그림인가, 대발인가!"

동치는 내가 방바닥에 쫙 펼친 풍죽을 보면서 입을 다물지 못했다.

"손 떨려서 붓질을 못하겠다더니, 언제 이렇게 큰 그림을 그렸는가! 내 죽기 전에 자네 그림 한 점 얻지 못하나 했네."

동치는 양 손을 방바닥에 짚고 앉아 풍죽을 오래 보고 있었다. 나는 풍죽을 완성할 자신이 없어 동치한테 풍죽을 포기했다고 말한 터였다. 풍죽을 그리는 동안 수전증뿐 아니라 갈고리로 긁어대는 듯 심장도 아팠다. 염통까지 쑤셔대니 붓도 아픈 모양이다. 댓잎도 마음먹은 대로 나가지도 않았다.

내가 풍죽을 완성하는 4년 동안 동치와 나는 폭삭 늙었다. 껑더리되어 푸슬푸슬한 동치 앞에서 내 병 자랑을 할 수 없었다. 막판에는 먹을 가는 것도 힘에 부쳤다.

완성을 몇 달 앞둔 무렵에 막돌이가 내 곁에 왔다. 마치 막돌이는 먹을 갈아주기 위해 내게 온 것처럼 녀석은 쓱쓱싹싹 먹을 잘도 갈았다.

적막한 초막에 막돌이는 작은 생기였다. 가랑잎 구르는 소리밖에 들리지 않던 내 초막 앞뜰에 막돌이의 팽이 치는 소리가 찰찰 들렸다. 막돌이가 거들지 않았다면 풍죽은 조금 더 늦게 완성됐을 터였다.

"나리, 소인 깜냥은 여기까지입니다."

"자네 솜씨가 이렇게 궁굴지 몰랐네. 이 풍죽을 그리는데 왜 그리 많은 세월이 소요된 줄 알겠네."

나는 풍죽을 완성하기 전에 동치가 죽을까 염려했다. 동치가 죽은 뒤에 풍죽을 완성한다면 그이 무덤 앞에라도 그림을 펼쳐줄 요량이었다.

"죽림 한풍! 바람이 이 종이를 뚫을 것 같으이, 이거야말로 죽림한풍 아니겠는가?"

동치는 '丙申'이라고 쓰인 내 이름 바로 위에 '竹林寒風'이라고 썼다. 사람들은 떠돌이 환쟁이 주제에 그림에 이름을 넣는다고 비웃지만 나는 내 그림 밑에 꼬박꼬박 '丙申'을 써 넣었다.

"병신, 정말 고마우이 내 평생 이 은혜 잊지 않겠네. 시절이 좋을 때 같았으면 병신에게 몇백 냥 쥐어 주련만. 무엇으로 보답해야 할지."

동치는 두 손을 방바닥에 짚고 〈죽림한풍〉을 내려다보았다.

나는 동치가 왜 풍죽을 원했는지 짐작으로 안다.

"내 이 그림을 오래오래 간직하겠네. 자손 대대로 물려주어 잘 간직하라 전할 것이야. 병신, 정말 고마우이."

동치는 〈죽림한풍〉에 눈을 떼지 않고 오래 보았다. 동치는 제 아버지에 대한 죄책감에 풍죽을 원했다. 동치 집안은 대대로 벼슬아치를 배출했건만 동치부터 그 맥이 끊겼다. 동치 조부는 정승까지 올랐다. 동치 부친은 정적(政敵) 모함으로 유배가 있었고, 동치는 그때부터 골동품에 더 빠졌다. 유배지에서 보낸 아버지 편지에는 학문에 매진해 가문을 일으켜야 한다는 당부로 빼곡했다지만 동치는 일찌감치 학문에 뜻을 접은 터였다.

동치 아버지는 기나긴 유배 생활을 풍죽을 그리면서 견뎠다. 매일 댓잎 하나씩 그리면서 조정의 부름을 기다렸지만 조정에서는 감감무소식이었다. 아버지는 유배지 뒷산에 올라가 나무에 목을 맸다. 억울함을 하소연할 길은 자결뿐이라는 듯! 집으로 돌아온 아버지 유품 속에 풍죽이 있었다. 커다란 화선지 위에 무수히 많은 댓잎이 그려진 풍죽이었다. 동치 눈에 댓잎이 핏자국 같았다. 아버지가 유배 생활하는 동안 그는 한량들과 어울려 서화 골동 완상(玩賞)에 빠졌다. 동치는 죄책감에 아버지가 그린 풍죽을 볼 자신이 없어 불에 태웠다. 시간이 흐를수록 아버지 풍죽을 태운 게 후회됐다.

*

“요즘은 자네 그림뿐만이 아니고 뭐든 안 팔려. 그림을 사겠다는 사람보다 팔겠다는 사람이 더 많아.”

곰보는 그림 뭉치를 들춰 얼마 전에 내가 맡긴 나비 떼 그림 넉 점을 펼쳐 보였다. 나비 떼는 내가 초막에 틀어박히기 시작하면서 그린 것들이다. 백반과 꽃물을 섞어 물감을 만들어놓기를 며칠, 몸이 쑤시면 며칠 누웠기를 며칠, 그렇게 쉬엄쉬엄 그린 게 어느덧 넉 점이나 됐다. 나비 떼는 표구를 잘해서 내 방에 줄줄이 걸어놓으려고 했다. 정말이지 팔고 싶지 않았다. 나 하나라면 지금이라도 곡기 끊고 죽을 준비하겠다만 막돌이를 굶길 수는 없다. 나비 떼 넉 점을 팔면 쌀 한 가마는 될까?

“입질은 오지만 너무 싸게 먹으려 해서 흥정도 안 했어.”

곰보 양쪽 볼이 오물거렸다. 곰보 이름은 ‘최두갑’이지만 얼금뱅이 때문인지 사람들은 그를 ‘곰보’라 불렀다. 곰보는 나보다 세 살 많다. 그러나 나는 처음부터 곰보한테 내 나이를 세 살 올려서 말했기 때문에 우리는 동갑인 것이다. 겨우 세 살 많은 이한테 연장자 대우하기 싫다. 곰보는 능갈치는 재주가 있어 돈푼이나 제법 꿍쳤겠으나 사람이 꼼발라서 재미없다. 그는 학자나 선비들, 환쟁이들을 많이 상대해 식견이 있어 보이지만, 식견이라곤 게꽁지만 한 나와 별반 달라 보이지도 않는다. 그런데도 지전이 점점 커지는 것은 제 아들 달구 덕이다.

달구는 어릴 때부터 아비 곰보를 거들면서 지전 돌아가는 행색을 익혔을 거다. 달구는 몰락 양반들 집을 돌면서 세전가보나 서화 골동품 거둬온다. 양반들은 서화 골동품을 팔아먹는다는 것을 누가 알세라 쉬쉬하며 내놓는다. 달구 같은 고물장이나 지전(紙廛) 주인들은 그런 집만 골라서 몇 짐 실어온다. 그래서인지 요새 곰보 지전은 잡화점 같다. 서화뿐 아니라 장신구, 사금파리나 놋 제품 등, 고물이라면 없는 게 없다.

"동치 집에서 갖고 온 도자기나 그림은 다 팔렸나?"

나는 지전 선반에 뭉쳐있는 종이 뭉치를 쓰르륵 훑으며 물었다. 종이뭉치 중에 내 그림이 있는지 살핀 것이다.

"요즘 자네 아들이 동치 집 이사 설거지를 하기 바쁘다면서?"

나는 달구가 〈죽림한풍〉을 걷어왔는지 궁금해서 변죽을 쳤다. 달구는 동치 집 이사 설거지를 하면서 지게 발채가 벌어지도록 몇 지게씩 실어왔을 거다.

"말 그대로 설거지였네. 쓰레기 몇 지게 실어오고 돈푼깨나 나갔어. 전에 명한이 우리한테 팔았던 물건들도 생각보다 실속 없었네. 동치 나리 물건이라 제법 기대했는데 별로였네."

또 앓는 소리다. 용인 고물장이들 중에 동치 소장품을 사서 되팔아 돈 안 번 사람 없다는데 곰보만 늘 죽는 상을 짓는다.

곰보가 동치 소장품을 제일 많이 거둬왔다는 소문은 여주 양평까지 쩌렁쩌렁 들렸는데 그는 헛소리 한다. 그렇게 거둔 물건을 용인, 한성, 개성, 평양 호사가들한테 팔려갔다는데 곰보는 그딴 말은 쏙 뺐다. 달구가 동치 사랑에 있던 열두 폭 백납 병풍을 쌀 몇 됫박에 바꿔왔으며, 그것을 송참판 집에 몇 백 냥을 받고 팔았다는 소문까지 나는 다 듣고 있었다.

"현재의 초충도도 가짜였어. 모사화를 산 것 같아. 그걸 손에 넣겠다고 한성 어느 집을 그렇게 쫓아다니셨다니, 참."

동치 골동품 수집 이야기는 이제 심심풀이 땅콩도 못 된다. 들으나 마나한 이야기로 시간을 버리고 싶지 않다. 가을날 해는 짧다.

"이보게, 나비 떼 그림 값으로 미리 약간 주면 안 되겠나."

곰보는 대답도 없이 지전 앞에 지게를 세우는 달구 앞으로 다가갔다. 언제 왔는지 달구가 문 앞에서 지게를 세워 받치고 있었다. 또 어디에서 고물을 실어온 모양이다. 달구란 놈은 서른이 넘어도 달라진 게 없다. 목에 철심을 박았는지 인사할 줄도 모른다.

"나리께 안부나 좀 전해주게."

바랑을 짊어지고 지전을 나서는 내게 곰보가 말했다. 나는 달구가 지게에서 내려놓는 서화 뭉치를 보고 싶었지만 그냥 나왔다. 지게 속에 내 〈죽림한풍〉이 있을까봐 겁났다. 〈죽림한풍〉이 곰보 부자 손에 들어가 버리면 돈 없으면 빼 내오기 힘들다. 곰보 부자는 거지발싸개라도 공짜로 안 준다. 〈죽림한풍〉이 아니더라도 내 그림이 지게 안에 있을까 봐 겁났다. 실려 온 내 그림에 밥풀떼기가 말라붙어있고 간장 얼룩 등이 묻은 꼴은 더욱 봐내기 힘들다. 양반들은 집안이 기울면 중방 기둥에 붙은 그림이나 주련부터 뗀다. 내 그림은 주로 중방 기둥이나 헛간 문짝 등에 많이 붙어 있었다.

*

"오셨습니까, 화공 어르신."

종하가 중대문을 건너와 두 손을 앞으로 모아 고개를 숙였다. 아이의 검은 눈동자는 하얀 피부와 대비되어 더욱 까맸다. 종하는 이번에도 여느 때처럼 돌멩이를 들고 있었다. 녀석은 여태껏 뒤뜰 마당에 쪼그려 앉아 돌멩이로 그림을 그리고 있었을 게다. 제 아비 명한이가 봤다면 한 소리 버럭 질렀을 거다. 이놈! 또 그림을 그렸느냐? 너도 환쟁이가 되어 떠돌려고 그러느냐? 한 번만 더 그림을 그리면 내쫓을 테다 알겠느냐? 나는 종하가 그린 게 궁금해 변소 가는 길에 사랑 아궁이 쪽으로 가 봤다. 명한이 종하 손에서 빼앗은 그림을 아궁이 쪽으로 갖고 가는 걸 봐두었던 터다. 불쏘시개 틈에 꾸

깃꾸깃 접은 종이가 있어 주워 펼쳤다. 연못가 풍경이나 사당 계단 등이 그려져 있었다. 통 갓이나 패랭이에 낡은 중치막을 펄럭이며 바랑을 맨 사내를 그린 것도 있었다. 암만 봐도 사내는 나인 것 같았다. 감꼭지에 홈을 내고 소쿠리 얼개가 세세하게 그려진 것도 있었고, 꽃 무더기 그림도 있었다. 예사 재간은 아니었다.

"너는 그렇게 불러도 대답 않더니 어디 있다가 이렇게 냉큼 나타나느냐?"

안 씨 목소리는 뼈마디에 찬바람 드는 것처럼 쌀쌀맞았다.

"작은사랑 앞에 뭉쳐놓은 종이들을 아궁이에 갖다 놓거라."

"예, 어머니."

종하는 아홉 살밖에 안 됐지만 말이나 행동거지는 열댓 살깨나 먹은 것처럼 의젓하다. 눈칫밥 먹은 탓이리라. 명한이 데리고 온 자식이라 그런지 종하는 어딘지 동치 집과 메떨어진 구석이 없어 보인다. 종하는 잠시 나뭇가지에 앉았다가 곧 날아갈 새 같았다. 명한은 안 씨와 혼례를 치른 뒤에도 오랫동안 기생집을 전전했다. 종하는 기생인 제 어미 품에서 자라다가 어미한테 다른 남자가 생기자 3 년 전에 본가로 왔다. 명한은 고물에 빠져 재산을 탕진한 동치를 원망한다지만 저 또한 재산탕진에 한 몫 했다는 것을 잊은 것 같다. 애비는 고물에 빠지고 아들은 계집에 빠졌으니 천석 만석 살림인들 배겨 나겠느냐고, 동치 집안 이야기만 나오면 사람들이 수군대면서 하는 말이다. 계집에 빠진 명한에게는 종하라도 남았지만, 고물에 빠진 동치에게 남은 것은 아무것도 없다는 소리들은 한동안 사내들 안줏거리였다.

"오셨습니까, 화공 어르신."

명한이 어슬렁거리며 나타났다. 핥아 놓은 죽사발같이 희멀겠던 낯짝도 요새는 데쳐놓은 무청처럼 후줄근하다. 땡전 한 푼 쥔 게 없으니 예전처럼 발롱거리지도 못하나보다.

"서방님도 잘 지내셨지요?"

내 인사말이 끝나기도 전에 명한은 작은사랑 쪽으로 갔다. 찐 맛없는 거는 그대로군. 제 아비 반 만 닮아도 곰살궂다는 말은 들을 터인데.

"이거 받으시지요, 변변치 않습니다만."

나는 바랑 속에 든 것을 꺼내 안 씨에게 주었다. 옹기전 영감한테 들러 몇 푼 꾸어 매조미쌀 두어 됫박 샀다. 나비 떼 그림만 팔렸다면 멥쌀 몇 되는 짊어졌을 거다.

저만치 일각문 너머 안채 연못 언저리에 명한의 딸이 서성거렸다. 딸은 종하보다 아홉 살 많다고 했으니 열여덟 살쯤 됐을 거다. 혼담이 오갈 나이인데 매파가 동치 집에 얼씬도 않는다는 것이다. 일각 대문 앞에 쌓인 낙엽이 후르르 날아갔다.

나는 큰사랑에 들러 동치를 먼저 보고 작은사랑 아궁이깨로 가려고 했으나 급한 마음에 아궁이 쪽으로 먼저 발길을 돌렸다. 내 그럴 줄 알았지! 한 발만 늦었다면 〈죽림한풍〉은 재가 될 뻔 했다니까!

"이것도 싹 태우거라, 알았느냐?"

내가 아궁이 가까이 다가가자 명한은 종하 손에서 〈죽림한풍〉을 빼앗아 아궁이 옆 지저깨비 위에 던졌다.

"서방님, 이걸 태운다고요? 태우려면 소인이 갖고 가겠습니다. 이리 주십시오."

나는 얼른 아궁이 앞으로 갔다.

"그러시오, 그럼."

나는 〈죽림한풍〉을 얼른 챙겨 조심조심 말았다.

"너는 하던 일을 마저 하거라."

명한이 손을 털고 그 자리를 떴다. 나는 그길로 큰사랑으로 가서 벽부터 보았다. 〈죽림한풍〉이 붙어있던 자리는 허허벌판 같았다.

"이게 누군가? 병신 아닌가? 콜록콜록."

동치는 용케 나를 알아보았다. 그는 장침을 머리맡에 두고 보료에 누워 있다. 나는 동치 머리를 들어 올려 베개를 받쳐주려고 했으나 동치가 뻗대는 통에 놔두었다. 동치 얼굴은 삭은 버섯처럼 거뭇거뭇했다. 상투 머리는 이미 다 풀어헤쳐져 마른 옥수수 털처럼 부스스했다. 얼굴은 더 앙상했다. 보료

윗목에는 객혈을 받아낸 광목 자락이 있었다.

“저 대 바람부터 좀 쐬게, 콜록콜록.”

횅댕그렁한 사랑에 동치 기침 소리가 크게 울렸다.

“저 죽림한풍 말이야, 어서 절을 올리게 으음…, 콜록콜록.”

동치 눈에는 여전히 〈죽림한풍〉이라는 백태가 그대로 끼인 모양이다.

“나리, 소인이 잠시 이 죽림한풍을 보관하고 있겠습니다.”

나는 〈죽림한풍〉이 든 바랑을 동치 앞에 들어 보였다. 동치는 〈죽림한풍〉을 잘 보관했다가 후대까지 영원히 남기고 싶다는 말을 자주 했다.

“화공 어르신, 물 한 잔 드십시오.”

그때 종하가 물 사발을 쟁반에 받쳐 들고 사랑에 들었다. 나는 목이 말랐지만 물사발에 입 적실 겨를이 없었다.

“나리, 소인이 죽림한풍을 잘 보관했다가 때가 되면 다시 나리 방에 걸어 드리겠습니다.”

명한이 〈죽림한풍〉을 태우려고 해서 내가 챙겨간다는 말은 할 필요 없다. 동치는 제 자식들이 이사준비를 한다는 것도, 이사 설거지를 한다는 핑계로 달구와 같은 고물장이들을 끌어들여 집 여기저기 붙은 종이 나부랭이와 묵은 살림 도구 등을 다 없앤다는 걸 모르를 터였다.

“나리, 어서 쾌차하셔서 죽림한풍을 꼭 다시 보셔야지요.”

나는 동치 귀 가까이 대고 말했다. 색색거리는 동치 숨소리만 크게 들렸다.

"어서 빨리 쾌차하십시오. 죽림한풍을 꼭 나리 방에 다시 걸어드리겠습니다."

동치는 힘겹게 눈을 끔뻑거리면서 벽을 향해 돌아누웠다.

"나리!"

나는 동치 어깨를 살짝 흔들었다.

"나리!"

나는 다시 동치 어깨를 흔들었지만 그는 기별이 없다. 그 흔한 기침이라도 좀 해 보시라. 다시 한 번 말해 보시라! 〈죽림한풍〉한테 절을 하라는 말도 좋고, 대 바람을 쏘이라는 말도 좋으니 입을 좀 여시라, 왜 입을 옹다무시는가. 비단 소매에 견마 잡히고 말위에 앉아 천하 유람하면서 서화 골동품을 취하러 다니던 이야기라도 좋으니 무슨 말이라도 해 보시라!

*

〈죽림한풍〉은 처음이자 마지막으로 내가 그린 풍죽이다. 나는 〈죽림한풍〉을 그린 뒤로 붓을 잡지 못했다. 내 신명은 〈죽림한풍〉을 끝으로 바닥났다. 남기고 싶은 이야기는 많은데 나는 자꾸 동치 이야기에서 머뭇대고 있다. 어지럽고 손이 떨린다.

"막돌아!"

뱃가죽에 힘을 주어 불러 본 이름, 막돌이. 막돌이는 툇마루에 앉아 새총을 다듬고 있다는 걸 알면서 괜히 목청을 가다듬었다. 그래도 다시 불러보고 싶구나.

"종하야!"

아니지. 막돌이를 부른다면서 종하라니! 요 며칠 종하가 내 머리에 감돈 탓이리라.

"그 그림은 조부가 오랫동안 간직하라고 저한테 말씀하셨습니다. 화공 어르신, 제발 그 그림을 두고 가십시오."

그날 내가 동치 사랑에서 나올 때 종하가 나를 따라 나오면서 했던 말이다.

"화공 어르신, 그 그림은 할아버지께서 저한테 주신 겁니다. 제발 그 그림을 두고 가십시오."

동치가 종하한테 〈죽림한풍〉을 주었다는 게 무슨 말인지 모르겠다마는 귓등으로 들리지는 않았다. 〈죽림한풍〉이 종하 것이라 해도 뭐가 달라지나. 아홉 살짜리 아이가 어떻게 〈죽림한풍〉을 간직할 텐가. 설령 그날 〈죽림한풍〉이 불길에 휩싸이지 않았더라도 내가 거두지 않았으면 〈죽림한풍〉은 그 집 이삿날 요강단지 받침대 정도로 쓰이다가 아무 데나 버려지겠지.

"이 그림은 할아버지께서 저한테 주신 겁니다. 그러니 제가 간직하겠습니다. 화공 어르신, 제가 잘 간직하겠으니 제발 두고 가십시오."

훌쩍이는 종하 목소리가 귀에 쟁쟁거린다. 내 중치막 자락을 잡은 종하 손을 떼놓는 것이야말로 천형이었다. 〈죽림한풍〉이 부신 요강 닦이나 불쏘시개로 쓰이지 않게 하려면 독한 인간이 되어야 했다. 나는 당산나무까지 따라온 종하를 뿌리치고 돌아섰다. 모롱이를 돌고 비탈진 무밭까지 종하 우는 소리가 들렸지만 총총 걸었다.

언제 좋은 시절이 다시 온다면 〈죽림한풍〉을 동치한테 꼭 줄 것이다. 어차피 〈죽림한풍〉은 동치 것이다. 종하 것이라 해도 마찬가지다. 내가 잠시 보관했다가 때가 되면 그 집에 되돌려 줄 것이다. 동치 식구가 한성으로 가든 평양으로 가든 나는 동치를 다시 만날 것이다. 팔도가 좁다 하고 휘젓고 다닌 내가 아니던가!

후손들

언제 좋은 시절이 다시 온다면 〈죽림한풍〉을 동치한테 꼭 줄 것이다. 어차피 〈죽림한풍〉은 동치 것이다. 종하 것이라 해도 마찬가지다. 내가 잠시 보관했다가 때가 되면 그 집에 되돌려 줄 것이다. 동치 식구가 한성으로 가든 평양으로 가든 나는 동치를 다시 만날 것이다. 팔도가 좁다 하고 휘젓고 다닌 내가 아니던가!

종하는 『병신유고』 마지막 부분을 읽고 덮었다. 『병신유고』의 나달거리는 종이는 병신 중치막 자락 같다. 갈피에서 장작불에 달궈진 구들 냄새, 비에 젖은 낙엽 냄새, 마른 갈대 줄기 냄새, 삭은 먼지 냄새들이 풍긴다. 종하는 몇 년 동안 『병신유고』를 수없이 읽었기 때문에 토하나 빠뜨리지 않고 다 외운다. 『丙申遺稿』라는 제목 글씨는 크고 넓적해 병신이 웃는 입 모양 같다. 글씨는 메주콩처럼 둥글넓적하다. 글씨체는 자글

자글한 병신 목소리 같다. 암갈색 표지는 너덜너덜했지만 속지는 겉장보다는 덜 낡았다. 유고 테두리는 붉은 노끈으로 고를 내어 구멍에 넣어 단단히 묶여 있다.

종하는 정오 사이렌이 울리자『병신유고』가 든 가방을 들고 집 밖으로 나왔다. 최달구와의 약속 시간은 1시다. 최달구 가게 '용인당'은 본정통[6]에 있어 종로에서 전차를 갈아타고 황금정[7]에서 내려야 했다. 그러나 종하는 종로에서 내려 갈아타지 않고 본정통까지 걸었다. 약속시간까지 2, 30분가량 여유가 있었다. 백화점, 제과점, 양복점, 카페 등이 즐비한 상가길목 사이에 마른버짐처럼 골동 가게들이 듬성듬성 끼어 있었다. '龍仁堂'이란 간판이 가게 처마 밑에 삐뚜름하게 보일 때 종하는 옆구리에 꼈던 가방을 손에 들었다. 용인당에 들어서자 최달구가 들고 있던 당초 사발을 내려놓고 벌떡 일어났다.

"한 시에 오라 했다고 딱 한 시에 맞춰 왔구만."

최달구가 벽시계를 힐끗거리며 말했다.

"어서 오시오."

강석초가 보던 신문을 놓고 손을 내밀었다.

"둘이 초면은 아닐 테니 소개할 것까지 없겠고."

악수를 마친 두 사람이 엉거주춤 서 있자 최달구가 둘을 갈

---

6 충무로

7 을지로

마보았다.

"나는 경성미술구락부에서 강 사장을 몇 번 봤으니 구면이지요. 또 경성 골동계에서 강 사장을 모르는 사람도 없잖소?"

종하는 『병신 유고』 속 '막돌'이라는 사람을 만나고 있다는 게 실감나지 않았다. '막돌'이라는 이름을 언제 '석초'로 바꾸었는지 궁금했지만 물어볼 것까지 없다고 생각했다. 강석초 말고도 주변에 이름 바꾼 이들이 더러 있었다.

"나도 경성미술구락부에서 김종하 씨를 보았소만 이렇게 정식 대면하기는 처음이오. 암튼 반갑소."

"이보게들, 여기 뭐 육조 관청인 줄 아나? 뭐 예예 하고들 있어? 두 사람이 늦게 이래 만나서 그렇지, 일찌감치 만났다면 고추 친구야. 자네들 나이도 비슷할 걸? 종하는 올해 몇이지?"

"1890년, 경인년 생으로 올해 마흔셋이오."

종하는 강석초를 보면서 말했다.

"나는 1889년 기축년 생, 마흔넷이오."

"내 큰딸이 마흔셋이니 자네들 다 내 아들 빨이야. 사십 대라, 좋을 때구만. 나는 언제 예순여섯 살을 먹었는지 모르겠어. 용인 바닥 코흘리개들이 이래 장성해서 골동품이 어쩌네 저쩌네 하고 있으니, 참."

최달구는 새끼손가락에 묻은 귀지를 훅 불었다.

"어서 줘 봐."

최달구는 종하가 가방에서 『병신유고』를 꺼내는 것을 보며 손을 내밀었다.

"자, 함 보라고. 이게 어제 내가 말한 막돌이 자네 조부 유고야."

최달구는 종하한테 건네받은 『병신유고』를 건성건성 넘겨 보고 강석초한테 주었다.

"어제 막돌이한테 조부 유품이 들어왔다고 하니 얼른 나오겠다잖아."

최달구는 진열대 쪽으로 가는 종하를 보면서 말했다. 종하는 그저께 저녁에 『병신유고』를 들고 최달구를 찾아갔다. 『병신유고』를 팔겠으니 강석초를 불러달라고 했다. 그가 직접 강석초와 거래해도 되지만 최달구를 거간꾼으로 넣었다. 귀한 『병신유고』를 장물(贓物)처리 하듯 강석초와 둘이서만 거래하기 싫었다. 최달구는 경성미술구락부 회원으로 경매 대리도 하고 소장자들 거간꾼 노릇도 틈틈이 하기에 그를 거간으로 삼아도 손색없을 것 같았다. 더군다나 『병신유고』는 최달구 집에서 나온 물건이다.

종하 예상대로 최달구 행동은 빨랐다. 종하는 어제 밤늦게까지 일본 소장자 몇 명과 혼마치[8]에 있는 술집에 있다가 늦

---

8 명동과 충무로 근처

게 귀가했다. 아내가 최달구한테 받은 전화내용을 전했다. 최달구가 오늘 낮 한 시쯤에 물건을 들고 용인당으로 나오라고 했다는 것이었다. 종하는 막상 『병신유고』를 팔려고 하니 허전했다. 벽장에서 『병신유고』를 꺼내 몇 번이나 읽었다.

"병신 영감이 이런 글을 남길 줄 누가 알았겠나?"

최달구는 『병신유고』를 읽고 있는 강석초에게 곁눈질을 했다. 강석초는 『병신유고』를 받자마자 의자에 앉아 읽기 시작해 몇 번이나 읽었다. 강석초 손은 돌멩이처럼 단단해 보였다. 손등 군데군데 흉터가 있고, 왼쪽 엄지손톱은 반쯤 깨졌고 머리카락 사이로 살짝 보이는 이마에는 흉터가 짙다. 각진 턱은 긴 인중과 입매를 받치고 있다.

종하는 강석초를 이렇게 가까이서 보기는 처음이다. 강석초는 경성미술구락부에서 일본 거물 골동 소장자들을 제치고 청자를 낙찰 받으면서 골동계 이목을 끌었다. 총독부로부터 은사금을 받은 친일파 후손이라는 것, 머슴 출신으로 금맥을 딴 노다지꾼이라는 것, 개화 엘리트 후손으로 관비 유학생 출신이라는 것, 도굴 청자를 팔아 부자가 됐다는 등, 그에 대한 소문은 분분했다. 언제부턴가 그가 일본에서 간장도매상을 운영했다는 소문이 돌았다. 간장 장사로 돈을 많이 벌어 땅을 샀고, 거기서 지은 집을 팔아 더 큰 부자가 됐다는 것으로 소문은 잦아들었다.

"그저께 본 그대론데 뭐 볼 것도 없어."

종하가 은제 담배 함지를 만지자 최달구가 말했다. 선반에는 상아 물부리, 연적, 타구, 부채, 빗치개 등이 놓여 있다. 값나가는 도자기는 안채 벽장에 진열되어 있을 터였다. 골동품은 처음 본 것도 오래 봐온 것 같고, 오래 본 것도 처음 보는 것 같다.

종하는 강석초가 『병신유고』를 읽는 동안 선반 물건을 구경하다가 자리에 앉았기를 반복했다. 또 가게 뒷문 헐거운 장석 나사도 조였고, 뒷마당에 뒹구는 나뭇잎도 쓸었다. 실내에 오래 있으니 숨이 막혔다. 잠깐잠깐 뒷마당에 나가 담배를 피우며 바람을 들이켜야만 뒷골이 덜 당겼다. 약도 사 먹고 진료도 받고 침도 맞았지만 부비동염은 좀체 낫지 않았다. 이런 환절기에는 더 도졌다. 그나마 바람만이 약이었다. 코를 킁킁거리다가도 찬바람만 쏘이면 숨통이 트였다.

"막돌이, 어지간히 봤으니 이제 끝내자고."

최달구는 『병신유고』를 붙들고 있는 강석초를 보면서 하품을 깨물었다. 강석초는 두어 시간 족히 『병신유고』를 읽었다. 그 사이 종하와 강석초는 가격흥정을 두 번 했지만 성사되지 않았다. 종하는 2천 원 이하로는 안 된다고 못 박았고, 강석초는 최소 2, 3백 원이라도 깎아달라고 했다. 종하는 『병신유고』 값으로 2천 원이 딱 알맞다고 판단했다. 세상에 하나뿐인 제 조부 유고가 놋수저 한 벌 값만 해서도 안 될 것이다. 그렇다고 명월관에서의 하루저녁 술값만 해서도 안 되고 혼마치에 있는 건물 한 채 값만 해서도 안 될 것이다. 귀한 물건을 제값 잘 치르고 구입했다는 느낌이 들도록 정한 값이 2천 원이다.

"벌써 세 시야."

최달구는 끼었던 깍지를 풀었다. 종하는 만지다가 바닥에 떨어뜨린 나전 실꾸리를 선반에 올려놓고 다탁 앞으로 갔다.

"자네 조부 병신 육필 원곤데 이천 원이면 거저다, 하고 얼른 물어야지. 이천 원이면 기와 한 채 값이지만 기와 한 채와 빗댈 만한 물건은 아니지. 나 같으면 적어도 만 원을 불렀을 거야."

최달구는 기지개를 펴면서 일어났다. 출입문 유리 진열장 앞에 선 그의 뒷모습은 오늘따라 더 구부정해 보인다. 꼭뒤에 난 주먹 만 한 땜통이 허여멀겋다.

"좋소, 이천 원에 거두겠소."

강석초는『병신유고』를 덮었다.

"진작 그랬어야지."

최달구가 다탁으로 성큼성큼 다가와 앉았다.

"여기 삼백 원이오. 세어 보시오. 잔금은 닷새 안으로 다 주겠소."

강석초는 종하 앞에 돈 봉투를 내 밀었다. 닷새 안으로 물건 값을 완납하는 것은 종하가 『병신유고』를 내놓을 때 내건 조건이었다.

"막돌이, 자네 보기보다 화끈하구만. 어서 오사마리[9] 하고 나가서 설렁탕이라도 한 그릇 하자고, 우리 오늘 점심도 글렀잖아."

최달구는 꼬았던 다리를 풀고 다탁 위에 놓인 물건들을 한쪽으로 치웠다. 계약서를 쓰는 순간 『병신유고』는 종하 손에서 완전히 떠날 것이다.

*

"강 사장, 병신유고를 소장하게 된 것을 축하드리오."

종하는 강석초 잔에 술을 따르면서 말했다. 물건을 소장하게 된 것을 축하한다는 덕담은 물건을 내놓은 뒤에 오는 허전함을 메우기에 좋다.

"귀한 것을 양보해 주어 고맙소."

물건을 건네받고 그것을 양보해 주어 고맙다는 말 또한 새 소장자가 으레 하는 말이다. 가격흥정을 했지만 승산이 없었고, 상대에게 끌려갔다는 패배감을 털어버리기에 좋은 말이다. 『병신유고』는 병신 이야기이기도 하지만 종하 조부 동치

---

9 일의 마무리

를 비롯한 집안 이야기이다. 종하는 급하게 2천 원이 필요하지 않다면『병신유고』를 팔지 않았을 것이다.

"살다 보니 내 고향 사람들과 술잔 걸치는 날도 있구만."

최달구는 수육을 입에 넣으면서 말했다.

"이봐 막돌이, 김종하 이 사람이 비록 서자지만 사대부 뼈다구 아닌가. 그런데 이 사람이 골동장이가 될 줄은 누가 알았겠나."

셋은 조금 전에 '용인당'에서『병신유고』계약서를 쓰고 자리를 털었다. 종하는 피맛골에 가서 혼자 막걸리라도 한잔 하고 귀가해야겠다고 생각했다.『병신유고』를 없앤 휑한 마음을 술로 달래고 싶었다. 최달구가 모처럼 용인 사람들을 만났는데 그냥 헤어질 수 있느냐며 강석초더러 탁주 한잔 사라고 분위기를 띄웠다. 그에 강석초도『병신유고』를 손에 넣었으니 한잔 사고 싶다고 고삐를 죄듯 말했다. 강석초는 셋이 마시는 술이 어느 때보다 맛있겠다면서 아는 술집으로 안내하라고 했다. 셋이 피맛골 주막에 도착했을 때는 어둑했다.

"김종하 씨는 최 씨 아저씨 밑에 오래 있었소?"

"고등보통학교 졸업하고 용인당에 들어갔으니까 13년 정도 용인당에 있었소. 그러다가 십 년 전쯤에 나까마[10]로 나섰소."

"자네 고등보통학교 다닐 때 용인당에 처음 왔잖아."

---

10 골동품을 사서 파는 사람

“그때는 수업 마치고 본정통이나 혼마치의 골동상 구경을 하다가 우연히 용인당을 발견했지요.”

“한 마디로 피는 못 속이는 거지. 막돌이 자네도 아까 병신유고를 읽어서 알겠지만 김종하 조부 동치 말이야. 그 양반이 골동품에 미쳐 집안 살림도 다 말아먹었잖아. 그런데 종하 이 사람도 고등보통학교 다닐 때부터 골동품에 눈이 멀어 이 바닥을 기웃거렸다잖아.”

최달구는 음성을 높였다. 옆자리에서 청년들이 큰소리로 떠드는 바람에 음성을 높이지 않으면 말을 잘 알아들을 수 없었다. 고름 떨어진 두루마기에 모자를 발딱 젖혀 쓴 이, 감색 세루 양복에 뿔 난 모자를 덮어 쓴 이, 옥양목 두루마기에 사각 뿔테 안경을 쓴 이 등, 청년들 모습은 솔봉이 티가 물씬 났다.

“조금 하다가 때려치우겠거니 했는데 13 년이나 있었어. 그러다가 나까마로 나선 게야. 내가 호랑이 새끼를 키운 거지. 이제 종하가 나보다 수완이 더 좋아. 능구렁이가 다 됐다고, 능구렁이가. 어찌 이런 날이 올 줄 알았는지 병신유고 챙겨놓은 거 봐.”

“고물을 살 때는 그 물건이 시중에 많이 있나 없나 하는 것부터 염두에 둬야 한다, 희소성이 있으면 일단 손에 넣고 보는 거다, 이것이 나까마 신조 1장 1절이라고 누가 가르쳤소? 나는 아저씨한테 배운 대로 했을 뿐이오.”

종하는 녹두전을 집으면서 말했다. 녹두전 옆 수육 채반에서 김이 모락모락 피어올랐다. 종하는 용인당 점원으로 있을 때 자지레한 일을 도맡았다. 가게 물건을 정리하고 청소하는 것부터 시작해 은행 심부름까지 했다. 때로는 소장자들이 산 물건을 집에 배달하면서 골동 소장자들과 자연스럽게 어울렸다.

"김종하가 처음 용인당에 들어왔을 때만 해도 나도 사십 대였어. 그때는 농촌 헛간 구석에 처박힌 서까래도 골동품으로 만들고, 수챗구멍 얼개도 내 손에 오면 골동품이 됐어. 이 최달구, 골동품이라 하면 용인에서부터 잔뼈가 굵었잖아. 내로라하는 일본 골동장이들도 내 말이면 백자를 청자라 해도 믿어."

최달구는 탁자 모서리를 잡고 일어났다. 종하는 최달구가 다음에 이을 말은 안 들어도 안다. 경성 골동계 터주 대감은 최달구 자신이며, 누구라도 그를 통하면 못 구하는 물건이 없다는 말을 늘어놓을 텐데 그는 변소볼일이 급하다.

"그리고 참. 두 사람 말이야. 거간비 각각 오십 원씩이야, 수일 내로 내놔."

최달구는 바지춤을 여미면서 출입문 쪽으로 갔다. 변소는 술집 밖에 나가 오른쪽으로 돌아가야 있다.

"김종하 씨, 내가 강막돌이라는 것을 언제부터 알았소?"

"강 사장이 가게를 돌면서 병신화공 그림을 찾는다는 말을 들었을 때부터요. 병신 그림을 찾는 사람은 강 사장 말고는 없었소."

종하는 강석초가 병신 그림을 찾는다는 말을 듣고 남산정[11]의 '수미각'과 서린동의 '온이당'에 병신 그림 두 점씩을 각각 맡겼다. 『병신유고』 속 '막돌'이 강석초라는 것을 확신하는 데 오래 걸리지 않았다. 종하가 그림을 맡긴지 이틀 만에 강석초가 거둬갔다.

"어릴 때 조부한테 동치 영감 집에 내 또래 아이가 있다는 말을 들었소만, 그때는 귓등으로 들었소."

"병신 화공이 나한테도 손자 이야기를 했었소."

종하는 강석초를 빤히 보았다. 짙은 반달 눈썹과 눈 꼬리가 긴 것까지 병신 그대로다. 내게도 도련님보다 한 살 많은 손자가 있습죠. 웬만하면 한 번 데리고 오고 싶지만 그 녀석은 산과 들로 쫓아다니느라 나보다 더 바쁘답니다. 종하는 '그 녀석'이 궁금했다. 종하보다 한 살 많은 '그 녀석'이 산과 들을 쫓아다니면서 무엇을 하는지 궁금했다. '그 녀석'과 함께 산과 들을 쏘다니고 싶었다. '그 녀석'은 '강석초'로 나타나 지금 종하 앞에 앉아 있다.

"용인당에서 병신유고를 구입했다던데?"

---

11 남산부근

"그렇소."

"병신유고에도 나와 있어서 김종하 씨도 알겠지만 내 조부와 최 사장 부친 곰보영감은 친구처럼 지냈소. 언젠가 김종하 씨한테 이야기할 기회가 있을지 모르겠지만 나는 조부가 죽고 나서 지전 곰보영감 밑에서 몇 달 있었소. 거기서 개성의 어느 여관에 심부름꾼으로 갔었소. 개성에서 십여 년 있다가 스물한 살에 일본에 갔소. 그러다가 2년 전에 완전히 귀국했소. 일본에 있으면서 몇 년에 한 번씩은 조선에 나왔소. 그때 용인을 찾았소. 내 조부가 살던 집과 지전 근처를 돌아봤소. 지전은 일찌감치 없어졌더랬소. 주변 사람들한테 곰보 영감은 죽고 아들 최달구는 경성으로 나갔다는 소리를 들었소. 경성 골동 바닥을 뒤졌지요. 그러다가 용인당을 발견했소. 그 뒤로도 몇 년에 한 번씩 조선에 나올 때 용인당을 찾았소만 최 씨 아저씨는 병신유고 이야기를 안 했소. 재작년에 귀국했을 때도 마찬가지였소. 김종하 씨가 병신유고를 사갔다는데 말도 일체 없었소."

강석초는 담배를 입에 물었다.

"아저씨도 그 전에는 병신유고를 몰랐소. 4 년 전에 우연히 발견해 나한테 연락을 했던 거요. 알다시피 골동 가게마다 책뭉치와 종이 뭉치가 가득하지요. 아저씨 가게 안채에 가면 온갖 고물들이 수북하거든요. 구석구석 종이뭉치지요. 아주머니나 딸들이 급하면 변소 갈 때도 아무 책이나 종이를 북북 찢어 갑니다. 그런데 4년 전에 아주머니가 새로 사들인 농짝에 받침대 하려고 책 뭉치를 뒤지다가 병신유고를 꺼냈다더군요. 마침 그걸 본 아저씨가 병신유고를 알아본 거고, 아저씨는 곧 나를 불렀소."

"농짝 다리 받침대요?"

강석초는 담배에 라이터를 붙이면서 물었다.

"헛간 쥐구멍 틀어막는 데 안 쓰인 것만으로도 다행이지요."

종하는 강석초 잔에 술을 따르고 주모를 향해 주전자를 흔들었다. 주모 흰색 머리 싸개는 알전구 불빛을 받아 발그레해 보였다.

"나 같은 나까마는 누가 고물 거둬가라는 소리가 제일 반갑소. 그 고물이 다름 아닌 병신화공 유고라는데 무조건 가지러 가야지요."

종하는 『병신유고』를 손에 넣었을 때 기억을 더듬었다. 『병신유고』를 받아오던 날이 엊그제처럼 생생하다. 나까마는 고물을 사러 다닌다는 점에서 엿장수와 다름없고, 고물을 골동가게에 팔기 때문에 고물장이나 다름없다. 매일 집에서 나섰지만 갈 곳이 없어 막막했다. 마음먹고 아무 집 대문을 두드렸지만 퇴짜 맞는 때가 더 많았다. 대문 두드리는 게 망설여지면 창경원을 서성이며 오가는 사람을 구경하곤 했다. 그도 아니면 삼각산이나 인왕산을 오르내리거나 청계천과 종로, 남대문 근처를 빙빙 돌거나 다방에서 시간을 때웠다.

4년 전 그때는 골동 가게 점원 13년을 거치고 나까마 생활 6년째에 접어든 골동장이였다. 낯선 집 대문 두드리는 것도 제법 능숙했고 아무 골동 가게에 쑥 들어가 주인과 잡담을 나눌 정도로 늘품도 생겼다. 그 무렵 종하는 개성 어느 사대부 집에서 사 놓은 청자 오리 모양 연적을 살 만한 사람을 알아보던 중이었다. 최달구한테 귀한 물건이 있으니 급히 오라는 연락을 받은 때도 그때였다. 아무리 봐도 이 물건 임자는 무조건 자네야. 급히 찾아간 종하에게 최달구가 내민 것은 『병신유고』였다.

『병신유고』를 한 장 한 장 넘기다 보니 '동치(董痴)' '김윤묵'이라는 글자가 눈에 들어왔다. 책을 놓을 수 없었다. 먹물이 번져 알아보기 힘든 글자도 있었지만 앞뒤 문맥을 봐가면서 읽으면 무슨 글자인지 금세 알았다. 내용을 보아하니 자네 조부 이야기야. 자네가 꼭 지녀야 할 책 아닌가? 자, 결정하게. 천 원을 줄 텐가, 청자 오리 연적을 줄 텐가. 둘 중에 한 가지를 내놓고 이걸 가져가. 종하는 천 원이 없었기 때문에 청자 오리 연적을 줄 수밖에 없었다. 그 전부터 최달구는 청자 오리 연적을 팔라고 조르던 터였다. 종하는 최달구 꼼수에 말려

들지 않을 수 없었다. 이 귀한 책이 하마터면 저 농짝 다리에 괴어 있을 뻔 했어. 최달구는 그의 아내가 까막눈만 아니면 『병신유고』를 농짝 받침대로 쓰려고 안 했을 거라고 몇 번이나 말했다.

"집이 어디요?"

"삼청동이오."

종하는 삼청동 중턱에 올망졸망한 집들이 떠올랐다. 그는 아직 그 집에서 아직 산다. 삼청동은 월세가 싸고 일터인 본정통과 가까워 나다니기 편했다.

"양친은 계시오?"

"강 사장이 병신유고를 읽어서 알겠지만 나는 어머님이 두 분이오. 아버님도 돌아가셨고, 두 어머님도 다 돌아가셨소."

종하는 비운 잔에 술을 따랐다. 아버지는 종하가 열세 살 때 급사했고, 어머니는 그가 용인당 점원이 되고 얼마 안 있어 심장마비로 죽었다. 친모 소식은 모르지만 종하 마음에서 떠났기 때문에 죽은 거나 다름없다. 누이는 강화도로 시집갔다. 홀로 남은 종하에게 최달구는 스미코미[12]를 권했지만 그는 혼자 삼청동 집에서 살았다.

"김종하 씨, 앞으로 좋은 물건이 생기면 내게 바로 갖고 와도 좋소. 무엇보다 내 조부 그림이 보이면 무조건 거둬 오시

---

12 가게에서 숙식을 해결하며 지내는 점원

오, 값을 잘 쳐 주겠소."

강석초는 잔을 들어 종하 잔에 부딪쳤다.

죽림한풍(竹林寒風)

종하는 뭇국만 들이켜고 상을 윗목으로 밀었다. 산적과 조기구이, 나물, 시루떡 등은 먹음직스럽지만 손이 가지 않았다. 낯선 음식들은 아내가 처남댁에서 갖고 온 처남 생일 음식이다. 이번에는 처남 생일에 꼭 가려 했으나 가지 못했다. 아내가 며칠 전부터 처남 생일을 들먹였기에 종하도 기억했다.

"오라버니가 당신한테 안부 전하라더군요."

아내는 몸부림치는 아들에게 이불을 여며주었다. 아들은 열 살인 또래보다 키는 컸지만 마른 편이다. 결혼한 지 5 년 만에 생긴 자식이다. 아내는 더 늦기 전에 아이 하나 더 낳고 싶어 했으나 뜻대로 되지 않았다.

"처남 집에도 모두 잘 지내지요?"

종하는 잠바 주머니를 뒤져 담배를 꺼냈다. 처남 생일이야 내년에도 닥치고, 처남을 만나려면 언제든 마음만 먹으면 된다. 그러나 『병신유고』를 파는 일은 한 시가 급하다. 처남 생일뿐 아니라 그는 나까마로 나서고부터 처가 행사에 곧잘 빠졌다. 지난달에 있은 장인 제사에도 가보지 못했다. 하필 장인 제삿날에 부산에 급한 볼일이 있었다. 나까마는 고물이 있는 곳이라면 찾아가야 하기 때문에 처가 식구들도 이해하리라 여길 뿐이었다.

"별일 없이 잘 있어요. 큰조카가 제 고등보통학교에서 1등을 했다네요."

"기쁜 일이오. 처남 내외가 입이 벙글어졌겠소."

"오라버니와 올케 성이 그런 데 별로 내색 안 하잖아요. 그건 그렇고 당신 어제도 무슨 책을 보느라 늦게까지 안 잤잖아요, 어서 자요."

윗목에 놓인 바느질감을 끌어당기는 아내 모습이 체경에 비쳤다. 아내 볼은 홀쭉한 데다 광대뼈 언저리엔 기미가 거뭇하다. 아내는 저녁마다 부뚜막 앞에 쪼그리고 앉아 풀을 끓였다. 풀럭풀럭 끓는 풀을 젓는 아내 손목은 싸리처럼 가늘었다.

"이번 일감은 안국동 여자가 들고 온 건데 바짝 재촉이네요. 재봉틀만 있으면 두어 시간이면 두루마기 한 벌쯤은 일도 아닌데."

아내는 바늘에 실을 꿰면서 중얼거렸다. 아내가 깨끼저고리 한 감에 80전을 받아 20전이나 재봉틀 사용금액으로 낸다면 크게 남는 것도 없다는 말을 할 때마다 종하는 대거리를 못했다. 종하는 아내에게 조금만 참으면 고생 안 시킨다는 말을 십오 년째 하고 있지만 약속을 지키지 못했다. 아내는 낮에 풀을 팔고 밤에는 삯바느질을 하며 아들 월사금과 생활비를 댔다. 종하는 골동상 점원으로 있을 때보다 나까마로 나선 뒤에 돈을 더 많이 벌었지만 늘 쪼들렸다.

종하는 아내를 처음 만났을 때부터 〈죽림한풍〉을 찾기 위해 골동계에 발을 들였고, 〈죽림한풍〉을 찾으면 골동계를 떠나겠노라고 말했다. 아내는 대체 〈죽림한풍〉이 어떤 그림이기에 그렇게 악착같이 찾으려고 하느냐고 물었다. 바람을 실감나게 그린 것. 풍죽이라는 이름 그대로 그림에서 진짜 바람이 분다는 것. 바람을 빼놓고 〈죽림한풍〉을 설명할 수 없었다. 종하가 돈을 모으는 이유도 〈죽림한풍〉을 찾기 위해서다. 언제 어디서 누구에게 〈죽림한풍〉을 사게 될지 모른다. 〈죽림한풍〉이 나타났는데 돈이 없어서 손에 넣지 못하는 불상사는 없어야 했다. 무조건 돈부터 마련해놓고 봐야 했지만 돈은 좀체 모이지 않았다.

뭉칫돈이 들어왔다 싶으면 물건 하러 갔다. 더 큰 돈을 마련하기 위해서였다. 골동가게 곳곳을 돌면서 돈이 될 만한 물건들을 살폈다. 눈에 띄는 고물을 사서 되팔면 차액이 짭짤할 때도 많았다. 그렇게 모은 돈으로 또 다른 고물을 샀다. 그것도 모자라면 처남한테 돈을 빌려 보태서 사고 싶은 물건을 샀다.

때로는 제법 모춤한 물건을 손에 넣었지만 돈이 급해 팔아버릴 때가 한두 번이 아니었다. 때를 기다렸다가 판다면 제값 당당히 받을 수 있지만 어쩔 수 없이 밑지거나 본전에 팔아야 할 때가 많았다. 아내 말대로 오그랑장사가 따로 없었다.

"참, 죽림한풍을 찾아온다면서요?"

"곧 찾아올 거요."

"언제요?"

"오늘내일."

"그럼 오늘내일 중으로 죽림한풍을 볼 수 있겠네요? 그런데 난 당신한테 죽림한풍 이야기를 너무 많이 들어서 안 봐도 본 것 같아요. 허나 막상 떠올려보면 어떤 그림인지 얼른 그려지지는 않네요. 댓잎이 어떻고 바람이 어떻고 하는 바람에 헷갈려요."

아내는 매듭진 실을 이로 끊으면서 말했다.

"대체 죽림한풍이 뭐예요?"

아내는 종하를 빤히 보았다. 그게 무엇이기에 보리쌀 소쿠리에 쥐방울 드나들듯 그토록 바쁘게 조선팔도를 떠돌아다니느냐고 묻는 눈빛이다. 종하는 언제부턴가 아내 눈빛을 맞받아내지 못했다. 차라리 아내가 다른 나까마 아내들처럼 돈 안 되는 짓 그만하고 양잿물 공장이나 고무 공장에 취직해서 생활비라도 벌어오라고 볶는다면 마음이 편할 것 같았다. 아내는 몸살을 앓으면서 풀함지를 이고 나갔다. 눈알이 꺼져 들어가는 것처럼 피곤해 하면서도 바느질감을 차고앉았다.

"바람 부는 대숲을 그린 것이오. 그러니까 바람을 그린 게요."

대답을 한 뒤 종하는 침을 삼켰다. 종하가 지금까지 본 그림 중에 가장 바람을 잘 그린 것이고, 영원히 간직하고 싶은 것이 〈죽림한풍〉이라는 뒷말은 할 필요가 없었다. 〈죽림한풍〉이 어떤 그림이냐고 물으면 천 날 만 날 같은 대답을 했기 때문에 아내도 종하가 무슨 답을 할지 알고 있을 것이었다.

"어서 찾아와 보세요. 대숲에서 바람이 얼마나 세게 부는지 보자고요."

"아마 죽림한풍을 보면 옷섶을 꽉 여미게 될 거요."

"호호호, 바람이 세게 불어서요?"

"댓잎 스치는 소리까지 서걱서걱 들리고."

"아이고 알았어요, 알았어. 오매불망 죽림한풍이고, 오매불망 바람타령이지 당신은."

아내 말대로 오매불망했던 〈죽림한풍〉이다. 종하에게 모든 대나무는 〈죽림한풍〉이고 모든 바람도 〈죽림한풍〉이다. 네 글자로 된 모든 단어도 〈죽림한풍〉이다. 모든 그림도 〈죽림한풍〉이다. 〈죽림한풍〉만 나타나면 수단과 방법을 가리지 않고 손에 넣을 것이라고 다짐했다. 이제 〈죽림한풍〉을 찾을 때가 왔다. 종하는 담배를 입에 물고 마루로 나갔다. 이 밤에 누가 물지게를 지는지 어디선가 물통 소리가 삐거덕삐거덕 들린다. 방금 주인집 마루에서 들리는 괘종시계 소리가 열두 번을 울렸다. 종하는 요 며칠 『병신유고』를 계속 읽다보니 옛 시절이 떠올랐다. 『병신유고』 골격에 그의 기억을 얼기설기 덧붙였다. 지난 시절들이 가물가물 되살아났다.

*

종하는 여섯 살 때 아버지를 따라 용인 본가로 갔다. 한성과 달리 용인은 고요했다. 친모와 살던 한성 옥인동 단칸방에 비하면 용인 집은 대궐이었다. 조모는 아버지가 어렸을 때 죽었다고 했다. 일흔 중반인 조부는 병환 중이라 늘 큰사랑에 누워 있다시피 했다. 방이 많았지만 종하가 머물 곳은 딱히 없었다. 그는 조부가 시키는 대로 조부와 함께 큰사랑에서 지냈다. 조부는 배코 치고 금관조복(金冠朝服)을 하던 윗대 조상 이야기를 했지만 조부 자신이 골동 완상에 빠져 재산을 날린 이야기는 뺐다.

"넌 하필 우리 집이 기울었을 때 나타났느냐. 이 할애비가 너한테 해줄 수 있는 게 아무것도 없으니, 박복과 서러움을 약으로 삼아 살거라."

어느 날 종하가 〈죽림한풍〉의 휘어진 댓잎을 보고 있자 조부가 다가와서 말했다.

〈죽림한풍〉은 가로 다섯 자와 세로 석 자가웃 될 성싶은 그림이었다. 종하는 그때까지 그렇게 큰 그림은 처음 보았다. 화면(畵面) 반 이상이 댓가지였지만 화면 전체에 바람이 차 있었다. 댓잎 모양으로 보아 바람은 거세고 찼다.

"얘야, 네 눈에도 저 그림에 뭔가가 보이느냐? 무얼 그리 뚫어지게 보누?"

"할아버지, 저 그림에서 바람 소리가 들려요. 볼 때마다 바람 소리도 달라요, 정말 신기해요. 저건 그림이 아니라 꼭 저 사당 뒤에 있는 대나무 숲을 종이에 갖다 붙인 것 같습니다."

종하가 〈죽림한풍〉을 본 소회를 말할 데는 조부뿐이었다. 부모는 서화 골동이나 그림 따위 이야기를 하는 것도 듣는 것도 싫어했다. 누이에게는 말을 시키기도 조심스러웠다. 어머니는 누이가 과년한데다 집안마저 폭삭 내려앉았기 때문에 혼처가 없을 뿐 아니라 누구도 매파를 자처하지 않는다는 한탄을 자주 했다. 종하가 누이에게 다가가고 싶을 때면 누이가 도니는 별당 연못가에서 작대기로 그림을 그렸다.연못에는 시퍼런 이끼가 더뎅이 져 있었고, 이끼 더뎅이를 뚫고 연꽃이 솟았다가 시들어 고꾸라졌다.

"난 아우가 그림을 그리는 게 마음에 걸려."

누이는 종하 손에 들린 작대기를 살며시 빼앗았다. 그때도 종하는 작대기로 땅바닥에 연꽃을 그리고 있었다.

"병신 화공을 뵈면 그림 그리는 사람이 퍽 외로워 보여서 그래."

종하는 병신 화공이 외로워 보인다는 누이 말을 이해하지 못했다. 그린 그림을 보여줄 데가 없다는 것이 외로움이라는 걸 아주 훗날에 알았다.

"누님, 큰사랑에 붙은 그림이 병신 화공께서 그렸다고 들었습니다."

종하는 가끔씩 나타나 조부 말벗을 하고 떠나는 병신이 누구인지 궁금했고, 병신이야말로 바람처럼 보인다는 소회를 누이한테 말하고 싶었다.

"죽림한풍이라는 그 그림은 아우가 여기 오기 1년 전에 병신 화공께서 그려서 할아버지께 선물하신 거야."

병신은 가끔 조부를 찾아와 두어 시간 조부 말벗을 하고 떠났다. 병신은 가끔 종하에게 엽전이나 엿가락을 쥐어주기도 했다. 병신이 웃는 모습은 바람개비 같았다. 껄껄껄, 웃는 소리에 사그르르르르 하고 도는 바람개비 소리가 함께 들리는 것 같았다. 병신한테는 조부 집을 드나들던 집안사람들이나 조부한테 풍기는 끌끌함은 없었지만 어떤 일에도 승겁들지 않는 의연함이 풍겼다. 종하는 병신이 왔다가 갈 때면 배롱나무에 올라가 병신이 보이지 않을 때까지 마을 길을 오래오래 바라보았다. 하루속히 병신이 다시 오기 바랐다.

"도련님, 벽(癖)이 없는 인간은 볼품이 없다고 합디다. 뭔가에 미쳐있지 않은 인간과는 상종하지 말라는 뜻이지요. 이 말은 동치 나리께서 언젠가 소인한테 했습지요. 그런데 나는 도련님이 그림에 빠질까 벌써 걱정입니다. 허연 화선지를 펼쳐 놓고 무엇을 그려 넣어야 할지 하나도 생각나지 않을 때는 세상이 절벽이지요. 그럴 때는 벽에 머리를 쾅쾅 박고 싶답니다. 방바닥에 깔린 화선지가 천 길 낭떠러지 같을 때가 한두 번이 아니었습지요. 빈 종이에 한 세상을 그려 넣는다는 것은 생살 찢는 만큼 고통입지요. 도련님, 돗바늘에 심장 찔리는 아픔을 견딜 자신이 없으면 일찌감치 그림 따위에 눈 돌리지 않았으면 합니다. 아무래도 소인 눈에는 도련님이 그림에 벽이 있어 보인단 말입니다."

언젠가 종하가 행랑채 뒷마당에 쭈그리고 앉아 그림 그리는 것을 보고 병신이했던 말이다. 그 말은 종하에게 했던 것이라기보다 병신 자신에게 하는 말로 들렸다. 병신이 허허롭게 보였던 이유가 다 있었다. 종하는 그림을 그리려면 지필묵보다 돗바늘부터 준비해야 한다는 것을 그때서야 알았다.

"이걸 네가 그렸단 말이냐?"

조부는 작은 종이에 그려진 풍죽을 펴 보이면서 물었다. 종하가 종이 자투리에 그린 대나무 그림이었다. 종하가 벽장 구석에 숨겨 놓은 풍죽으로 바람 부는 날 사당 뒤의 대숲을 보고 그렸다. 종하가 그림 그리는 것을 아버지가 알면 야단을 쳤기 때문에 밤에 몰래 그렸다. 아버지가 제사 때 지방(紙榜)을 쓰기 위해 오리고 남은 종이를 챙겨 뒀다가 그린 것은 대나무뿐 아니라 큰사랑에서 본 앞뜰도 있었다.

"고놈도 참. 네 인생 행보도 녹록치는 않겠구만. 그래, 정말 저 그림에서 바람이 들리느냐?"

어느 날 종하가 〈죽림한풍〉을 한참이나 보고 있자 조부가 물었다.

"예, 할아버지. 지금도 바람이 제 뺨에 닿아요."

종하는 두 손으로 뺨을 어루만졌다. 〈죽림한풍〉에서 부는 바람은 큰사랑을 회오리치며 맴돌았다. 해가 갈수록 〈죽림한풍〉이 신기했다. 댓가지를 관통하는 바람은 때때마다 달랐다.

"네가 아무래도 네 어미를 닮아 재주가 있는 것 같구나. 네 어미를 본 적은 없지만 재주가 넘치는 사람이라는 생각이 드는구나."

조부가 종하 손목을 쓸면서 말했다. '어미'라는 말에 종하는 엄마를 떠올렸지만 엄마 얼굴이 자세히 기억나지 않았다. 엄마 얼굴 대신 옥인동 마당의 꽃밭에 던지고 온 분통(粉桶) 속 작은 날벌레가 생각났다. 엄마는 자주 집을 비웠다. 종하는 분통을 갖고 놀면서 엄마를 기다렸다. 어느 날, 날벌레가 분가루를 뒤집어쓰고 꼬물대고 있었다. 종하는 벌레를 꺼내 꽃밭으로 던졌다. 벌레는 날지 못하고 풀밭에서 굼실대기만 했다. 종하는 벌레를 다시 날렸지만 벌레는 풀밭에 주저앉았다.

"할아버지, 이제 벌레가 저 바람을 타고 훨훨 날아요."

종하는 〈죽림한풍〉을 보며 혼자 중얼거렸다. 풀밭에서 꼬물대던 벌레가 분가루를 털며 훨훨 날아가는 것 같아 흔감해 젖어 외쳤다.

"그래, 저 바람에 벌레만 훨훨 날까? 손만 뻗으면 원하는 걸 실어주었던 산들바람도 불고. 산들바람이 잠잠해지는가 싶더니 돌개바람, 된바람, 노대바람도 불지. 노대바람에 대통이 꺾이고 뿌리가 뽑힐까 싶었지만 저 대통은 땅을 악물고 버텼어. 댓가지는 더 시퍼래지고. 허나 그게 다 무슨 소용이랴. 이제 이 노구를 휩쓸어갈 칼바람이나 좀 불었으면."

조부 목소리가 쉭쉭거리며 분합문을 흔드는 바람 같았다. 조부는 해가 갈수록 쇠잔해졌다.

"삼대 적선을 해야만 손에 넣을 수 있다는 그 귀한 이징의 풍죽을 네 아비가 팔아먹었어. 여기 이 큰사랑을 차고 넘치는 그 많은 서화 골동품을 네 아비가 팔아먹었어. 너는 절대 네 아비는 닮지 말거라. 괘씸한 놈 같으니라고."

누워 있던 조부가 엉거주춤 일어나 앉으면서 말했다. 조부

입가는 허연 침이 메말라 있었다. 종하는 조부가 팔꿈치를 고이기 쉽게 보료를 조부 앞으로 밀어주었다. 종하는 조부에게 물이라도 갖다 주고 싶었지만 풍죽 이야기를 마저 듣고 싶어 그대로 죽치고 있었다.

"그런데 할애비는 이징의 풍죽보다 저 죽림한풍이 훨씬 마음에 드는구나. 만약에 이징의 풍죽과 저 죽림한풍을 놓고 꼭 하나만 가지라 한다면 할애비는 숨도 안 쉬고 죽림한풍을 잡겠구나, 죽림한풍을 말이야."

조부는 〈죽림한풍〉 쪽으로 스멀스멀 다가가면서 말했다.

"얘 종하야, 니 아비가 그림을 팔아먹지 않았다면 그 많은 그림을 모두 너에게 주었을 텐데. 대신 할애비가 그것들보다 훨씬 아끼는 저 죽림한풍을 너 주마. 보아하니 너도 저 죽림한풍에 푹 빠진 것 같구나. 저 죽림한풍을 두고 어떻게 눈을 감을까 걱정했는데, 쓸데없는 걱정이었구나. 저 그림을 잘 간직했다가 자손만대까지 물려줘야 하느니라, 알겠느냐?"

"예, 할아버지. 고맙습니다! 저 그림을 잘 보관하겠습니다!"

종하는 벌떡 일어나 조부한테 큰절을 했다. 큰절하는 것 말고는 〈죽림한풍〉을 얻은 고마움을 표현할 길이 없었다.

"이 할애비는 천하에 내로라하는 웬만한 화공들 그림을 다 봤지만 저 죽림한풍만 큼 거침없는 붓질은 보지 못했어. 저 오른쪽 가에 삐죽삐죽 솟은 댓자락은 붓이 아니고 짚북데기가락이야. 붓이 몇 자루씩이나 몽당자루가 되도록 저 그림을 그렸는데 보답으로 병신한테 백자연적 하나 주지 못한 내 신세라니, 참."

"할아버지, 저 그림을 잘 간직하겠습니다."

"그래야지, 암 그래야지. 네가 이다음에 장가들어 자식이 생기면 자식에게 물려주고, 또 그 자식에게 물려주어, 콜록콜록. 영원히 간직…, 콜록콜록."

조부는 말을 잇지 못했지만 뒷말은 들으나 마나였다. 종하는 조부 당부가 아니더라도 〈죽림한풍〉을 잘 보관하리라 생각했다. 집에 도둑이 들거나 불이 나면 제일 먼저 〈죽림한풍〉을 챙길 거라 다짐하고 있었다. 이제 〈죽림한풍〉은 종하 소유물이었다. 세상에 없을 귀한 〈죽림한풍〉이 종하 것이 되었다.

"병신이 비록 떠돌이 화공이지만 붓질에 신기가 뱄어. 너도 곧 청년이 되고 어른이 될 테야. 그때가 되면 할애비 말이 무슨 뜻인지 알게야. 암튼 저 죽림한풍은 네 아비한테 맡겨서는 안 돼. 꼭 네가 간직했다가 길이길이 남겨야 한다, 알겠느냐?"

"예, 할아버지."

"콜록콜록"

조부는 자리에 누운 채 〈죽림한풍〉을 보았다. 종하는 조부 다리를 주무르면서 〈죽림한풍〉을 보았다. 댓잎에서 사락사락 바람소리가 났다.

"죽 둘러보게."

이삿날을 받아놓고 아버지는 최달구를 불러 집안 구석구석을 치우게 했다. 종하는 아버지와 최달구가 주고받는 대화에서 최달구 아버지가 '최가'라는 곰보였고, 그들이 지전(紙廛)을 꾸려간다는 걸 알았다. 조부 서화 골동품들을 최 씨 부자(父子)가 거의 사 갔다는 것도 알았다.

"이것도 떼 갖고 가게."

아버지는 〈죽림한풍〉을 가리키며 최필구한테 말했다.

"안 됩니다 아버지, 이건 할아버지께서 없애지 말고 꼭 간직하라 하셨습니다."

종하는 〈죽림한풍〉 앞에서 두 팔을 쫙 벌렸다. 갑자기 닥친 망령 증상에 조부는 사람을 잘 알아보지 못할 뿐 아니라 헛소리까지 했다. 조부는 아버지와 최달구를 번갈아 보면서 눈을 끔뻑거렸다. 조부가 종하에게 〈죽림한풍〉을 주었으니 〈죽림한풍〉은 종하 것이라는 엄연한 사실을 말한다고 해도 아버지는 믿지 않을 것 같았다. 믿는다고 해도 종하 말을 무시하거나 지청구를 더 먹일 것 같았다. 아버지는 평소에도 종하가 그림이나 지필묵에 관심을 보일 때마다 야단을 쳤기 때문이었다.

"병신을 데리고 오라했는데 저깟 비렁뱅이를 데려왔구나!"

조부는 사랑 문턱을 넘어가는 최달구를 보며 소리를 질렀다.

"아버님, 병신 화공은 내일이나 모레쯤 올 겁니다. 그리고 저놈은 비렁뱅이가 아니라 최가 아들 달구라는 놈입니다."

아버지 언성에 짜증이 다소 묻어 있었다. 아버지는 조부가 망령 증상이 있다는 걸 알면서도 조부의 말에 꼬박꼬박 반박했다. 대청마루에 붙은 부적도 뜯어 간 최달구가 〈죽림한풍〉을 그대로 두고 간 것은 기적에 가까웠다. 종하는 〈죽림한풍〉을 낡은 도배지 보듯 외면한 최달구가 얼마나 고마웠는지 몰랐다. 그러나 그 기분에 빠진 것도 잠시였다.

최달구가 다녀간 이틀 뒤에 어머니가 〈죽림한풍〉을 뗐다. 아버지는 그걸 태우라고 했다. 종하는 〈죽림한풍〉을 태우는 척하고 어딘가에 숨기려고 했지만 금세 아버지가 왔다. 아버지가 종하 손에서 〈죽림한풍〉을 빼앗은 것도 잠시, 곧 병신이 와서 그걸 챙겨 바랑에 넣었다. 아버지 말대로 최달구가 다녀간 이틀 뒤에 병신이 왔다. 〈죽림한풍〉이 아궁이에 들어가기 직전에 병신이 나타난 것은 기적이었다.

두어 달 만에 나타난 병신은 여느 때와 달랐다. 병신은 큰 사랑에 두어 시간 머물면서 조부 말벗을 하던 다른 때와 달리 그날은 선걸음에 나갔다. 병신은 〈죽림한풍〉을 걷어가기 위해서 나타난 것이었다. 종하는 대문 밖으로 나간 병신을 뒤따라갔다.

"도련님, 이 그림을 잘 보관하고 있다가 때가 되면 꼭 도련님 집에 걸어 드리겠습니다. 아까 도련님도 봤듯이 서방님이 이걸 태우라 하셨지요? 그러니 소인이 어찌 이 그림을 도련님 집에 둘 수 있겠습니까? 이걸 간수하기에는 도련님은 아직 어리지요. 또 도련님 댁 이사하는 와중에 잃어버리거나 아무 데나 처박힐 수 있으니까 소인이 보관하겠습니다."

종하는 병신 말이 귀에 들어오지 않았다. 그가 〈죽림한풍〉을 간직했다가 종하 집에 갖다 준다는 말은 뜬구름처럼 들렸다.

"이 그림은 조부가 저한테 주신 겁니다. 그러니 제가 간직할 겁니다. 화공 어르신, 저는 아홉 살이나 먹었습니다. 어리지 않습니다. 이 그림을 잘 보관할 수 있습니다. 저한테 주십시오. 제발 죽림한풍을 두고 가십시오."

종하는 병신 중치막 자락에 매달려 계속 사정을 했다. 〈죽림한풍〉을 두고 가라고 사정하고 매달렸지만 소용없었다.

"도련님, 좋은 시절이 오면 죽림한풍을 꼭 돌려드리겠습니다. 한성으로 이사한댔지요? 좋은 시절에 한성에서 뵙지요."

병신은 종하 손을 뿌리치고 총총 걸었다. 종하는 손등으로 눈물을 훔치면서 병신을 따라 갔다.

"이놈!"

아버지였다.

"아버님이 평생 저런 데 빠져있는 것도 봐내기 힘들었는데 이제 네 놈까지 저런 데 기웃거린단 말이냐?"

종하는 아버지한테 목덜미가 잡혀 끌려갔다.

"체통 없이 저깟 떠돌이한테 울며불며 매달리다니!"

아버지는 대문 앞까지 와서야 덜미를 놓았다.

"내가 전에 그림 따위에는 눈도 주지 말라 그렇게 일렀거늘!"

아버지는 이마를 덮은 머리를 쓸어 넘기면서 말했다. 아버지는 그 전해에 한성을 나다니다 단발령(斷髮令)을 하던 순검에 붙잡혀 상투가 잘렸다.

"이제 한성으로 가면 이곳 용인은 잊어야 한다. 다른 사람들은 일부러 한성으로 가는 마당에 우리는 억지로라도 한성에 가게 됐으니 다행이라 여겨야지. 한성으로 가면 우리 식구를 아는 사람은 없을 거야. 너도 한성 아이들처럼 학교도 가고 새 문물을 익혀야 한다. 네 고향이 한성 아니더냐."

집에 도착해서도 아버지는 계속 중얼거렸다. 그는 큰사랑 누마루에 벌렁 누웠다. 아버지는 옥인동 방에서도 팔베개를 하고 곧잘 누워 있었다. 그 무렵 종하는 기다려도 오지 않는 엄마 대신 아버지를 기다리고 있었다. 가끔 나타난 아버지는 며칠씩 머물렀다가 떠나곤 했다.

"이제 새 세상이 왔다. 첩이니 서얼이니 따지지 않는 세상 말이다. 우리 집 대들보는 너야. 네가 가문을 일으켜야 한다, 알겠느냐?"

종하는 누마루 밑의 돌층계 사이로 삐죽삐죽 솟은 마른 풀을 만지면서 눈물을 훔쳤다. 〈죽림한풍〉을 빼앗겼기 때문인지 옥인동 엄마 생각이 났기 때문인지 자꾸 눈물이 났다. 아버지는 골동 수집에 미친 조부 때문에 풍비박산 된 이야기부터, 그런 조부가 수치스러워 용인을 벗어나 바깥에서 빙빙 돌았다는 이야기까지 한참 중얼거렸다. 종하는 〈죽림한풍〉이 종하 집으로 돌아올 수 있을지에 골몰하느라 아버지 말을 듣는 둥 마는 둥 했다.

조부는 병신이 〈죽림한풍〉을 갖고 간 사흘 뒤에 죽었다. 장례를 치르느라 예정된 날보다 며칠 뒤에 이사를 했다. 이사한 집은 한성 삼청동 꼭대기에 있었다. 집들이 오밀조밀 붙어있었고 골목마다 아이들이 나와 놀았다. 좁은 집이었지만 네 식구가 사는 데 불편함은 없었다. 어머니는 이웃 아낙들처럼 삯바느질을 했다. 물동이를 이고 다니는 게 남세스럽다며 어머니는 밤에 물을 길었다. 제사 때면 주인집에서 병풍과 제상(祭床)을 빌렸다. 이사하면서 버렸던 물건들이 필요해질 때마다 아버지는 본가 헛간과 광에 넘쳐나던 물건들을 들먹였다. 그러나 어머니는 용인 이야기는 아예 꺼내지 못하게 했다.

종하가 보통학교 4학년 되던 해 봄에 누이는 시집갔다. 어머니는 누이가 시집간 뒤에도 부자(父子)가 집안을 말아먹었으니 딸이 몰락 가문으로 시집갈 수밖에 없다고 가슴을 쳤다.

조부는 그렇다 쳐도 아버지가 첩살림만 따로 하지 않았다면 재산을 덜 말아먹었을 거라는 어머니 말투는 앙칼졌다. 어머니 볼멘소리가 시작되면 아버지는 등을 돌리고 누웠다. 아버지는 매일 아침 집에서 나갔다가 밤이면 취해서 귀가했다. 아버지는 죽기 전까지 술에 취해 있었다. 골목에 쓰러져있던 아버지를 이웃사람이 들쳐 업고 왔지만 이미 숨이 끊긴 채였다. 그때 종하 나이 열세 살이었다.

종하는 시간이 갈수록 〈죽림한풍〉 생각이 났다. 고등보통학교 재학시절에 용인을 찾았다. 기현면의 장터 주막에서 병신에 대해 물었다. 강병신이 죽은 지가 언젠데. 주막 사내들은 너도나도 병신에 대해 한 마디씩 했다. 사내들 이야기로 가늠한다면 병신은 조부가 죽고 두 달 뒤에 죽었다. 종하는 사내들이 일러준 병신 초막을 찾았으나 초막은 여느 폐가들처럼 푸서리로 변해 형체조차 찾을 수 없었다.

물어물어 찾아 간 곰보 지전은 주막으로 변해 있었다. 주모는 곰보 식구들을 잘 알았다. 곰보가 죽자 최달구가 식구들을 데리고 한성으로 나갔다고 했다. 여러 가게를 뒤진 끝에 본정통에서 '용인당'을 찾아냈다. '龍仁堂'이라는 간판이 '최달구'로 읽혔다.

“용인 모현면에 살았던 김종합니다. 제 조부가 동치라는 아호를 쓰는 분입니다.”

종하가 용인당에 들어서자 최달구는 주판알을 튕기고 있었다. 9년 만이지만 최달구는 크게 변하지 않았다. 길고 가는 눈, 매부리코는 예전 모습 그대로였다.

"김종하?"

아홉 살 때 종하와 열여덟 살 종하 모습은 많이 다를 터였다. 최달구가 고개를 갸우뚱거리는 게 당연했다.

"예, 예전에 저희 집에서 오셔서 물건을 많이 실어가셨지요?"

"아, 동치! 그럼 자네가 동치 손자? 맞아, 동치 영감 늘그막에 손자가 하나 생겼지. 그 꼬맹이가 이렇게 컸다 말인가?"

'도련님'에서 '김종하' '꼬맹이'로 바뀌었다. 아버지 말대로 세상은 바뀌었다. 최달구는 본정통엔 어쩐 일인지, 식구들은 어디서 무엇을 하는지 두서없이 물었다. 종하 또한 두서없이 대답한 뒤 용건을 말했다.

"병신 화공 그림들 모두 어디에 있는지 아십니까?"

"병신 영감 죽고 나서 내 아버님이 병신 유품을 챙겼는데 그게 어디 있는지는 나도 몰라."

"예전에 저희 조부 사랑에 걸린 커다란 죽림한풍, 혹시 못 봤습니까? 병신 화공이 그리신 커다란 대나무 그림 말입니다."

종하는 두 손으로 커다란 사각형을 그렸다.

"그래, 기억나네. 그것도 우리 지전 어딘가 처박혀 있었는데. 이곳에 나오면서 쓰레기 정리를 많이 했거든. 그때 없어졌는지, 아니면 여기 와서 쓰레기 뭉치에 실려 없어졌는지 몰라."

"그럼, 아저씨도 죽림한풍 행방을 모른단 말입니까?"

"모른다니까? 그림 같지도 않은 그딴 거 찾기는 왜 찾아? 좋은 그림이 많은데 왜 하필 병신이라는 무명 환쟁이 그림을 찾느냐고."

"예전, 조부 큰사랑에 걸렸던 그림이라 또 한 번 보고 싶네요. 오다가다 죽림한풍이 보이면 좀 챙겨 두십시오. 제가 사러 오겠습니다."

"아, 있으면 당연히 챙겨놓지. 그런데 우리 가게 뿐 아니라 요새 가게마다 되잖은 그림 나부랭이들을 싹 치우는 추세야. 이 마당에 무명 환쟁이 그림이 남아 있을라고? 자네도 알다시피 병신 영감은 용인 장바닥에서나 조금 알려졌지, 여기서는 아무도 병신을 몰라."

"뭐 어쨌든 죽림한풍이 보이면 챙겨놓으세요."

"어차피 내가 이 바닥에서 일을 하니까 보이면 챙겨놓지. 대신 그걸 찾으면 값을 세게 부를 거야, 캭!"

최달구는 뒷문을 열고 가래를 뱉었다. 그때 마침 손님이 들어왔다.

"자네도 한성에 산다니, 반갑네. 이제 우리 가게도 알았으니까 자주 놀러 오라고."

최달구는 손님을 맞으면서 말했다. 종하는 그 뒤로 틈나면 '용인당'을 찾았다. 그러다 용인당 점원이 되었다. 사람들이 팔러온 물건을 정리하면서 서책과 서화 뭉치들을 꼼꼼히 살폈다. 띄엄띄엄 풍죽이 들어왔지만 〈죽림한풍〉은 아니었다.

후지노

종하는 후지노가 〈죽림한풍〉을 펼치는 순간 그 자리에 주저앉아 엎드렸다.

"김 상, 바로 앉아."

후지노는 의자에 앉아 있다가 엎드린 종하 앞으로 다가왔다. 열흘 만에 보는 〈죽림한풍〉이다. 그토록 찾던 〈죽림한풍〉이 후지노 손에 있었다. '丙申'이라 쓰인 글을 보자 동글납작한 병신 얼굴 모양이 떠올랐다.

"얼마 전에도 말했지만 내가 이 풍죽을 보인 사람은 몇 안 돼. 자랑하면 닳을까 싶어 누구한테도 자랑하지 않았어."

〈죽림한풍〉을 제 앞으로 끌어가는 후지노 손은 떨렸다. 그는 열흘 전보다 더 심하게 손을 떠는 것 같다. 체머리를 흔드는 것도 열흘 전보다 더하다. 후지노는 작년에 뇌졸중을 앓아 왼쪽 수족에 마비가 왔다. 몇 년 전에 후지노 아내가 죽자 자식들이 후지노를 일본으로 데려가려 했지만 후지노가 조선에 계속 있겠다고 했다는 거다. 후지노는 총독부 박물관 학예사로 있다가 퇴직했다. 그는 일찌감치 고미술과 골동품에 조예가 있어 서화 골동품을 사 모았다. 후지노는 골동계에서 박물군자로 통한다. 문학, 음악, 미술 관련뿐 아니라 역사도 환하다. 종하가 용인당 점원 시절에 중국 고서들을 뒤적이고 있으면 어깨너머에 서 있던 후지노가 해석을 해주기도 했다.

"이거 좀 들어요."

안잠자기[13] 양평댁이 녹차와 왜떡이 담긴 쟁반을 바닥에 놓았다.

"고맙습니다."

"찻물을 좀 더 갖다 놔."

후지노가 뒷걸음질하는 양평댁한테 말했다.

"영감님, 여기 2천 원입니다. 죽림한풍을 주십시오."

종하는 후지노 앞으로 돈 봉투를 밀었다. 돈 봉투가 아니라 『병신유고』라는 족보를 내놓은 것 같다. 강석초는 약속대로 『병신유고』잔금을 빨리 쳐주었다. 종하는 어제 강석초가 정한 약속장소인 인사동 찻집에 갔다. 잔금을 치르고 그와 술을 한 잔 하게 되리라는 예상은 빗나갔다. 강석초는 잔금을 내밀고 급히 볼 일이 있다면서 먼저 일어났다.

"행동 한 번 빠르군. 김 상이 이천 원을 이렇게 빨리 구해올

---

13 가정부

줄 몰랐어."

후지노는 찻잔을 입에 가져가면서 말했다.

"김 상, 2천 원에 죽림한풍을 내준다는 말은 취소하겠네. 나는 자네가 죽림한풍에 목을 매기에 잠시 숨이라도 돌리고 보자는 마음으로 헛말을 했어. 사실 자네가 2천 원을 못 구할 것 같아서 했던 말이었어. 돈을 구하지 못하면 포기하겠거니 했는데 이렇게 냉큼 구해 오다니! 지키지 못할 약속을 한 건 미안하네. 강석초는 3천 원 준다더군. 그래도 거절했어."

만약을 대비해 종하도 3천 원을 준비했다.

"영감님!"

"미안하다고 했어!"

"약속하신 대로 죽림한풍을 주십시오."

〈죽림한풍〉을 찾기 위해 족보와 다름없는 『병신유고』를 없앴다는 말이 목구멍까지 치밀었다.

"죽림한풍을 버릴 때는 언제고, 이제 와서 그거 아니면 안 된다고 목을 매느냐 말이야."

"버린 게 아니라 빼앗겼습니다."

"뭐가 달라!"

후지노는 찻잔을 입에 댔다 놓았다. 종하는 시간이 흐를수록 〈죽림한풍〉을 싣고 가는 병신을 끝까지 따라가지 못한 걸 후회했다. 목덜미를 잡은 아버지를 뿌리치고 병신을 따라가서 〈죽림한풍〉을 받아오지 못한 걸 지금까지도 후회하고 있다. 시간이 흐를수록 병신 손을 비틀어서라도 〈죽림한풍〉을 빼앗지 못한 게 후회스러웠다.

"번번이 말씀드렸지만 저는 지금까지 죽림한풍을 잊은 적 없습니다. 죽림한풍을 찾으려고 나름대로 애를 썼습니다만."

"죽림한풍이 코밑에 있었는데도 몰랐잖아?"

"영감님이 죽림한풍을 갖고 계신다는 것을 저도 이번에 명품상회 새 주인한테 들어 알게 됐습니다. 이제라도 찾아서 잘 간직하겠습니다."

"김 상은 내가 대나무를 얼마나 좋아하는지 누구보다 잘 알 텐데?"

후지노는 예전에 용인당에 자주 들러 새로 들어온 물건을 살폈다. 종하는 대나무문양이 있으면 그림이든 도자기든 후지노한테 보였다. 후지노는 묵죽도는 물론, 마음에 드는 댓잎이라면 도자기나 부채, 참빗도 구입했다. 특히 그는 도자기에 그려진 대나무 문양을 좋아했다. 마음에 드는 대나무 그림이 있으면 값을 불문하고 구입했다.

"자네들이 찾아 와 이렇게 귀찮게 할 줄 알았다면 명품상회 사내한테 죽림한풍을 내가 거둬갔다는 사실을 아무한테 말하지 말라고 일러 둘 걸 그랬어!"

명품상회는 남산정에 있는 골동 가게로 올 봄에 새 주인이

문을 열었다. '명품상회'라는 간판만 달렸을 뿐, 오랫동안 문이 닫혀있던 가게였다. 종하는 명품상회 새 주인이 왔다는 소리를 듣고도 진작 찾아가지 못했다. 나까마는 골동 가게 주인들과 친분이 없으면 일하기 어렵기 때문에 억지로라도 골동 가게 주인들과 친분을 만들어야 했다. 골동 가게 주인도 마찬가지다. 나까마들이 물건을 물어주지 않는다면 장사하기 어렵다.

차 한 잔 마실 시간이면 새 주인과 금세 가까워진다. 종하는 여름에 명품상회에 들렀다. 주인 사내에게 〈죽림한풍〉에 대해 간단히 설명했다. 큰 화폭, 바람과 대나무, 병신 등 몇 마디를 내뱉자 주인이 얼른 말을 받았다. 아, 그 큰대나무 그림말이오? 알다마다요. 내가 이 가게 인수받고 물건 정리하면서 찾아냈소. 여러 겹으로 접혀 저 종이 다발 사이에 끼어 있었소. 그림이 크고 붓질도 독특해서 빼서 여기 걸쳐놓았습죠. 그런 며칠 뒤에 후지노 영감이 와서 사갔소. 봄에만 해도 후지노는 양평댁 부축을 받으며 지팡이를 짚고 살살 다닐 수 있었다. 후지노 영감은 내가 값을 부르지도 않았는데 100 원을 주었소. 사내는 후지노가 〈죽림한풍〉을 사간 사실보다 〈죽림한풍〉을 100 원 받고 판 것을 강조하는 것 같았다.

종하는 그 다음날 바로 후지노를 찾아갔다. 후지노는 〈죽림한풍〉을 보여주지 않았다. 종하는 사흘이 멀다 하고 후지노를 찾아갔다. 종하가 〈죽림한풍〉을 딱 한 번만 보고 바로 일어서겠다는 말을 했지만 소용없었다. 그토록 꿈적 않던 후지노가열흘 전에 〈죽림한풍〉을 펼쳐 보였다. 보여주지 않으면 보여줄 때까지 찾아와 귀찮게 할 것 같아서 보여주는 것이니 다시는 그를 찾아오지 말라는 단서를 달았다.

34년 만에 보는 〈죽림한풍〉이었다. 바탕은 누렇게 바랬지만 먹빛은 그대로였다. 〈죽림한풍〉이 걸렸던 조부 큰사랑과, 조부를 찾아오던 병신이 댓잎 자락 위에 어른거렸다. 댓잎 모양은 갖가지였다. 짚북데기로 그린 댓잎을 보면서 조부와 나누었던 이야기들이 생각났다. 〈죽림한풍〉을 종하에게 주겠노라던 조부 음성이 맴돌았고, 〈죽림한풍〉을 자손만대까지 잘 간직하라는 조부 당부를 떠올리는 순간 후지노는 〈죽림한풍〉을 돌돌 말았다. 자꾸 보면 닳아! 후지노가 〈죽림한풍〉을 벽장 안에 넣으면서 말했다. 종하는 〈죽림한풍〉을 양보해달라고 후지노한테 머리를 조아렸다. 〈죽림한풍〉을 양보해주면 평생 은혜를 잊지 않겠다고 거듭 사정했다. 자네 뿐 아니라 강석초도 〈죽림한풍〉을 양보해달라고 닦달하더군. 김 상, 이걸 꼭 갖고 싶으면 2천 원을 갖고 와. 그럼 내주지. 대신 2천 원을 구해오기 전에는 절대 내 앞에 나타나지 마. 후지노는 검지와 중지를 펴 보였다.

종하는 수중을 탈탈 털었지만 2천 원에 훨씬 못 미쳤다. 골동장이 23 년째에 벌어놓은 돈은 천육십 원이 전부였다. 당장 2천 원을 구할 수 있는 방법은 강석초한테 『병신유고』를 파는 수밖에 없었다.

"죽림한풍을 주십시오, 3천 원 드리겠습니다."

종하는 한쪽에 따로 마련한 돈 봉투를 꺼내 후지노 앞에 바싹 밀었다.

"나는 애완가지 장사꾼이 아니야."

"잘 압니다. 영감님은 그 누구보다 골동품 애완가라는 걸 잘 압니다만 돈을 드리는 것 말고 제가 달리 방법이 없습니다."

"죽림한풍을 그린 화공의 자손과, 그림을 소장했던 자손이 차례로 찾아 와 귀찮게 하고 있어, 서로 저들이 죽림한풍을 가져야 한다면서 말이야."

후지노는 서랍을 열면서 말했다.

"김 상, 죽림한풍을 갖고 싶은가?"

"예 꼭 갖고 싶습니다!"

"그렇다면 내게 이것을 가져다 줘. 이걸 갖고 오면 미련 없이 죽림한풍을 줄 테야. 물론 강석초한테도 같은 조건을 걸었어. 돈으로 붙으려면 자네가 강석초를 이길 수 없지? 나는 두 사람한테 공평하게 기회를 주고 싶어. 두 사람 중에 이걸 갖고 오는 자한테 죽림한풍을 줄 테야. 이 청자를 구하기 전에는 나를 찾아오지 마."

후지노가 펼친 것은 3 년 전에 경성미술구락부에서 발매한 경매도록이다. 그는청자진사죽문병(青磁辰砂竹紋瓶)사진에 손가락을 댔다.

"이 청자 내가 얼마나 탐을 냈는지 자네도 알지? 이게 경성미술구락부 경매에 나왔을 때 나는 돈이 없어 경매장에 못 갔어. 요시이가 이 청자를 낙찰 받았다는 소리는 들었지."

종하도 그때 경매장에 있었다. 요시이가 마츠하라와 경합해 청자진사죽문병을 낙찰 받았다. 청자 바탕에 진사로 세 갈래 댓가지가 그려진 항아리다. 진사로 댓잎이 그려진 청자는 드물어 당시 경합이 치열했다.

"내 말 알아들었으면 가."

후지노는 도록을 덮었다.

"오늘 영감님이 무리하셨어요."

양평댁은 의자 옆에 놓인 찻잔을 챙겼다. 종하는 일어섰다.

"영감님 자식들이 집에 사람들 들이지 말라고 했는데."

양평댁은 앞치마에 손을 닦으며 현관 밖으로 따라 나왔다. 잉어가 날뛰는지 연못 쪽에서 물살 튀는 소리가 들렸다.

"조심해 가시우."

양평댁 목소리 사이로 철문 닫히는 소리가 크게 들렸다.

굴총한 놈

강석초는 후지노 집에서 나오자마자 요시이 가게를 찾았다. 요시이 가게는 선은전 광장에서 남대문통[14]으로 가는 길목에 위치해 있다. 강석초가 가게에 들어서자 그는 녹슨 금동 팔찌를 두고 손님과 흥정을 하고 있었다. 손님은 강석초를 보자마자 일어났다. 그는 다음에 다시 오겠다며 서둘러 가게를 나갔다. 요시이는 어영부영 망설이는 사이 다른 사람 손에 갈 수 있으니 빠른 시일 내에 꼭 다시 오라며 문 앞까지 나갔다. 진열대에는 편자, 도검조각, 놋촛대, 향로와 수저, 장신구, 금장석 등이 놓여 있었다. 요시이가 금속 유물에 손을 뻗쳤다는 소문은 사실인 듯 했다.

"내가 지금 우체국에 볼일 보러 가야 되는데. 하필 자네가 좀 바쁠 때 왔어. 미리 전화라도 하고 오지 그랬나."

요시이는 잠바를 입었다.

---

14 남대문

"골동 가게에 골동품 구경하러 오는데 연락까지 할 것 있소?"

강석초도 의자에서 일어났다.

"귀한 손님이 왔는데 내모는 것 같아 하는 말이지. 자네 소문은 다 듣고 있어."

"나도 요시이 상 소문 다 듣고 있소."

강석초는 요시이가 경성미술구락부경매에서 낙찰 받은 물건을 일본 골동 품소장자들한테 웃돈을 많이 얹어 판다는 소문을 들었다. 요즘 그는 금속 유물 거간으로 더 바쁘게 보낸다는 소문도 덩달아 들려왔다. 그는 경성미술구락부 회원으로 비회원들 대리를 해주고 응찰 수수료도 제법 챙긴다고 했다.

"자네는 청자에다 조선 무명 환쟁이들 그림까지도 모은다면서."

"요시이 상도 조선 무명 환쟁이 그림을 좀 갖고 있소?"

"나는 그런 거 취급 안 해."

"골동장이가 이것저것 가려서 되겠소?"

"그럼 이제라도 조선 무명 환쟁이 그림이 보이면 챙겨 놓을까? 부자 막돌이한테 비싸게 받고 팔까?"

"물을 것 있소?"

"하하하, 알았네 알았어. 작년 봄에는 자네가 대게 낯설었는데 이제야 자네가 막돌이 같구만."

강석초는 재작년 봄에 있었던 경성미술구락부 경매장에서 요시이를 보았다. 귀국하고 며칠 뒤였다. 그는 경매장 마당 귀퉁이에서 일본 소장자들과 환담을 하는 요시이를 보고 먼저 다가갔다. 몸집이 약간 불었을 뿐, 얼굴은 젊었을 때 모습 그대로였다. 큰 키에 딱 바라진 어깨와 번들거리는 얼굴은 예순 중반이라고 믿기지 않을 만큼 혈기왕성해 보였다. 요시이 상, 오랜만이오. 조부 그림을 찾기 위해서는 골동계를 맴돌아야 하고, 골동계를 맴돌다보면 요시이를 피할 수 없을 것 같아 강석초가 먼저 요시이를 아는 체를 했다.

그를 빤히 보는 요시이에게 강석초는 막돌, 개성, 청자 등을 섞어 몇 마디 뱉었다. 그때서야 요시이는 얼른 손을 내밀었다. 요시이는 그 동안 어디서 무엇을 했으며, 경성미술구락부에는 어쩐 일이냐고 빠르게 물었다. 강석초는 남산정을 지나는 길에 경매장 구경이나 해보자고 들렀을 뿐이라고 대답했다. 그 사이 한 사내가 요시이에게 다가왔다. 골동계 사람들이 많이 모이는 곳이니만큼 모두들 서로 인사를 주고받기 바빴다. 강석초는 그 틈에 요시이 손에서 풀려났다. 요시이는 강석초한테 가게 위치와 전화번호를 빠르게 일러주고 일행 틈으로 갔다.

"이봐, 잠깐 나갔다 올 테니 손님 잘 받아!"

요시이는 가게 안쪽을 향해 소리 질렀다. 놋주발에 마른 걸

레질을 하던 소년이 입구로 나왔다.

"예 알겠습니다. 손님도 안녕히 갑쇼!"

"그래, 잘 있어."

강석초는 아이에게 손을 들었다가 내렸다.

"가만 보자, 우리가 얼마 만에 이렇게 정식으로 보는 거지? 한 20 년쯤 됐나?"

정확히 22 년만이었다.

"뭐니뭐니 해도 고려청자가 최고지?"

요시이는 서류 봉투를 겨드랑이에 끼고 모자를 꾹 눌러 썼다. 어제보다 바람은 덜 차가웠다.

"나는 청자니 도자기니 따위 잘 모르오."

"아니 자네가 청자를 모르면 누가 아나. 그럼 청자도 모르면서 청자를 모은다고? 오호라, 자네도 청자 장수로 나섰구만."

"사람들이 청자를 모으니까 나도 한 번 따라 해보는 거요."

그는 청자진사죽문병이 필요한 이유를 요시이한테 알리고 싶지 않다.

"심광옥이라는 자는 돈이 많소?"

강석초는 요시이가 청자진사죽문병을 낙찰 받은 값에 얼마를 덧붙여 심광옥한테 팔았는지 궁금했다.

"한때는 부자였지. 청자에 빠진 바람에 빈털터리가 됐다더라고. 내가 청자진사죽문병을 낙찰 받고 얼마 안 있어 그 양반이 돈다발을 들고 찾아왔더라고. 안 팔겠다고 몇 번이나 못을 박았는데 네 번이나 찾아 왔어. 도저히 안 팔고는 못 버티겠더라고. 안 그러면 죽어 원귀가 되어서 나를 쫓아올 것 같더라고. 에라 먹고 떨어져라 하고 넘겨줬지."

"심광옥 그 양반이 조선 소장자 중에 일급청자를 제일 많이 갖고 있다던데요."

"그것도 옛말이지. 청자를 사려고 청자를 팔아먹은 사람이 심광옥이야. 청자에 미쳐서 재산까지 다 말아먹었으니 보통 미친 사람이 아니지. 그 양반 집안이 빵빵했던 가봐. 사대부에다 조상 대대로 부자였다더라고. 이제 빚쟁이한테 집도 잡혔다는 말이 들리더라고."

요시이는 입맛을 다셨다. 강석초는 마주 오는 인력거에 길을 터주기 위해 비켜섰다.

"왜들 청자진사죽문병을 그렇게 찾소?"

그는 청자진사죽문병을 갖고 오면 〈죽림한풍〉을 내주겠다는 후지노를 떠올리면서 물었다.

"아, 청자야 모두들 좋아하지. 찔끔찔끔 나오는 물건도 일본사람들이 다 사 갖고 가. 일본사람들 고려청자라 하면 뻑 가는 거, 자네도 알잖아. 청자가 도굴되는 즉시 일본으로 다 반출됐으니. 얼마 안 남은 청자가 이 손 저 손을 거치다 보니 값이 푹푹 뛴 거지."

"청자진사죽문병 같은 그런 물건은 얼마쯤 줘야 살 수 있소?"

"연적 같은 소품은 이천 원부터 시작하지만 청자진사죽문병 같은 병이나 항아리 종류는 지금은 부르는 게 값이지. 최소 오천 원부터 시작해 만 원을 웃돌겠지. 청자진사죽문병은 진사에다 대나무 문양이라 웃돈이 좀 더 붙을 거고."

"참 나."

"또 그 물건은 마츠하라와 내가 경합을 벌였기 때문에 인기가 더 올랐어. 그 양반도 청자 애완가잖아. 게다가 후지노가 그걸 탐냈거든. 자네도 아는지 모르겠다만 후지노야말로 진짜 골동계 거물이야, 거물. 자네가 경성에 나타나기 전에는 그 양반도 경성미술구락부 단골 고객이었어."

"경성에는 온통 거물에다 애완가군요."

"웬걸, 후지노는 진짜 거물이야. 골동품 보는 눈이 대단하지. 나도 그 영감 소장품을 다 보지는 못했어. 그 영감은 대나무 문양이 들어간 거면 도자기든 그림이든 모은다던데. 후지노가 소장한 그림 중에는 유명화공 그림도 있지만 무명 화공들 그림도 제법 있다나봐. 하찮아 보이는 그림들도 그 양반이 소장하고 있으면 대단해 보인다 하더라고. 그 양반도 골동품에 재산을 탕진한 사람이지. 요새는 병까지 깊어 운신도 잘 못한다던데."

강석초는 체머리를 흔들던 후지노를 떠올렸다. 실룩거리는 관자놀이, 진물이 괸 눈언저리, 쪼글쪼글한 입매는 일흔두 살보다 훨씬 더 들어 보였다.

"암튼 세상 참 재미있어. 자네와 골동품 이야기를 다 하다니 말이야. 자네를 생각하면 무명저고리에 지카다비[15]를 신고 발목에 행전을 친 채 거적에 돌돌 만 청자를 지게에 싣고 가는 모습만 떠올라. 그런 강막돌이가 강석초라는 신사가 되어 나타날 줄 누가 알았겠느냐고."

"나도 요시이 상이 경성의 내로라하는 골동장이가 되어 소장자들을 주물럭거린다는 게 믿기지 않소."

"배운 게 도둑질인 걸. 생각해 보면 개성 시절이 좋았지. 그때 자네가 갖고 온 물건이 정말 일급품이었는데. 자네도 그때 제법 짭짤했잖아. 운이 나빠서 좀 그랬지만."

"죽 쑤어 개 준 꼴이었지요."

강석초는 선은전 광장 쪽을 바라보면서 말했다.

"그때 나는 자네한테 잘해 줬어. 나한테 섭섭한 게 있으면 다 털어버리라고."

"털고 말고 할 것도 없소. 다 내가 자초한 일이오."

강석초는 어서 요시이와 헤어지고 싶다. 개성 시절 이야기

---

15 작업화

를 하기 싫어서 요시이를 피했던 거다.

"자네가 언제쯤 일본을 떠났나?"

"1909년이니까 스물한 살 때였소."

"내가 경성으로 오고 나서네."

요시이는 우체국 앞에서 멈춰 섰다.

"참, 자네 혹시 그때 내가 고발했다고 생각하는 것은 아니지?

"다 지난 일이오."

"난 절대 아니니까 오해했다면 지금이라도 풀게."

"털고 말고 할 것 없다니까요."

"그때 그 야노 상 말이야. 그 양반도 청자 팔아 벼락부자가 됐지. 그 양반은 일찌감치 본토로 갔잖아. 본토 가서도 끗발 날린 모양이던데."

"그때 한탕 했던 사람들 대부분 일본으로 귀국했다던데요."

"나도 언젠가는 돌아갈 거야. 요새도 마누라와 자식들이 들어오라고 난리지만 이제 일본 가면 적응 못할 것 같아. 자네도 20년쯤 일본에서 살았으니 내 심정 알 거야. 자네한테도 일본이 제2 고향 아닌가?"

"고향이 따로 있소? 정들면 고향이지요."

"석초라는 이름은 언제 바꾸었어?"

"조선을 떠나면서요."

옛 이야기를 하고 싶지 않았지만 요시이는 자꾸 과거를 들추었다.

"그런데 자네는 일본에서 뭘 했기에 돈을 그렇게나 벌었나? 문화주택 몇 채에 땅도 많이 갖고 있다면서?"

"여기는 누가 방귀만 뀌어도 소리가 온 사방에 진동하니 참 좁기는 좁군요. 어서일 보시오."

"다음에 술이나 한잔 하자고. 자네 일본살이 이야기도 듣고 돈 번 이야기도 듣고 싶네."

요시이가 우체국 안으로 들어가자 강석초는 담배를 꺼내 물었다. 저만치 전차가 오고 있었다.

*

강석초는 조부 병신이 죽자 곰보 지전으로 갔다. 조부는 죽기 두 달 전쯤 동치 집을 다녀왔다. 그때 조부는 〈죽림한풍〉을 갖고 왔다. 강석초는 〈죽림한풍〉을 동치에게 줬으면서 왜 갖고 왔느냐고 물었다. 조부는 〈죽림한풍〉을 동치 집에 두면 영원히 잃어버릴 것 같아서 갖고 왔다고 했다. 잠시 보관하고 있다가 때가 되면 다시 동치 집에 갖다 줄 거라고 덧붙였다. 그러기를 며칠 지나 동치가 죽었다는 소식이 들렸다. 그 두 달 뒤 조부도 죽었다. 한겨울 새벽, 조부는 심장을 움켜쥐고 자반뒤집기를 몇 분 한 뒤 숨을 거두었다.

조부가 죽자 강석초는 곰보를 따라 지전으로 갔다. 니 할애비가 생전에 나한테 부탁했어. 죽으면 자기 유품을 관리해주고 막돌이 너를 좀 살펴달라고 말이야. 곰보는 선반을 시렁을 뒤져 조부 유품을 모두 챙겨 그의 지전으로 갖고 갔다. 지전으로 온 강석초는 곰보가 시키는 대로 지전 청소를 하고 진열대를 정리했다. 최달구가 실어온 물건들도 정리했다. 깨진 요강이나 사발, 문창살, 놋수저, 사기 주전자 뚜껑, 백자 항아리, 그림 등, 최달구가 실어온 물건은 다양했다. 그림 뭉치를 들추어 쥐똥이나 먼지를 떨어내고 나면 손이 까무스름했다.

곰보는 조부 초막에서 챙겨온 유품 보따리를 펼쳐 버릴 것은 버리고 챙길 것은 챙겼다. 강석초는 곰보가 〈죽림한풍〉을 어디에 두는지 봐 두었다. 때를 봐서 따로 챙겨둬야겠다고 생각했다. 그러던 어느 날 강석초는 지전을 청소하다 말고 〈죽림한풍〉을 바닥에 조용히 펼쳤다. 조부 초막에서 본 뒤 오랜만에 보는 〈죽림한풍〉이었다. 그림에 '丙申'이라는 이름이 쓰여 있었다. 강석초는 조부가 그림에 이름을 써 넣는 걸 보면서 손가락으로 '丙申'을 방바닥에 따라 쓴 기억도 났다. 강석초는 〈죽림한풍〉을 착착 접어 품에 넣었다.

"이놈아 그걸 왜 숨겨?"

보이지 않던 최달구가 어디서 나타났는지 강석초 앞을 막아섰다. 조부가 그린 그림을 마른걸레 같은 종이 뭉치 사이에 둘 수 없었다.

"너 여기서 물건을 빼다 저잣거리에 가서 팔지? 어쩐지 물건이 하나씩 빠진다 싶었는데 네놈 짓이구나."

최달구는 강석초 손을 뿌리치고 고름을 당겨 〈죽림한풍〉을 움켜쥐었다.

"네가 툭하면 일 팽개치고 뒷산에 가서 놀다 와도 모른 체 했는데, 안 되겠어."

강석초는 가끔 뒷산에 가서 새총잡이 놀이를 했다. 산마루에 올라 먼 곳을 바라보며 고무 새총을 쏘아대면 곰보 부자를 미워하는 마음이 누그러졌다. 강석초는 툭하면 그에게 알밤을 먹이는 최달구가 미웠고, 그의 편을 들어 쯧쯧거리는 곰보도 싫었다.

"네 할애비는 염통 머리가 없는 데다 고집이 세서 그렇지 남의 것은 탐내지 않았다. 네 할애비와 쌓은 정분을 생각해서 너를 데리고 왔는데 그런 짓하면 우리가 어떻게 너를 데리고 있겠느냐."

변소 갔다 오던 곰보가 바지춤을 여미며 강석초 앞으로 다가왔다.

"할아버지, 저 그림은 제 할아버지가 그리신 거니까 제가 갖고 있을게요."

강석초는 〈죽림한풍〉을 돌돌 마는 최달구를 보면서 곰보한테 말했다.

"전에 네 할애비가 나한테 다 맡겼다고 했지?"

"그래도 저 그림은 제가 간직할게요."

"어린 게 되바라졌구나. 어른한테 꼬박꼬박 말대꾸하는 것은 어디서 배웠어?"

최달구는 강석초 머리를 쥐어박았다.

"어서 이거나 정리하자고, 이리 와."

최달구는 지전 앞에 널브러진 물건 앞으로 갔다. 강석초는 짚을 말아 쥐고 대꼬챙이로 귀때병 안을 쑤셔대는 최달구 옆에 앉았다. 멍석 위에는 오리병, 자라병, 촛병, 치룽 등이 놓였다. 강석초는 병 주둥이를 박박 문질렀다. 아무리 문질러도 더께는 닦이지 않았다. 식초나 기름 냄새 등이 나는 더러운 병을 닦는 일보다 차라리 새를 잡아 파는 게 낫다고 생각하면서 하루하루를 보냈다. 그러던 중 그는 개성의 어느 여관에 심부름꾼으로 가게 됐다. 지전을 드나드는 손님한테 곰보 부자가 부탁한 자리였다. 여관은 개성경찰서 근처에 있었으며 일대는 일본인들이 많이 드나들었다.

강석초는 또래 아이들이 보통학교에 다닐 때 여관방에 장작을 지피고 손님들한테 세숫물을 떠다 바치거나 방에 자리끼를 갖다 주는 일을 했다. 아이들이 다니는 만월대보통학교에 강석초도 다녀보고 싶었지만 여관 심부름만으로도 하루 종일 바쁜 그에게는 언감생심이었다. 해가 갈수록 손님이 늘었고, 손님 반이 일본인이었다. 강석초 일도 늘었다. 갈비를 긁고 장작바리를 짊어졌다. 산비탈을 오르내리다 보면 조부 초막 위에 있는 시루봉 자락이 생각났다. 저잣거리에서 초상화나 호랑이를 그리는 사내를 볼 때면 조부 생각이 났다.

청년이 되자 여관이 갑갑했다. 또래들 중에는 고등보통학교에 진학하거나 장가드는 이도 있었다. 부잣집이나 양반가 자식들은 대개 한성이나 일본으로 유학을 떠났다. 강석초도 개성을 떠나고 싶었다. 여관을 드나드는 손님들한테 풍기는 객지 냄새가 떠나고 싶은 그를 더욱 부추겼다. 경의선이 개통되고부터 한성, 평양, 해주, 의주 등에서 온 손님들이 더 늘었다. 그들 말투와 차림새에서부터 새로운 세상이 꿈틀거리는 것 같았다. 갓쟁이보다 하이칼라 머리에 포마드를 바르고, 두루마기보다 셔츠에 조끼를 받쳐 입은 양복쟁이 손님들이 점점 늘었다. 그들 가죽 통가방에는 외지바람이 듬뿍 들었을 것 같았다.

"허우대 좋고 인상도 좋은 젊은이가 이런 곳에 처박혀 있기에는 좀 아까워 보이는군. 일본말도 잘 하는 것 같은데 내가 좋은 일자리 하나 알아봐 줄까?"

강석초는 어느 날 마당 귀퉁이에 앉아 숫돌에 칼을 갈고 있는데 한 사내가 다가왔다. 사내는 가끔 장정 몇 명과 여관을 묵던 일본 손님이었다.

“어떤 일입니까?”

“공사 인부. 하루 품삯이 5, 60 전이야.”

일당이 5, 60전이라면 망설일 이유가 없었다. 여관잡부 월급 5 원에 비해 많은 돈이었다. 강석초는 사내 말을 온전히 믿지 않았지만 여관을 떠날 좋은 기회라고 판단해 그를 따라 나섰다. 공사 인부가 도굴꾼 인부라는 것은 사내를 따라가서야 알았다. 인부 대부분은 경성, 파주, 고양, 양주 쪽에서 온 가난한 조선인들이었다. 그들 또한 5, 60 전이라는 일당에 동해서 도굴꾼들을 따라나선 거라 했다. 도굴꾼은 인부들이 도굴한 청자를 인근 골동 가게에 팔거나 일본으로 빼냈다. 갈수록 개성 읍내에 골동 가게가 늘었다. 골동가게 주인들은 도굴꾼들이 갖고 온 청자를 밀매하는 장물아비들이었다. 요시이도 그중 한 명이었다.

해가 갈수록 도굴꾼은 북적였다. 고분 주변에는 몽둥이를 든 마을 장정들과 순사들도 점점 늘었다. 강석초는 도굴꾼들이 포승줄에 묶여 개성경찰서에 끌려가는 것도 자주 보았다. 고분을 파헤치다 마을 장정들한테 들켜 두들겨 맞는 도굴꾼도 많았다. 맞아서 팔다리가 부러지거나 죽은 이도 있다는 소문도 들렸지만 그는 도굴을 멈출 수 없었다.

짧은 시간에 목돈을 만드는 방법은 도굴 인부 노릇뿐이었다. 방 한 칸 얻을 돈만 마련되면 한성으로 떠날 참이었다. 그러나 순사와 마을 사람들 감시가 살벌해 작업은 점점 뜸했다. 공치는 날이 늘었고, 무덤을 파헤쳤지만 아무것도 꺼내지 못할 때도 있었다. 일당이 점점 줄어들자 혼자 나섰다. 2년여 가량 도굴을 했던 터라 고분에 뗏장을 떼 내고 봉분을 파헤쳐 무덤에 들어가는 것은 들쥐만큼 날랬다.

밤낮없이 고분을 지키던 순사도 비 오는 날에는 안 보였다. 강석초는 비오는 밤만 기다렸다. 비오는 밤은 흔하지 않았다. 대신 그날이 닥치면 무덤 몇 기를 파헤쳤다. 쇠꼬챙이에 전해지는 촉감만으로도 무덤 속 기물(器物) 종류가 가늠됐다. 무덤 속에 들어갔다가 빈손으로 나올 때도 있었지만 한 기에서 청자 넉 점을 꺼내기도 했다. 청자 한 점에 2십 원을 받고 요시이한테 넘겼다.

강석초와 요시이와 밀거래한다는 걸 눈치챈 야노가 강석초에게 접근했다. 그는 3십 원 줄 테니 청자를 넘겨달라고 했다. 야노 제안을 받아들이기 전에 강석초는 요시이를 찾았다. 같은 값이면 요시이와 이어가고 싶었다. 장물아비를 늘려서 좋을 것은 없었다. 요시이는 십 원씩이나 더 올려줄 수 없다고 했다. 강석초는 야노를 찾았고, 그는 약속대로 청자 한 점에 삼십 원을 쳐주었다.

"나를 배반해서 좋은 꼴 보기 힘들 걸? 도굴범 벌금이 얼만 줄 알지? 징역을 얼마나 사는 지도 알지?"

"도둑놈보다 장물아비 죄가 더 크다는 것도 알 텐데요?"

맞아 죽을 각오로 뛰어든 도굴이었다. 요시이 협박에 도굴을 멈출 수는 없었다. 마지막으로 청자 한두 점만 더 빼내면 한성으로 가리라는 각오였다.

"이 도둑놈 새끼!"

그날은 폭우에 천둥 번개까지 쳤다. 강석초가 삽을 들고 무덤 주변을 서성이는 데 서늘한 총구가 닿았다. 순사들이 순식간에 그를 둘러쌌다. 강석초가 비오는 깊은 밤에 고분에 손을 대는 것을 아는 사람은 요시이뿐이었다. 요시이 제안을 거절한 게 후회됐지만 때는 늦었다. 강석초는 1년가량 복역을 마치고 나왔다. 마을에 들어서자 장정들이 그를 덮쳤다.

"근본도 뿌리도 없는 천하 호로자식 같으니! 어디서 굴러 처먹다 우리 마을에 흘러들어 와 무덤을 파먹느냐 말이야, 에이 굴총한 놈! 너 같은 천하 상것은 생매장 당해야 해!"

장정들이 매질과 발길질을 하자 사람들은 점점 더 모였다. 굴총할 놈! 그 말은 포승줄에 손이 묶인 채 순사한테 붙잡혀 가는 도굴꾼들을 보고 마을사람들이 손가락질을 하며 뱉는 말이었다. 굴총할 놈이라는 말은 조상과 선조, 부모 자식도 모르고, 위아래도 모르며 막무가내로 날뛰는 상것이라는 욕이었다. '개성사람 묘 치장 하 듯'이라는 속담처럼 개성 사람들이 묘에 정성을 많이 들인다는 것은 강석초도 잘 알았다. 아무리 구두쇠라도 개성 사람들은 묘 치장 하는 데는 돈을 아끼지 않았다. 그들은 비록 자기 조상의 묘가 아닐지라도 남의 묘를 파헤치는 자들을 가만 두지 않았다.

"에이 천하에 막돼먹은 잡것, 에이 굴총한 놈! 근본과 뿌리도 없는 놈!"

어디선가 날아온 돌부리에 이마가 터졌다. 그는 콧잔등과 입을 타고 흐르는 피를 손등으로 훔치면서 조선을 떠나리라 마음먹었다. 아무도 자신을 알아보지 못하는 곳으로 가고 싶었다. 근본과 뿌리를 들먹이지 않는 곳에 가서 새롭게 살고 싶었다. 머리를 자르고 이름을 바꾸었다. 石草. '막돌'은 '石'으로 바꾸었고, 거기에 짚가리라는 뜻인 '草'를 덧붙였다. 돌과 풀만 있다면 제 한 몸 뉘일 움막은 어디서든 마련된다는 뜻이었다. 그는 지천에 늘린 돌과 풀이 보금자리가 된다는 것을 도굴꾼으로 혼자 나서서 움막을 지을 때부터 알았다.

초막으로 돌아온 강석초는 뒤란을 팠다. 복역했던 1년 사이에 뒤란은 잡초 덤불이었다. 복역 전에 묻어둔 청자 석 점은 그대로 있었다. 숨겨둔 청자는 표주형 주전자, 연꽃 무늬 정병, 갈대 무늬 매병이었다. 모두 깨지거나 금 간 곳 없이 온전했다. 그는 청자들을 짚으로 칭칭 동여매고 보따리 속 누더기에 파묻고 일본행 배를 탔다. 동경에 도착하면 일자리부터 찾을 터였다. 숙식이 제공되는 곳이면 어떤 일이든 가리지 않을 것이었다. 숙식과 일자리가 마련되고 자리가 잡히면 골동 가게를 돌아볼 터였다. 고려청자에 환장한 사람만 찾으면 큰 돈을 만질 것이었다.

저울

"안 그래도 나가볼까 하던 참이었네. 오늘따라 왜 그리 주리가 틀리는지."

심창수는 꼬았던 다리를 풀며 자세를 고쳐 앉았다. 그는 종하와 고등보통학교 동기로 재학 시 촉망받는 인재였다. 그러나 그는 일본 유학 중에 사회주의 사상에 빠진 조선 유학생한테 이끌려 유학 생활을 접었다. 그는 독립단체 활동을 하면서 감금과 출옥을 반복했다. 한때 고등보통학교 동기들은 만났다 하면 심창수 이야기를 빼놓지 않았다. 심창수가 일본 유학에서 제대로 공부나 했다면 지금쯤 한자리 거뜬히 꿰찼을 것이라는 게 동기들 말이었다. 심창수 집안이 기울기 시작한 때는 도자기에 빠진 아버지 심광옥 때문이라는 이도 있고, 심창수가 독립운동 단체에 가입하고부터라는 이도 있고, 두 가지다가 원인이라는 이도 있었다.

종하는 심창수가 기미년 삼일운동에 가담했을 때 용인당

구석 자리에 앉아 손님이 팔고 간 물건들을 정리하고 있었다. 사람들 만세소리가 가게 안까지 울려 퍼졌지만 종하는 바깥을 내다보지 않았다. 거리는 순사 반, 만세를 외치는 사람들 반이라며 바깥을 휘돌고 온 최달구가 들려주었다. 종하는 심창수 신변에 문제없기만을 바랄 뿐이었다. 용인당 구석에 앉아 청동화로나 쟁반을 닦으면서 이따금 뒷문으로 나가 담배를 피웠다. 종하는 바깥에 동요되지 않으려고 물건 손질에 골몰했다.

종하가 만지는 물건 중에 누군가가 애타게 찾고 있는 게 있겠다 싶을 때면 숫돌하나도 예사로 다루지 않았다. 서안 하나도 아무렇게나 만지지 않았다. 책이나 편액도 소중하게 다루었다. 그러나 그런 물건을 찾는 이는 없을뿐더러 사러 오는 이도 드물었다. 그런 자지레한 물건들은 비싼 물건을 팔기 위한 들러리들이었다. 물건들은 대개 몰락 양반 집에서 나온 것들이었다. 떡살과 매통, 함지 소반과 다듬잇돌, 서안, 문갑, 사방탁자, 담뱃대꽂이 등을 팔러온 것을 보며 종하가 식구들과 용인을 떠나올 때가 생각났다. 〈죽림한풍〉을 바랑에 꽂고 떠난 병신이 생각은 수시로 났지만 그런 물건을 볼 때면 잠복한 병처럼 도졌다. 좋은 시절에 〈죽림한풍〉을 꼭 종하 집에 갖다주겠다던 병신이었지만 그는 조부 떠난 두 달여 뒤에 죽었다. 〈죽림한풍〉이 구천을 떠도는 것만 같았다.

"심 기사는 잘 있지?"

심 기사는 심창수 사촌으로 건축가다. 그는 교토대학에서 건축학과를 졸업한 뒤 귀국해 경성부청 영선반에서 일했다. 그는 사촌 심창수가 사상범이라는 이유로 경성부청에서 쫓겨났다. 심 기사는 그 뒤로 종로에 건축 사무실을 차렸다.

"요새 자네가 종로에 자주 나오는군."

심창수는 왼손으로 물잔을 잡았다. 그는 고문 후유증으로 오른팔을 거의 쓰지 못한다.

"경성에서 종로를 빼면 갈 곳이 있나? 남산정에서 볼일을 보고 나니 종로에 볼일이 또 생기지 뭔가."

종하는 청자진사죽문병이 요시이 손에 있다는 후지노 말을 듣는 순간 종로전당포를 찾아가야겠다고 생각했다. 요시이가 낙찰 받은 청자진사죽문병은 심광옥이 탐을 냈고, 심광옥은 사채를 얻어 그걸 샀지만 작년가을에 종로전당포에 잡혔다는 것도 알았다. 심창수는 아버지 심광옥이 청자를 사기 위해 청자를 저당 잡히는 것이 이해되지 않는다면서 종하에게 하소연을 하곤 했다. 종하는 심창수가 푸념과 한탄을 섞어 심광옥 이야기하는 것을 듣는 것만으로 심광옥 근황을 알았다.

"어머니는 좀 어떠신가?"

심창수 어머니 안부를 물을 것도 없었다. 어머니는 앓아누운 지 오래됐다. 심창수가 건축사무실에 나가고부터 어머니는 동생내외가 데리고 갔다. 심광옥은 집을 저당 잡혔지만 원금은커녕 이자도 제 때 내지 못해 결국 집이 넘어가게 됐다. 재산을 털어 청자를 사 모았지만 소장품 반은 빚에 넘어갔다. 요즘 심광옥은 빚쟁이들을 피하느라 집을 자주 비운다고 했다.

"볼 일은 다 봤나?"

"뭐 대충."

종하는 방금 심광옥이 청자진자죽문병을 맡긴 종로 전당포에 들렀다. 전당포 쪽창은 쇠창살로 가려져 있었다. 약간 열린 쪽창으로 주인 사내 얼굴이 반쯤 보였다. 그마저도 쇠창살에 가려 주인 사내 한쪽 눈만 보였다. 담보물 중에 청자진사죽문병이 있느냐는 종하 물음에 사내는 쪽창을 닫았다. 탁! 문 닫히는 소리와 총독이 와도 담보물을 알려주지 않는다는 주인 사내 말이 섞여 들렸다. 종하는 청자진사죽문병을 처분할 상황이 오면 연락해달라며 주인집 전화번호를 적어 창살에 끼워두었다.

전당포를 나온 종하는 종로 바닥을 돌았다. 종각 뒤 동일은행 앞의 돌층계에 앉아 행인을 바라보다가 화신백화점 주변을 어슬렁거렸다. 보신각 갈림길에서 오가는 전차를 보면서 어디를 가볼까 망설이다 다방 '본아미'로 발길을 돌렸다. 종하는 가끔 혼자 '본아미'를 찾곤 했다. 커피 한 잔을 시켜놓고 그림들을 구경하면 커피 값 15 전이 아깝지 않았다. 그림전시가 없으면 의자에 기대 잠깐 눈을 붙이곤 했다. 가끔 심창수를 불러내기도 했다.

"그래, 죽림한풍 소장처를 알았다면서 찾았나?"

"곧 찾을 걸세."

"엊그제 저녁에 강석초라는 자가 집에 찾아왔더군. 청자진사죽문병인가 뭔가를 갖고 싶다면서 아버님을 찾더라고. 아버님이 집에 안 계신다 해도 막무가내야. 한 발을 대문 문턱에 올려놓은 폼이라니, 이건 뭐 빚쟁이가 따로 없더라고. 그 자도 중병에 들었더군."

심창수는 골동품수집가들은 허영과 치기로 똘똘 뭉쳐 있는 자들이라고 했다. 먹고 살 길을 찾아 만주로 떠나는 사람들이 느는 마당에 사금파리 하나 사는데 집 한 채 값을 쓰는 사람들은 제 정신이 아니라고 했다.

"오늘 신문에서 식솔들을 굶기는 처지를 비관해서 사내가 목을 맸다는 기사를 봤네."

"그 사내는 목을 맬 구실을 찾았던 게 아니었을까? 식솔들을 굶긴 죄책감 때문에 죽어야 한다면 목맬 사람은 천지야."

심창수 이야기를 듣다 보면 돈 많은 것은 죄이며, 비싼 골동품을 사는 사람들은 나라를 팔아먹은 것처럼 느껴졌다. 거간 노릇하는 종하는 밀정자라도 된 것 같았다.

"자네도 죽림한풍 찾을 명분이 없었다면 딴 이유를 만들어서라도 골동 바닥을 맴돌 거라는 말로 들리는데?"

"비틀지 말게. 나는 자네가 가난한 자들을 피해자로 보는 게 답답하다는 말을 하는 거네. 늘 말했듯이 돈 많은 것은 죄가 아니네. 돈 많은 사람들이 골동품 사 모으는 것도 죄가 아니네."

"봐, 자네도 병이 깊었다니까."

"자네가 모든 걸 포기하고 독립운동에 몸을 던졌듯이 나도 한눈팔지 않고 죽림한풍 찾는 데만 매달렸어. 세워놓은 목표를 향해 분투한 것은 독립운동가 못지않단 말일세."

"자네가 오로지 죽림한풍에 목을 맸기 때문에 포기 못하는 걸세. 자네 말마따나 죽림한풍을 영원히 못 볼 수도 있었잖아."

"어쨌든 죽림한풍은 잘 보관되어 있었어."

종하는 소파에 기댔다. 여태까지 소파 등받이에서 등을 떼고 다탁에 바싹 다가앉아 있었다. 언제부턴가 종하는 심창수를 만날 때마다 긴장했다. 녹슬고 곰팡이 핀 그릇 등이 쌀 수십 가마 값에 거래되는 것을 볼 때면 심창수가 떠올랐다. 간장 종지 하나가 몇 백 원에 거래되는 것을 볼 때마다 심창수가 떠올랐다. 기와 서너 채 값으로 청자 한 점 구입하는 이를 볼 때면 그들이 물신 숭배 주의보다 더 저열한 자라고 씹어뱉듯 말하는 심창수가 떠올랐다. 종하 꼭뒤에 심창수 눈과 입이 따라

다니는 것 같았다. 그럴 때면 〈죽림한풍〉을 찾아야 한다는 마음의 평정심이 무너졌다. 〈죽림한풍〉을 찾아야 한다는 시퍼런 신념이 삭아 내려앉았다. 그림 한 점 찾기 위해 많은 세월을 지벅거린 게 억울하기까지 했다. 그러나 심창수는 서화 골동에 관심 없고, 골동품에 문외한인 자다. 심창수라는 추(錘)에 종하 자신과 〈죽림한풍〉을 달아맨 것부터가 잘못이었다.

심창수 판단을 잣대로 삼은 게 잘못이었다. 심창수는 청자에 빠진 아버지 심광옥을 비틀기만 했지, 아버지를 헤아리려고 하지는 않았다. 자신이 보고 싶은 세상만 보고 다른 세상을 아예 보려고 하지도 않는 심창수라는 저울에 마음을 얹었던 게 잘못이었다. 그의 저울은 처음부터 기울었다. 종하는 〈죽림한풍〉을 찾으려는 자신의 저울만 믿기로 다짐했다.

종하는 실그러진 마음을 도스르려고 골동가게 아무 데나 쑥 들어갔다. 서화 뭉치를 뒤졌다. 대나무 그림은 많아도 〈죽림한풍〉만한 대나무는 없었고, 풍죽은 있어도 〈죽림한풍〉만한 바람은 없었다. 그림 전시회를 다녀 봐도 〈죽림한풍〉만한 풍죽이 없었다. 〈죽림한풍〉을 자손만대까지 잘 보관하라던 조부 당부를 지켜야 했다. 무엇보다 〈죽림한풍〉은 종하 그림이었다. 〈죽림한풍〉을 찾아야 한다는 결기가 되살아났다.

"자네는 아마 죽림한풍이 없어졌을 거라고 판단했을 거야. 그랬기 때문에 그걸 찾는 데 목을 맸을 테고. 그건 공상가가 아니면 불가능하지. 자네는 공상가야."

"사회주의 사상 자체가 모순이고, 모순이기 때문에 세상에 존재하지도 않는 그런 것을 맹신하는 자네도 공상가야."

"사회주의는 우리가 꼭 이뤄야 할 세계야."

"사회주의자들의 소망대로 모두가 평등해진다면 골동품 수집하는 자는 더 늘어날 걸세. 인간은 자신이 다른 사람보다 돋보이고자 발버둥 치는 존재니까. 사회주의? 그것도 자신이 잘났다는 우월의식에서 시작한 사상 아닌가?"

"그럼 자네가 죽림한풍을 찾는 것도 자네를 드러내 보이기 위한 건가? 내가 볼 때는 자네가 여태까지 죽림한풍에 매달리는 건 오기야. 이왕 칼을 뽑은 거 썩은 무라도 잘라야겠다는 오기 때문에 죽림한풍, 죽림한풍 외는 것 같단 말일세. 포기 하자니 멋쩍고, 계속 가자니 막막하고 뭐 그런 거 아닌가."

"헛짚었네."

종하는 〈죽림한풍〉을 찾기 위해 용인당 점원이 되었지만 뜻대로 되지 않았다. 종이뭉치들을 헤집을 때마다 〈죽림한풍〉이 나올 것 같았는데 없었다. 〈죽림한풍〉이 손에 잡히지 않을 것 같은 막막함이 몰려올 때면 손에 잡히는 대로 물건을 샀다. 얼마 되지 않은 점원 월급 모두를 썼지만 물건을 손에 넣을 때는 어떤 세계를 품은 듯 뿌듯했다. 정말 남세스럽구나. 고작 고물장이나 되라고 네 누이가 힘들게 공부를 시켰더냐? 고물에 빠진 네 조부를 봐 낸 것도 진절머리가 났는데 너까지 그 따위에 빠져든 게냐. 어머니는 종하가 산 상아 물부리나 백자 재떨이를 보면서 혀를 찼다. 종하는 머리를 싸매고 누운 어머니 심기를 더 건들기 싫어 지청구를 가만히 듣고만 있었다.

"자네가 고물장이를 해서 번 돈도 결국 죽림한풍 찾는 밑천으로 다 썼잖아. 자네도 모르게 그쪽 세계에 빨려들고 있다고. 서서히 빠지다보면 어느덧 늪에 잠겨 있을 거야, 두고 보라고. 난 골동품은 모르지만 그에 빠지면 어찌 되는지는 누구보다 잘 알지."

"빨려 들지 않으면 죽림한풍을 찾지 못해."

"가랑비에 옷 젖는 줄 모르듯이 자네도 모르게 서서히 잠긴다니까? 뭐 어쨌든 자네가 그렇게 애면글면했던 죽림한풍을 곧 찾는다니 미리 축하하네. 그러나 내 장담하지. 자네는 죽림한풍을 찾고 나면 또 다른 걸 찾아 나설 걸세. 어딘가에 빠져 헤어나지 못하는 재미를 이미 쏠쏠하게 봤으니까 또 찾아 나설 거라 이 말이네. 자네는 그걸 꿈이라고 하지만 내가 보기에 꿈이 아니라 몽상이야."

"아저씨들, 정말 오랜만에 오셨네요."

여급이 다탁에 찻잔을 놓으면서 종하에게 말했다. 종하는 심창수가 무엇을 안다고 함부로 지껄이느냐고 쏘아붙이려는데 여급이 찻잔을 들고 왔다.

"그 사이 좋은 그림전시가 많았는데 좀체 보이지 않으셨어요."

여급이 종하를 보면서 말했다.

"이 친구가 그림을 그렸으면 저것보다 나았으면 나았지 못하지는 않을 거요."

"쓸데없는 소리."

"어쩐지! 이 아저씨가 여기 오실 때면 그림부터 보신다 했어요."

심창수는 한때 종하더러 돈 많은 한량들 손발노릇이나 하려고 화가라는 꿈을 접었느냐고 몰아붙였다. 종하는 잊히고 묻힐 뻔했던 옛 물건을 세상에 드러내놓는 골동장이도 화가 못지않게 보람 있는 일이라고 오금 박듯 말했다. 종하 고등보통학교 재학 때 별칭은 '김밀레'였다. 미술 교사가 종하가 그린 그림을 보고 붙인 별칭이었다. 종하는 삼청동 골목이나 종로 거리 등, 눈에 보이는 대로 곧잘 그렸다. 미술 교사는 화폭을 채우는 구성이 과감할 뿐 아니라 원근감을 잘 살린 솜씨가 예사롭지 않다고 평했다. 미술 교사는 종하가 조선에 머물기엔 아깝다면서 동경미술학교에 유학하기를 권했지만 종하는 사양했다.

그가 그려 보태지 않아도 그림은 지천이었다. 골동 가게에 처박힌 그림들 중에는 다듬잇돌이나 돌확 받침대로 쓰이고 오동나무 상자 깔개로도 쓰였다. 그런 것들도 누군가가 돗바늘에 심장 찔리는 아픔을 견디면서 그렸을 터였다. 생살 찢는 고통으로 빈 종이를 메웠을 터였다. 무엇을 그려 넣을지 막막해서 벽에 머리를 쾅쾅 박아가면서 그렸을 터였다. 차고 넘치는 그림 더미에 종하마저 설부른 그림 나부랭이를 남기고 싶지 않았다.

종하는 좋은 그림을 그릴 자신도 없었고 그리고 싶지도 않았다. 좋은 그림이란 볼 때마다 기운을 북돋우고 마음을 환기시키는 것이라야 했다. 아무리 색감이 뛰어나고 구도가 특출나도 향기나 촉감이 우러나지 않는다면 좋은 그림이라 할 수 없었다. 종하에게 그림은 〈죽림한풍〉 한 점이면 됐다. 〈죽림한풍〉엔 숨결처럼 늘 바람이 출렁였다.

"이번 주는 마재길 화가 그림 전시회를 하거든요."

여급이 벽에 걸린 그림을 가리켰다. 본아미 다방은 화가들 개인전이 주로 열려 화랑다방으로 유명했다. 다방 주인은 독일 유학파로 대구 갑부 아들이다. 그의 과감한 배려가 없었다면 화가들이 개인전을 열 곳은 변변치 않을 터였다. 벽에 걸린 그림은 모두 서양 유화였다. 그림 소재는 다양했다. 서커스단, 여자, 꽃과 과일이 놓인 정물 등도 있었다. 형형색색인 유화는 모던 걸이 두른 스카프 자락처럼 발랄해 보였다. 세상은 유화 기름처럼 시큼한 냄새를 풍기며 형형색색으로 변하는 중이다.

"마재길 화백님 아시죠? 저 그림이 재작년에 선전에 출품에 입상하신 그림이에요."

종하도 마재길이 선전에 출품에 특선한 그림을 신문에서 보았다. 마재길은 경성제일고보 시절부터 그림에 두각을 나타내 동경미대 유학을 다녀왔으며, 일본에서도 그의 그림이 칭송받는다는 것을 신문에서 읽었다.

"오늘로 전시한 지 3일밖에 안 되는데 여기 걸린 그림 모두 팔렸어요. 그래도 이번 주 토요일까지 전시하니까 보러 자주 오세요. 그럼 두 분 말씀 재미있게 나누세요."

종하는 커피잔을 들었다. 커피 향이 텁텁한 분위기를 깨우는 것 같았다.

"저 소녀는 홀로 어디로 가려는 걸까?"

심창수는 그림 속 소녀를 보면서 혼잣말을 했다. 보퉁이를 꼭 안은 채 제 발끝을 망연하게 보는 소녀 표정에는 길 떠나는 자의 막막함이 어려 있었다.

마츠하라

"강 사장, 북어 탕 끓였으니깐드루 날래 나와 속풀이 하라우."

강석초가 머리맡에 손을 뻗어 자리끼 사발을 더듬는데 밖에서 해주댁 목소리가 들렸다. 물을 언제 다 마셨는지 사발은 비어 있다. 강석초는 일어나 커튼을 젖히고 정원을 내다보았다. 향나무에 앉은 참새 떼가 후두둑 날아간다. 간이라도 꺼내 말리고 싶도록 햇살은 맑고 바람은 삽상하다.

"이제 강 사장도 술한테 이겨먹을 나이가 아니지비."

해주댁은 강석초가 작년에 귀국했을 때 설렁탕집 주인이 소개한 안잠자기이다. 해주댁이 나이에 비해 몸놀림도 빠르고 손끝이 여물고 깔끔해 안잠자기로 무리 없을 거라는 설렁탕 주인 말은 맞았다. 강석초는 해주댁에게 자신을 아들이라 생각하고 편안하게 대해주길 부탁했다. 기럼, 아들이디. 나는 강 사장보다 한 살 많은 아들이 있었어야. 강석초는 해주댁 말투부터 시원시원해서 마음에 들었다. 해주댁은 가자미 젓갈이나 새우젓 등, 젓갈류나 김치 종류도 잘 담갔고, 무국이나 북어 국도 잘 끓였다. 그는 일본에 살 때 짭짜름한 조선 양념 맛이 그리웠다. 해주댁은 그런 강석초를 헤아린 것처럼 입맛에 맞는 음식을 잘 해주었다.

강석초는 해주댁이 중얼대는 혼잣말에서 그녀가 회령에서 나고 자라 열여섯 살에 해주로 시집간 것을 알았다. 그게 해주댁 말에 함경도와 황해도사투리가 섞인 이유라고 짐작했다. 일찍 혼자가 된 그녀는 목화 이삭을 주워 옷감 짜서 팔아 외아들을 키웠다. 아들은 보통학교를 졸업하고 숯 장사, 나무 장사를 하다가 누군가가 소개해진남포 제분 공장에 취직했다. 아들은 제분 공장 노조 간부가 되어 노동 운동을 이끌다 순사들한테 끌려가 고문으로 죽었다. 그녀는 해주도청소재지 청사 앞에 드러누워 아들을 살려내라고 소리쳤지만 몽둥이질만 당했다. 죽더라도 총독부 앞에서 죽겠다는 결의로 경성으로 왔다. 그러나 총독부 근처도 못 가 억센 남정네들한테 결박당해 외진 곳으로 끌려갔다. 그녀는 엿새 동안 고문당한 뒤 풀려났다. 아들 없는 진남포로 돌아가고 싶지 않아 경성에 눌러앉았다. 해주댁은 강석초 집에 오기 전까지 식당 잡부와 안잠자기를 하며 음식점과 집집을 전전했다.

"나도 벌써 예순다섯이야. 내가 평생 강 사장 곁에서 술국이나 끓여댈 수도 없구, 강 사장은 각시 데릴 마음도 없는데 어카겠어, 강 사장 몸은 강 사장이 알아서 돌봐야디."

"죄송합니다."

"요새 며칠 계속 웬 술이가? 사람이 안 하던 짓 하면 죽는댔어야."

"조심하겠습니다."

"처자들은 눈을 다 어디 달고 댕기는지 모르갔어. 나이가 많기는 하나 어디 강 사장만한 신랑감 얻기 쉽간? 강 사장이 짝 맺을 마음이 없으니깐드루 어쩔 수 없디만."

"이제 이대로 혼자 살아야지요."

"기린 말 말라우. 사내가 잘 나면 열 계집 거느린다고 했어야. 내일 모레 송장치게 생긴 녕감탱이도 뽀송뽀송한 첩들 줄줄이 거느리는 세상이디. 첩은 고사하고 장가 한 번 가디 못한 강 사장이 기런 말하면 못써야."

"날씨가 쌀쌀해졌네요."

화제를 돌리지 않으면 해주댁 잔소리는 끝이 안 날 터였다. 그도 한때는 가정을 꾸리고 싶었다. 순박한 여자를 만나 아이 서너 명을 낳아 길러 남들처럼 살고 싶었지만 뜻대로 되지 않았다. 그는 일본에서 여자 두 명을 사귀었지만 결혼까지 이르지 못했다. 첫 번째 여자는 동경미술구락부에서 잡무를 보았다. 그녀는 경매가 있는 날이면 손님들에게 도록을 나눠주고 안내도 했다. 강석초는 그녀에게 말을 걸기 위해 도록을 펼쳐 이것저것 물었다. 그녀는 매번 친절하고 상냥하게 대답했다.

어느 날 경매 휴식시간에 그녀가 강석초에게 차를 갖다 주었다. 그때부터 둘은 가까워졌고 결혼말까지 오갔다. 그러나 그녀 부모는 강석초가 조선인이라는 걸 탐탁지 않아 했다. 그녀 부모는 딸이 강석초와 결혼하면 딸과 인연을 끊겠다고 했다. 강석초는 부모 자식 인연을 끊게 하면서까지 결혼하고 싶지 않아 잠적했다. 조선으로 나와 경성, 평양, 용인, 등을 돌아다녔다. 멀리 떨어져 있을수록 그녀가 더 그리웠지만 견뎌야 했다. 시간이 흘렀다고 생각됐을 때 동경으로 갔다. 그녀가 불행한 결혼생활을 한다는 소식을 듣고 그는 몇 달을 술에 절어 살았다.

두 번째 여자는 조선인 2세였다. 그녀 아버지는 동경만 매립 공사 인부를 구한다는 소리에 동경 다가와에 정착했다. 매립 공사 일자리를 구하지 못한 아버지는 쓰레기 하치장에서 고물을 주워 팔아 생계를 이었다. 그녀 부모는 강석초가 서른네 살이면 나이가 많으니 어서 결혼하기를 바랐다. 강석초는 그때 나가노에 새 간장 도매점을 막 냈던 터라 바쁠 때였다. 가게 체계만 잡히면 결혼하려 했다. 그러나 몇 달 뒤 그녀는 가족과 함께 죽었다. 1923년, 9월 1일. 관동대지진이 일어났을 때 강석초는 나가노에 있었다. 그녀 일가족이 자경단이 쏜

총탄에 맞아 죽었다는 소식을 그녀 친척을 통해 전해 들었다. 그 뒤부터 강석초는 어떤 여자도 마음에 품지 않으리라 다짐했다.

“거 둑림한풍인가 무시긴가 하는 게 코앞에 있다면서? 기렇다면 날래 찾아와야디.”

“제가 죽림한풍 이야기를 하던가요?”

“이 보라우, 간밤에 한 이바구 하나도 생각 안 남둥? 강 사장 할아바이가 죽을 힘을 다해 기린 거이 둑림한풍이라 하지 안한? 고거이 찾으러 일본서 갱성으로 왔다 해놓고 설라무니.”

“예, 그랬군요.”

강석초는 상에 놓인 뭇국을 마시고 일어났다.

“어제 기러카구, 오늘도 국물만 마셔서 되간?”

“속이 좀 그렇네요, 있다가 먹지요.”

며칠 계속 술을 마신 탓인지 속이 쓰렸다. 어제는 『병신유고』거간비도 지급하고 청자진사죽문병에 대해 귀띔도 얻을 겸 해서 최달구를 만났다. 거간비 5십 원에 웃돈 5십 원을 준 것은 막걸리 한 잔 사라는 뜻이었다. 둘은 얼마 전에 종하와 함께 갔던 피맛골 주막을 향했다. 강석초는 술이 몇 순배 돌 무렵 심광옥 이야기를 꺼냈다. 최달구는 기다렸다는 듯 심광옥 이야기를 늘어놓았다. 그가 하는 심광옥 이야기는 강석초도 오다가다 들어서 아는 내용이었다. 그 사람 소장품 중에 청자진사죽문병도 있고 또 일급품이 많다더만요. 강석초가 본론을 꺼냈다. 청자진사죽문병, 그게 전당포로 간 지가 언젠데. 종로전당포는 심광옥 돈줄이잖아. 심광옥 물건을 스리슬쩍 챙긴 곳도 종로전당포야. 취기가 오를수록 최달구 음성은 커졌다.

"그림을 그렸으니깐드루 강 사장 할아바이도 보통 사람은 아니갔어."

강석초가 거실로 나가자 해주댁이 뒤따랐다.

"예, 그림욕심이 많은 분이셨지요."

"매칠 전서부터 강 사장이 계속 할아바이 이바구를 해대니 나도 걸레질 하다가도 빨래를 개키다가도 자꾸 이딴 데 눈이 가지비."

강석초가 거실 벽에 걸린 그림에 눈길을 주자 해주댁도 그림을 올려다보았다.

"암만 봐도 난 이딴 거 잘 모르갔어. 그래도 그림 그리는 사람은 나 같은 사람하고는 다른 것 같단 말이디."

해주댁은 거실 창을 열어젖혔다. 거실 벽뿐 아니라 객실에도 조부 그림이 걸렸다. 용인, 이천, 경성의 골동 가게를 뒤져 찾아낸 것들이다. 조부 그림 한 점 값은 국밥 한 그릇과 비슷했다. 싸게 구매했는데 씁쓸한 때도 있었다.

"오늘도 종일 바쁘게 나댕겨야 된다 했지비? 사내는 그저

불알이 요령 소리 나도록 쫓아댕겨야 하는 법이다."

해주댁은 먼지떨이를 쥐고 장식장 쪽으로 갔다. 강석초는 벽시계를 보면서 욕실을 향해 총총 걸었다. 오라는 데는 없지만 오늘도 갈 곳 많은 하루가 될 것 같다.

*

강석초는 〈죽림한풍〉을 찾기 위해 청자진사죽문병을 구해야 하고, 청자진사죽문병을 구하기 위해 요시이를 만나야 하고, 알지도 못하는 심광옥 집을 찾아가야 하고, 종로전당포까지 찾아가게 되리라고 상상하지 못했다. 게다가 마츠하라까지 찾아야 할 상황이 닥치리라고 상상하지 못했다. 강석초는 마츠하라와 알고 지낸지가 14 년째지만 강석초가 먼저 연락을 취해 만난 적은 한 번도 없었다. 평생 한 번도 만나지 않아도 전혀 보고 싶지 않을 한 사람을 꼽으라면 마츠하라일 터였다. 지푸라기라도 잡는 심정이 아니라면 그를 찾을 생각조차 하지 않았다.

강석초가 마츠하라를 처음 만난 곳은 일본 동경에 있는 동경미술구락부 건물 앞이었다. 그날도 강석초는 동경미술구락부 청자 경매를 구경만 하고 나왔다.

"청자를 사고 싶소?"

강석초가 동경미술구락부 밖으로 나오면서 담배를 물자 누군가 라이터를 켜서 담배에 붙였다. 마츠하라였다. 동경미술구락부 회원 중에 아는 사람이라도 있으면 대리인으로 내세워 응찰하겠지만 강석초는 아는 사람이 없어서 응찰하지 못했다.

"조선인이지요? 조선인한테는 특유의 분위기가 있거든요."

강석초는 마츠하라가 나란히 붙자 걸음 속도를 늦췄다.

"나는 동경미술구락부 회원이오. 당신이 원한다면 대리인으로 나서주겠소. 나는 경매장에서 당신을 몇 번 봤소."

강석초가 눈앞에 보이는 찻집으로 들어가자 마츠하라도 따라 왔다. 강석초도 동경미술구락부 경매장 로비나 정원에서 마츠하라를 몇 번 본 터라 경계심을 풀었다. 나이 많은 사내들에 끼어 환담을 하거나 동경미술구락부 직원들과도 자연스럽게 이야기를 하기에 최소한 골동품에 문외한인 사람은 아닐 거라 추정했다.

"얼마 전에 조선에서는 삼일운동이다 뭐다 해서 난동이 일었소. 우리 일본이 조선을 점령한 것은 안 됐지만 약육강식은 자연의 섭리 아니오?"

"자연의 섭리가 아니라 동물의 섭리요."

강석초는 마츠하라 눈을 쳐다보면서 말했다. 그의 눈은 옴팡눈이었다.

"내가 만난 조선인들은 모두가 똑똑하고 애국심으로 이글거리던데 어째서 나라를 잃었는지 미스테리 중에 미스테리란 말이오. 뭐 그런 이야기는 이런 데서 할 건 아닌 것 같소. 나라는 나랏님한테 맡기고. 내 소개가 늦었소, 여기."

강석초는 마츠하라가 내민 명함을 받았다. 그는 변호사 사무장이었다.

"친한 친구가 재작년에 변호사 개업을 했소. 친구가 자리잡을 때까지 좀 도와주기로 했소."

강석초가 명함을 탁자에 놓자 말했다. 명함에 적힌 대로라면 그는 동경대학 법대출신이며 옥스퍼드대학교를 수료했다.

"아버지 성화에 못이겨 법대에 갔지만 나와 적성에 맞지 않더군요. 그래서 변호사자격시험조차 보지 않았소. 나는 아버지처럼 골동장이가 되고 싶었소. 일찍 고려청자를 사고판 아버지 덕에 나는 청자 보는 눈이 일찍 틔었소. 아버지는 지금은 건강이 나빠져 집에 칩거하시다시피 하지만 한때는 동경골동계를 쥐락펴락했던 분이오. 특히 고려청자 감식은 대가였소. 일본의 청자소장자 중에 내 아버지 모르는 사람이 없을 정도요."

"일본인이 고려청자 많이 다루었다는 말은 조선인 입장에서는 듣기 거북한 소리요. 청자 도굴꾼 아니면 장물아비들이 청자를 많이 만졌거든요."

"내 아버지는 고려청자 감식가라니까요? 그런데 당신은 이름이 뭐요."

"강석초요. 동경에 온 지 십 년 째고 됐소."

"유학 왔다가 눌러앉은 거요?"

"유학은 아니오. 어쩌다 보니 여기까지 오게 됐소. 나는 간장 장수요. 장사 시작한 지 몇 년 됐고요. 참, 나는 1889년 생이오."

"그럼 서른한 살? 내가 네 살 위니까 나한테 형이라 불러야겠네."

"나는 나보다 열 살 이상 연장자 아니면 형이라 하지 않소."

"하하하, 그 비뚤어진 배짱 한 번 마음에 드는군. 그래, 친구 먹자고."

그 뒤로 강석초는 마츠하라한테 자주 연락을 받았고 또 가끔 만났다. 마츠하라는 대학교 다닐 때부터 청자장사 하는 아버지를 도왔다고 했다. 아버지는 조선에서 청자를 사들여 일본에 와서 파느라 바빴다고 했다. 마츠하라도 대학 자퇴를 하고 청자장사를 하고 싶었지만 아버지가 심하게 반대했다는 거였다. 그가 동경대 법대에 다니는 것만으로도 아버지가 자랑스러워하는 것 같아 억지로 학교를 다녔지만 때가 되면 골동계에서 일하리라 다짐했다고 했다. 아버지 뜻대로 영국유학은 했지만 공부보다 헌터동호회 회원들과 어울려 논 기억이 더 많다고 했다.

"강 상, 나 대학 시절에 일본군에서 실시한 사격 대회에서 1등 상 탔다는 이야기 했지? 영국 유학 때 헌터동호회에서 가끔 리치몬드파크에 가서 사냥을 했어. 나는 늘 백발백중이었지."

마츠하라 화제는 아버지와 청자였다. 그다음으로 그의 사격 실력이나 영국 유학 시절이나 동경대학교 시절을 입에 올렸다. 유학은커녕 학교라고는 다녀본 적 없는 강석초에게 마츠하라 학창시절 이야기는 강 건너 불이었다. 사격 이야기는 솔깃했으나 백발백중이라는 대목에서 김이 빠졌다. 백발백중이란 어감이 사금파리 부딪치는 소리처럼 서걱서걱하게 들렸다.

강석초는 일급 엽사일수록 백발백중보다 빗발과 오발탄 경험을 주로 들려준다는 것을 일찌감치 총포사 회원들을 대하면서 알았다. 헛불과 선불로 맹수에 역습당한 엽사들 이야기는 들을수록 흥미진진했다. 강석초는 마츠하라가 사격 이야기할 때 어린 시절 시루봉에 올라가 새총잡이를 하던 이야기를 한 번 했다. 고무줄을 힘껏 잡아당길 때 손맛과, 고무줄을 떠난 콩돌이 매끈하게 허공을 가르는 팽팽한 긴장감을 잊을 수 없노라고 덧붙였다.

"어릴 때 고무총으로 새를 잡았다는 그것도 경력이 되어 총포사 점원으로 취직이 된 건가?"

새총잡이 이야기 끝에 강석초는 동경에 얻은 첫 직장이 총포사였다고 했다. 그는 개성을 떠나 동경에 도착한 이틀 만에 일자리를 구했다. 이케부쿠루의 외진 곳에 있는 총포사였다. 총포사 근처에 편물점, 자전거포, 공구점 등이 있었고, 그 틈에 골동 가게들이 띄엄띄엄 있었다. 숙식 가능한 일터라 다른 조건은 따지지 않았다.

총포사주인은 일급엽사로 관청에 불려 다니면서 맹수사냥이나 동물조련 자문을 해주느라 점포를 비우는 때가 많았다. 주인은 강석초보다 열 살 연장자로 강석초를 막냇동생 대하듯 했다. 주인은 힘들면 언제든지 말을 하고 부탁할 일이 있으면 부탁하라며 강석초가 편하게 일할 수 있게 해주었다. 총포사에 가입된 엽사 회원들에게 회비를 받고 그들에게 회람을 보내고 행사 일정을 챙기는 일은 어렵지 않았다.

총포사 분위기를 익혔을 무렵, 그는 근처 골동가게 구경을 했다. 가게 선반에 고려청자가 진열되어 있으면 값을 물었다. 강석초가 개성에서 갖고 간 청자를 얼마에 팔지 가늠하려면 시세를 알아야 했다. 고려청자 가격은 강석초가 예상한 것보다 많이 비쌌다.

어느 날 주인과 안면을 튼 골동가게에 청자 한 점을 들고 갔다. 가격흥정은 오래 하지 못했다. 강석초는 골동 가게 주인이 청자를 움푹 깎는 이유를 짐작했다. 주인은 강석초가 내놓은 청자 출처를 아는 것 같았다. 강석초가 도굴꾼 출신이라는 게 발각된다면 모든 계획이 수포로 돌아갈 터였다. 강석초는 몇몇 가게를 돈 뒤에 청자 석 점 모두를 처분했다. 원하는 값을 받지 못했지만 간장 대리점 하나 차릴 정도 밑천은 됐다. 장사 밑천이 마련된 이상 하루빨리 총포사를 그만둬야 했다.

총포사주인 눈치만 보고 있던 차에 주인은 마침 조선총독부 촉탁 엽사로 조선에 가게 됐다. 주인은 강석초가 총포사를 지키면서 계속 있어 주기를 바랐지만 거절했다. 강석초도 돈을 벌어야 할 명분만 없다면 총포사에 머물고 싶었다. 가끔 주인을 따라 오지 사냥터를 따라다니며 맹수 발자국을 찾아내며 야산 바람을 쐬면서 사는 것도 괜찮을 것 같았다. 그러나 그는 일급 엽사들의 사냥 이야기와 조난 이야기를 들으러 총포사에 취직한 게 아니었다. 그는 돈을 벌기 위해 일본에 갔다는 사실을 잊지 않았다.

돈을 벌어 힘닿는 대로 청자를 사들이고, 조선에 미술관을 지어 조선 팔도에 흩어져있는 조부 그림을 모아 전시하려는 꿈을 이루어야 했다. 그는 배움과 기술이 없고 한정된 시간에 많은 돈을 벌려면 월급쟁이보다 장사가 낫겠다는 판단이 들었다. 골동 가게를 오가면서 봐두었던 간장 대리점을 찾아갔다. 모든 요리에 간장은 반드시 들어간다. 간장은 오래 두어도 썩거나 변질되지 않아 다른 것보다 재고걱정은 덜 할 것 같았다. 부지런히 발품을 팔아 단골 식당을 늘린다면 망하지는 않을 것 같았다. 다른 대리점보다 단가를 조금 낮춘다면 단골 고객들이 늘 것 같았다. 일본에서 돈을 벌지 못한다면 평생 고국에 돌아가지 않으리라 각오하고 나섰다.

배수의 진은 먹혔다. 아는 대리점을 여러 번 찾아가 사정한 끝에 간장 공장 사장을 만날 수 있었다. 강석초는 사장한테 장사 계획과 포부를 솔직하게 밝혔다. 당장 안 된다면 물러서 있다가 기다리겠다고 했다. 그러기를 몇 달 뒤 사장과 아는 대리점 사장의 주선으로 신주쿠에 간장 대리점을 열었다. 1년여 만에 긴자에 새 대리점을 열었고, 우에노와 나가노, 오사카 등에 대리점을 착착 차렸다. 해가 갈수록 대리점 수가 늘었다.

조선에 나간 총포사 주인이 가끔 강석초에게 전화를 했다. 전화 용건은 늘 비슷했다. 조선 오지 사냥에 함께 동참하자거나 보고 싶으니 고국에 한 번 나오라는 것이었다. 강석초는 여건이 맞으면 조선에 나가 주인과 함께 오지 사냥터에 따라나섰지만 바쁜 일이 있을 때는 그에 응하지 못했다. 주인은 그렇게 돈을 많이 벌어 어디에 쓸 거냐고 물었다. 강석초는 청자 한 점을 손에 넣기 위해서 간장 몇 십 트럭을 팔아야 한다고 대답할 수 없었다. 강석초는 총포사 주인뿐 아니라 누구에게도 청자를 사 모은다는 말을 하지 않았다. 그가 청자를 산다는 것을 아는 사람은 마츠하라뿐이었다. 마츠하라 소개로 동경미술구락부 회원들을 알게 됐고, 청자 거간꾼도 알게 되었기에 마츠하라를 통하지 않고 청자를 손에 넣기는 어려웠다.

"이 친구는 조선인 사업가 강석초요. 대단한 청자 소장자이기도 하지요."

어느 날 강석초는 마츠하라를 따라 동경미술구락부 경매가 끝난 뒤풀이에 참석했다. 자리에 앉은 사내들 중에는 동경미술구락부에서 몇 번 본 이들도 있었다. 그중에 경매 때 강석초와 끝까지 경합을 했던 사내도 있었다.

"강 사장은 고려청자 얼마나 갖고 있소?"

"혹시 청자를 팔고 싶으면 언제든지 연락하십쇼, 우리가 좋은 값에 잘 팔아 주겠소."

"어떤 사업을 합니까?"

"명함 한 장 주시오."

모두들 강석초한테 한 마디씩 했다.

"나는 간장 장수요. 청자 파실 것 같으면 여기 마츠하라한테 연락하시오. 좋은 청자가 있다면 살 마음이 있소."

강석초는 그들에게 연락처를 알려주기 싫어 마츠하라를 들먹였다.

"간장 장사, 좋죠. 그거 보기보다 꽤 알진 장사지요."

한 늙수레한 사내가 강석초에게 술을 권했다. 강석초는 사람들과 엮이기 싫어 술을 홀짝였다. 강석초가 잔을 비울 때마다 사내가 자꾸 잔에 술을 채웠다. 안면이 있는 사내다 싶었다. 동경미술구락부를 오가면서 봤던 얼굴이겠거니 했는데 그는 야노였다. 예전, 개성에서 강석초가 도굴한 청자를 날름날름 사갔던 장물아비 야노였다. 강석초는 자신이 누구인지 아무도 모르는 곳을 찾아 일본에 갔다. 그러나 그를 너무도 잘 아는 야노가 주변에서 맴돌고 있었다. 술이 화들짝 깨는 것 같았다.

그날 이후 그는 동경미술구락부에 가지 않았다. 그 즈음 동경미술구락부회원인 한 사내한테 산 청자 표주박 모양 주전자가 가짜라는 걸 알았지만 따지지 않았다. 그 물건 거간을 했던 마츠하라한테도 따지지 않았다. 동경미술구락부와 관련된 모든 것과 멀리 떨어지는 것만이 그가 조용히 파묻힐 수 있는 방법이었다. 야노가 마츠하라 외삼촌이라는 사실까지 안 이상 마츠하라도 멀리하고 싶었다.

강석초는 오사카 도자기박람회나 골동 가게를 다니면서 청자를 샀다. 새로 차린 간장 대리점이 오사카에 있었기 때문에 그를 만나자고 연락하는 마츠하라 청을 쉽게 거절할 수 있었다.

"나, 조선에 나왔네. 조선 유적 탐사 대원으로 왔는데, 짬짬이 사업도 하고 있어. 자네도 청자 잘 사 모으고 있지? 그거 잘 보관해두라고. 언젠가 내가 다 살 테니까, 하하하."

1년여 만에 마츠하라한테 연락이 왔다. 그는 모래라도 씹는 것처럼 목소리가 걸걸했다. 마츠하라가 유적 탐사 대원이라는 게 의아했지만 그가 무엇을 하든 관심 없었다. 마츠하라가 짬짬이 한다는 사업이 청부업이었다. 마츠하라가 인부들을 고용해 평양이나 부여, 공주, 경주 등을 돌면서 고분이나 유적을 파헤친다는 소문은 동경까지 퍼졌다.

*

"이거 내가 자네를 방해하는 거 아닌가?"

"할 수 없지, 찾아온 사람을 내쫓을 수는 없잖은가."

강석초는 종로 전당포에 들렀다가 허탕 치고 곧장 후지노 집에 갔다. 청자진사죽문병을 구할 수 없는 상황을 후지노에게 설명한 뒤에 꼭 청자진사죽문병이 아니더라도 대나무가 들어간 도자기를 구해 주면 안 되겠느냐고 조심스럽게 물었다. 이걸 갖고 오란 말이야, 이걸! 후지노는 발치에 펼쳐져 있는 경매도록을 내밀면서 소리쳤다. 그는 청자진사죽림병이 깨지고 없다 해도 갖고 오라 할 것 같았다.

후지노한테 퇴짜를 맞고 용인당으로 갔다. 최달구의 너스레와 허풍이라도 들어야 위안이 될 것 같았다. 말만 하면 어떤 물건이든 구해준다는 최달구의 빈말이라도 듣고 싶었다.

그러나 최달구는 가게에 없었다. 점원 아이 말로는 최달구는 군산에서온 손님과 점심 먹으러 나갔다는 것이었다.

"나는 닷새가량 평양에 있다가 어제 경성에 왔어. 계획대로라면 내일까지 거기 머물렀을 텐데 일이 생각보다 빨리 끝났지. 평양 소장자들과 술 한 잔 하려고 했는데 밀린 원고 때문에 할 수 없이 왔네. 이제 밀린 원고나 써볼까 하던 참이었는데 자네가 들이닥쳤어. 전화라도 한 번 해보고 오지 그랬나."

강석초는 마츠하라 사무실 전화번호를 모른다. 언제나 마츠하라가 먼저 연락을 했기 때문에 굳이 그의 전화번호를 알 필요 없었다.

"이번에는 백자 단상을 써야 하는데 있다가 쓰지 뭐. 사실 마감이 임박하면 글이 더 잘 써지더라고."

마츠하라는 컵에 따른 물을 탁자에 놓았다.

"백자?"

"청자는 귀한 몸이 되어 소장자들의 벽장에 모셔져 있을 거고. 고로 청자 시대는 가고 백자 시대지. 청자 수집가들도 이제 서서히 백자에 눈독들이잖아."

"청자 감식가, 청자 거간꾼, 청부업자에서 유적 탐사 대원, 이제 백자 전문가까지?"

강석초는 물잔을 잡으면서 창밖을 보았다. 저만치 경성제국대학교 교수관사가 보였고 그 뒤로 북악산 자락이 보였다. 하늘에는 구름 한 점 없었다. 마츠하라는 경성제국대학 맞은편에 사무실을 차려놓고 업계 종사자들을 만난다는 것이었다.

"하하하, 뭐 직함이 다양하지만 따지고 보면 하나지. 조선의 고미술 전문가."

"고미술 전문가? 갈수록 태산이군."

"암튼 자네야말로 내가 연락할 때마다 바쁘다더니 오늘은 무슨 일인가, 이렇게 직접 찾아오기까지 하고."

마츠하라는 팔짱을 끼고 의자 등받이에 기댔다. 그의 뒤에 놓인 유리 진열장에 몇 권의 책이 꽂혀 있고 그 틈에 '조선도자연구' '청자, 신비의 세계' '조선의 고적조사' '낙랑시대' 등의 책들이 보인다.

"자네가 바쁘다고 하니까 본론만 얘기하지."

"뭔가."

"예전에 요시이가 낙찰 받았다는 청자진사죽문병 말이야."

"아, 청자진사죽문병! 맞아, 그 물건은 나와 요시이가 경합했다가 요시이가 낙찰 받았지."

"그걸 좀 보고 싶어 알아봤더니 종로 전당포에 가 있다더라고."

"음, 그 이야기는 나도 들었어. 심광옥이 요시이를 여러 번 찾아 가서 그 청자를 달라고 괴롭혔나 보더라고. 요시이가 할 수 없이 팔았는데 심광옥은 결국 전당포에 잡혔다더군."

"그 물건을 갖고 싶은데 방법이 없겠나?"

"전당포에 잡혀있는 물건을 낸들 무슨 방법이 있겠나. 이번에 또 종로 전당포에서 심광옥 물건을 꿀꺽하겠군. 심광옥 청자 몇 점이 벌써 종로전당포에서 녹아버렸거든. 자네 용인당 최달구 알지? 최달구 그자도 심광옥 청자 몇 점을 날름 삼켰어. 최달구는 그렇게 챙긴 청자를 일본 소장자들과 접촉해서 팔아. 조선 소장자들은 감히 엄두도 못 낼만큼 값도 세게 부른다더군."

"사채장이나 전당포에서는 청자 한 점에 얼마에 잡나?"

강석초는 심광옥이 전당포에서 빌린 돈과 이자를 알아내어 심광옥 대신 청자진사죽문병을 찾으려고 심광옥 집에 찾아갔다. 일단 청자진사죽문병을 찾아서 심광옥 손에 안겨주고 그것을 강석초에게 팔라고 부탁할 셈이었다. 그러나 심광옥도 못 만났고 종로전당포에서도 퇴짜 맞았다.

"시세 반도 채 안 잡아줄 걸? 그런데 자네는 왜 꼭 청자진사죽문병을 갖고 싶다는 거지?"

"남의 떡이 커 보이는 심보겠지."

"남의 떡 탐낼 거 있나? 자네가 소장한 청자만 해도 일급품인데. 자네는 간장 팔아 번 돈으로 청자를 다 샀잖아. 그것도 동경미술구락부 쟁쟁한 소장자들을 제치고 말이야."

마츠하라 말 대로 강석초는 간장 팔아 청자를 사들였다. 그

동안 모은 청자는 모두 열여섯 점이다. 그 와중에 조선에 나와 수표동, 노량진, 가회동에 땅을 사놓았다. 노량진을 뺀 나머지 땅은 문화주택을 지어 팔았다.

“마츠하라, 자네 소장품 중에 청자진사죽문병과 비슷한 거 없나? 그런 물건이 있으면 내가 가진 청자 아무 거나 한 점 내줄 테니 바꾸세. 청자어룡장식병, 청자국화무늬정병은 자네도 많이 탐냈잖아.”

“없어. 있다한들 자네한테 주겠나? 자네 그 명품 청자들이나 좀 팔게. 허긴 청자진사죽문병도 보기 드문 명작이지. 특히 진사에 대나무무늬는 세계에서 유일할 걸?”

마츠하라는 창문을 닫았다. 해가 기울자 찬바람이 들어왔다. 강석초는 청자 문양과 모양 따위에 관심 없다. 청자는 그에게 완상물이 아니라 장물(贓物)이고, 가슴에 박힌 대못이다. 죄책감이자 공포다. 한때는 비만 오면 누군가가 덜미를 잡아채는 것 같았다. 청자만 보면 덜미에 총구가 닿는 것 같았다. 몽둥이 든 장정들이 ‘굴총할 놈!’ 하고 그를 덮치는 것 같았다. 그럴 때면 두 손으로 머리를 감싸고 달팽이처럼 몸을 말곤 했다. 돌돌 감은 몸을 풀고 나면 온 몸이 쑤시고 욱신거렸다. 며칠이나 몸져누워 앓았다. 병원을 찾았지만 의사도 원인을 모른다고 했다. 의사 권유로 정신과 진료를 받았다. 정신과 의사는 ‘환상통’이라는 진단을 내렸다. 강석초에게 ‘환상통'은 '청자병(病)'으로 들렸다. 강석초가 청자를 사 모으기 시작하면서부터 '청자병'이 잦아들었다. '청자병'에는 청자가 약이었다.

"자네를 만나니 그래도 청자 이야기라도 하네. 경매장에 나가지 않으면 주변에 청자 이야기할 사람이 없어."

"그건 일본도 마찬가지더만. 동경미술구락부 아니면 골동품 이야기할 사람이 없던데? 경매장에 개평꾼과 바람잡이들이 많아서 좀 그랬지만."

"자네가 그런 사람만 보고 있었던 거지. 그때나 지금이나 동경미술구락부를 드나드는 사람들은 거의 골동품전문가에다가 백만장자들이야. 그러고 보니 내가 일본 떠나온 지도 제법 되네. 1926 년에 왔으니까 6년이 넘었네."

"그때는 곧 귀국할 듯이 말했잖은가."

"그랬지. 그런데 막상 조선에 나와 보니 내가 해야 할 일이 너무 많아. 집사람과 아이들도 일본으로 들어오라고 난리지만 아직은 때가 아닌 것 같아. 조선의 고미술과 고고학 뼈대를 잡아놓는 게 급선무야."

강석초가 마츠하라를 다시 만난 때는 재작년이었다. 그는 경성 골동계에서 골동품감정사청 알려져 있었다. 고고학자, 유적 탐사 대원, 골동 거간꾼 등, 사람들마다 마츠하라 앞에 붙이는 수식어가 달랐다.

"이봐 강석초, 자네 우리 유적 답사 대원에 합류하겠나? 자네 정도면 내 말 한 마디로 들어오게 할 수 있어."

"난 유적이 뭔지 몰라. 내가 뭘 하겠어."

"자네라면 고분 한 기 정도는 순식간에 해치울 텐데? 유적 탐사라는 일이 몸 쓰는 일이지, 다른 거 없어. 삽질과 곡괭이질에 능한 사람이 필요해. 보수는 다른 인부 몇 배로 줄 테니까 생각해 보게."

"됐네. 안 들은 걸로 하겠네."

"자네 떠돌아다니는 거 엄청 좋아하잖아. 우리 대원으로 들어 와서 조선 구석구석을 다녀 보자구."

"원고 써야지? 오지랖 넓은 고고학자인 자네한테 오면 방도가 생길 줄 알았는데 내가 헛걸음 했군."

"이봐, 방금도 말했지만 나도 청자진사죽문병을 탐냈던 사람이네. 그런 물건 있으면 내가 갖지, 누굴 주겠나?"

마츠하라는 책상 귀퉁이에 밀어둔 재떨이를 당겼다. 재떨이는 분청사기모란무늬 대접이다. 대접에는 담배꽁초와 담뱃재가 수북하다.

"그러게 말일세, 자네가 그런 물건에 욕심이 많다는 걸 내가 잠시 잊었군."

강석초는 의자등받이에 걸어둔 재킷을 챙기면서 일어났다.

"다음에는 꼭 연락하고 오게. 시간 넉넉히 잡아 술이나 한

잔 하자고. 그리고 방금 내가 말한 거 돌아가서 잘 생각해 봐. 어지간히 돈도 벌어놨겠다, 고고학자들과 어울리면서 유적 탐사나 하면서 폼 나게 살라고. 자, 이거 챙겨."

강석초는 마츠하라가 내민 명함을 바지 주머니에 넣었다.

"고고학자라 그런지 재떨이부터 다르군. 저런 박지기법 분청사기는 백자 중에서도 좀 쳐준다더라고."

강석초는 품평회를 다니면서 소장자들에게 들은 말을 떠올렸다.

품평회

강석초 집은 멀리서도 눈에 띄었다. 회색 벽돌 2층 양옥에다 가파른 지붕, 아치형 현관, 벽돌 굴뚝 등의 구조는 근처 다른 집에 비해 저택이었다. 대문 입구를 둘러 선 나무들은 관공서 입구를 연상케 했다. 종하는 검은 철대문 옆 기둥에 '姜石草'라 새겨진 대리석 문패를 보면서 초인종을 눌렀다. 담 너머로 전지 잘 된 향나무가 보였다. 초인종을 누른지 한참 만에 강석초가 나와 대문을 열었다. 종하는 그를 따라 현관 들어갔다. 대문에서 현관까지 제법 걸었다. 대문 밖에서 가늠했던 것보다 정원은 훨씬 넓었다. 강석초는 종하가 현관에 들어설 때까지 현관문 손잡이를 잡고 있었다. 실내에 들어서자 음식 냄새가 확 끼쳤다. 강석초는 사람들 소리가 나는 쪽으로 종하를 안내했다.

"이번 경매는 닛타 소장품 일괄 처분이라는데요."

"과연 일괄일까요? 알짜배기는 일본으로 빼돌려놓지 않았을까요?"

"닛타 소장품은 거의 일품들이니 응찰자가 많을 거요."

"그 사람도 일본에서 겨우 밥이나 먹고 살았다던데 조선으로 건너 와 얼음공장에다 농장까지 운영하면서 벼락부자가 된 거지요."

"대구에서 목재상도 했다던데요?"

"일본에서 밥도 못 먹던 사람들이 조선에 와서 벼락부자 된 사람이 어디 닛타뿐이겠소? 요시이도 조선 오기 전에는 알거지였다잖소. 도굴품을 팔아 번 돈으로 골동상에다 부동산까지 요시이가 손 안 댄 게 게 어딨소."

"누구는 돈으로 골동품 사들이고, 누구는 골동품에 돈을 몽땅 꼬나 박고."

"심광옥 그 양반은 요새 어디서 뭘 하는지 소식이 잠잠하네."

강석초 집에 모인 사람들은 종하까지 합해 모두 여덟 명이다. 종하와 신문사 박 기자와 함께 온 소설가, 이용숙 화가 빼고 네 명은 골동품 소장자들이었다. 경성고등법원검사 고다이라와 안과병원장 준이치도 오기로 했지만 긴한 일로 못 온다는 연락이 왔다고 했다.

강석초뿐만 아니라 소장자들 중에는 새 물건을 구입하면 가까운 사람들을 초대해 품평회를 했다. 강석초는 청자오리연적을 구입한 지 몇 달 됐지만 품평회를 할 시간이 없어 이제야 하게 됐다고 했다. 그가 골동계 사람들과 가까워진 것도 소장자들 품평회에 참석했기 때문이라고 했다. 품평회에서 만난 소장자들은 각자 소장품을 교환하거나 사고팔기도 했다.

"저 물건은 동경에서 골동 가게를 돌다가 샀는데 구입할 때 여섯 조각 파편이었소. 도자기 수리공에게 맡겼더니 저리 매끈하게 고쳐 줬소. 이 국화문양청자는 동경미술구락부에서 경매 받았고요."

종하가 진열장에 놓인 청자를 보고 있자 강석초가 다가왔다. 흰색 상감의 갈대꽃과 검은 상감의 줄기가 어우러진 갈대밭 사이로 사방을 두리번거리는 해오라기가 그려진 청자다.

"이렇게 도자기 진열관을 만들어놓은 집은 처음 봅니다?"

종하는 객실을 두리번거렸다. 강석초 집 객실은 미술전시관 같았다. 한쪽 벽면 진열관에는 청자가 진열되어 있고, 그 맞은편 벽에는 그림이 걸려 있었다. 청자는 모두 깔축없다. 그림 대부분은 무명화공 것이고, 절반가량은 병신 것이다.

"집 지을 때 설계를 이렇게 해달라고 했소."

"강 사장이 청자광이라더니, 소문대로군요."

"청자광은 아니오. 청자니까 모으는 거요. 김종하 씨는 청자 좋아하지 않소?"

"나 같은 고물장이가 좋고 싫고를 따져서 되겠소? 다만 청자를 보면 너무 완벽해 보여 불안합니다."

"그럼 김종하 씨를 불안하게 하고 싶지 않으니까 청자 그만 보고 앉아서 술이나 마십시다."

강석초는 술상 앞으로 가 앉았다.

"강 사장이 이 물건을 처음 손에 넣었을 때 아마 며칠 동안 밥도 안 먹고 머리맡에 두고 내내 봤겠지?"

점박이가 오리 연적을 들면서 말했다. 점박이는 '오금조'라는 이름보다 점박이로 통했다. 눈 밑에 붙은 까만 점 때문에 어둡게 보이지만 그는 화통하고 쾌활했다. 점박이는 경성 출신으로 평양에 있는 골동가게 '북방'을 인수하면서 경성과 평양을 오갔다. 그는 경성에 볼 일이 있어 왔다가 강석초 품평회를 보고 가려고 평양행을 늦추었다고 했다. 주변 사람들 중에 점박이는 물려받은 많은 유산만으로도 평생 놀고먹을 수 있는데 골동 가게를 인수해 매이는지 모르겠다고 하는 이도 있었다. 금속물건만 집중으로 취급하는 점박이는 종하를 볼 때마다 쇠붙이조각 물건이 나오면 갖고 오라고 했다. 점박이의 그런 닦달을 받고나면 종하 눈에는 돌쩌귀나 무당방울도 한 번 더 보곤 했다. 돌쩌귀나 무당 방울을 보는 마음으로 본다면 주변 모든 것이 골동품이고 귀한 물건처럼 보이곤 했다.

"이거야말로 청자 아니겠소? 참, 어찌 이런 빛깔을 낼 수 있는지."

점박이와 마주 앉은 엄 원장이 오리 연적을 살살 돌리면서 고개를 갸우뚱 기울였다. 그는 대대로 의원을 하던 집안 아들로 한성고보를 졸업 한 뒤 경성의학전문학교에 들어갔다. 졸업과 동시에 조선총독부 관비 유학생으로 선발되어 교토제국대학에 입학해 거기서 박사학위를 받아왔다. 교토제국대학시절부터 골동품을 수집해온 그는 그림, 우표, 목공예품, 도자기 등 다양한 물건들을 모았다. 엄 원장이 세브란스병원 월급쟁이 의사를 박차고 병원을 차린 까닭도 돈을 많이 벌기 위해서라고 했다. 돈을 많이 벌어 사고 싶은 골동품을 구애 없이 사는 게 그의 소원이라고 했다. 종하는 예전에 용인당에 있을 때 엄 원장이 오면 그날 새로 들어온 물건들부터 보여주었다. 그는 경성 골동가게를 거의 섭렵하다시피 했으므로 가게마다 어떤 물건들이 있는지 꿰고 있었다. 그는 새로운 물건이 없으면 그냥 나갔다.

"강 사장, 늦었지만 이 좋은 물건을 소장하게 된 것을 축하하오."

점박이가 엄 원장이 들고 있는 오리연적을 향해 턱짓했다.

"뭐 필요한 거 있으면 날 부르시기요."

해주댁이 돈저냐와 은행꼬지 사이에 나박김치를 놓았다.

"기름지고 타박한 음식만 먹으면 입이 텁텁하디, 이런 푸성귀도 한 입씩 씹어보시라요."

"어이구, 이것으로 충분합니다 아주머니. 상다리가 부러지

겠는데요?"

엄 원장이 상다리를 훑는 시늉을 했다.

"아주마이도 많이 드시라요."

"예, 아주머니. 덕분에 맛있게 잘 먹고 있어요."

이용숙이 해주댁을 향해 고개를 까딱였다.

"그럼 재미난 이바구 마이 하시기요. 집안에 사람들이 북대기니 사람 사는 것 같지비."

"예, 고맙습니다."

몇 명이 동시에 인사를 했다.

"이런 청자는 강화도 최씨 무신들 무덤들에서 나왔다던데?"

엄 원장이 오리 주둥이를 손으로 쓸면서 말했다.

"어디서 나온 게 뭐 중요하오? 자 김종하 씨, 한 잔 하시오."

종하는 강석초가 내미는 잔을 받아들었다. 그는 벽에 걸린 그림을 보고 있었다. 용과 잉어, 새우가 섞인 '忠'자 모양의 그림 옆에 (혁필문자도), (도석문자도), (충자도)가 나란히 붙어 있었다.

"내가 골동 가게를 돌면서 저 그림을 찾아냈을 때 얼마나 기뻤는지 모르오."

강석초가 그림을 가리키면서 말했다. 종하는 강석초가 병신 그림을 찾아 골동가게마다 뒤지는 모습을 상상했다. 종하는 골동 가게 구석진 곳에 쭈그려 앉아 마른걸레처럼 처박힌 종이 뭉치들 뒤적이며 '丙申'이라는 이름을 찾아 눈을 두리번거렸을 강석초 모습을 그려보았다. '丙申'이라는 이름을 본 순간, 금맥을 발견한 듯이 반가웠을 터다.

"강 사장 또 그림 자랑이네."

"엄 원장님은 내 그림을 몇 번 봐서 시들하겠지만 김종하 씨는 이 그림들이 처음일겁니다."

"김종하 씨가 안 본 게 뭐가 있을까, 허허. 김종하 씨, 강 사장은 저 병신이라는 환쟁이 그림이 그렇게 좋은가 보오. 어디 다니면서 병신 그림이 보이면 강 사장한테 좀 갖다 주구려. 암만 비싸도 이 양반은 살 거요."

엄 원장이 벽에 기대앉으면서 말했다.

"품평회를 여는 이유도 자기 물건 자랑하기 위해서니 강 사장이 소장 그림을 자랑하는 것은 당연하지요."

종하는 책을 읽듯 중얼거렸다.

"무엇보다 강 사장은 안목이 있으니까."

"그림은 그냥 보이는 대로 보면 되지요, 안목까지 뭐 필요하겠어요."

이용숙이 술잔을 비운 뒤 그림 앞으로 갔다. 종하는 이용숙과 소설가는 오늘 처음 보았다. 품평회 때마다 낯선 인물이 나타나곤 했다. 품평회 때 본 낯선 인물이 시간이 조금 흐르면 경성미술구락부에 나타나곤 했다.

"구라파 사람들은 자기 마음에 들면 명품이고 명작이라 생각해요. 이 닭 좀 봐요. 목을 빼고 크게 우는 모습을 그렸는데 기상이 보이잖아요. 볏 색감 좀 보세요. 맨드라미보다 더 붉어요. 보기만 해도 마음이 환해지니 길상화로 손색없어요."

검은색 원피스 차림에 옅은 화장을 한 이용숙은 삼십 대 중후반쯤으로 보였다. 그녀는 단발 곱슬머리를 귀 뒤로 넘겨 리본모양 머리핀을 꽂았다.

"아무래도 외국을 다녀서 그런지 이용숙 씨는 생각이 확 트인 것 같구려."

"당신 소장품을 보여 달라, 그러면 당신이 어떤 사람인지 말해 주겠다. 이런 말 아시죠? 강 사장님은 주제를 갖고 이런 것들을 수집하는 것 같아요. 청자만 모은 것도 그렇고, 비슷해 보이는 그림들만 죽 모으는 것도 그래요. 골동품을 모으지만 자기만의 기준을 갖고 있는 것 같단 말이에요. 이런 그림들은 예전 저희 집 기둥이나 문짝에도 붙어 있던 그림과 비슷한데 그것과는 분위기가 조금 달라요."

"그렇게 말씀해주시니 이런 그림을 모으기 정말 잘 했다는 생각이 듭니다. 나도 그림을 모으기만 했지, 이 화백님처럼 그렇게 속속들이 깊게 보지는 못했습니다."

"일본 사람이 우리 조선인을 야만인이라고 할 만하겠어. 이렇게 좋은 물건을 모조리 땅에 묻어버렸으니 말이야."

벽에 기대앉아 있던 한철주가 오리 연적을 들면서 입을 열었다. 그는 오기 전에 명치정[16]에서 손님과 점심 식사를 한 뒤로 체증이 있는 것 같다면서 아무것도 입에 대지 않았다. 몸이 불편해 오늘 품평회에 참석 안 하려고 했는데 오리 연적이 보고 싶어서 왔다고 했다. 한철주는 동양척식주식회사 이사로 모인 사람 중에 나이가 가장 많았다. 그의 아버지는 친일 관료로 경술국치 때 총독부로부터 남작이라는 벼슬을 받으면서 가회동 넓은 땅과 많은 돈을 받았다.

"남의 묘지를 멋대로 파헤쳐 부장품을 꺼내 사방팔방 팔아먹는 사람들이 답답할까요, 청자가 무덤에서 나왔다는 사실을 모르는 게 답답할까요."

이용숙이 쏘아붙이듯 말했다.

"조선에 남아 있는 청자는 일본 사람들이 일본으로 빼돌린 청자의 1할도 안 된다고 합니다."

"누군가 무덤을 파헤친 덕에 우리가 청자를 알게 된 것은 사실이지 뭐."

엄 원장이 페치카 앞으로 다가가면서 끼어들었다.

"이토 히로부미가 도굴꾼한테 사들인 고려청자가 천 점이 넘는다지요? 일본 민간인들이 빼돌린 청자까지 다 합치면 수

---

16 명동

천 점이라고 들었습니다."

박 기자가 말했다.

"지금 와서 그딴 소리해서 뭣 해. 쓰린 속에 왕소금 끼얹는 격이지. 그리고 우리 조선 사람 중에 한 점에 만 원씩 하는 청자를 선뜻선뜻 사들일 사람이 몇이나 되겠어? 지금 와서 누구를 탓하겠나!"

한철주가 박 기자를 보면서 눈을 부릅떴다.

"우리끼리 하는 이야기지만."

한철주가 다시 입을 열었다.

"엄 원장 말대로 일본 사람들이 아니면 우리가 도자기들을 이렇게 귀중하게 여기기나 했을까? 청자가 어디어디에 매장되어있고 어디서 구웠다는 조사까지 싹 다 일본 학자가 밝혀내지 않았나."

"조사는 무슨 조사겠어요? 우리 조선을 저들이 먹으려고 하니까 샅샅이 뒤진 거지요. 솥이 어디 있고 장작개비가 어디 있는지 알아야 남의 집 아궁이에 불을 뗄 거 아니냐고요."

"그 좋은 청자를 모조리 땅 밑에 묻어버린 우리 조상이 잘못 된 거지. 부장품이니 뭐니 하면서 무덤에 뭐를 묻고 할 것 없이 일본처럼 일찌감치 납골 형식으로 했다면 도굴이라는 말도 없었을 거고."

"지금 장례 관습을 따지는 게 아니지 않습니까?"

"장례도 생각해 보자는 거야."

한철주가 벽에 기대면서 말했다.

"그런데 박 기자, 이번에 대담자는 누구요?"

엄 원장이 박 기자에게 물었다. 박 기자는 골동 소장자 집을 방문해 인터뷰를 많이 했기 때문에 소장자들을 많이 알았다. 그는 다음 인터뷰 대상자로 강석초를 생각하고 있어서 집도 알아둘 겸해서 이번에 온 것이라 했다.

"윤치호 선생님 차롑니다만, 선생님은 며칠 전에 대련에 급히 갔습니다. 이회영 선생님 유해를 모셔오기 위해서 가셨는데 노제가 끝나고 이회영 선생 선산인 개풍까지 갔다 오신다고 하셨습니다. 경성에 오시는 대로 대담을 해야지요."

"윤치호 선생도 골동품을 모으나?"

"윤치호 선생님 골동품수집취미는 정말 대단하시죠. 그분도 재산 절반 이상을 골동품에 썼지요. 이번에는 윤치호 선생님 골동품 소장 이야기보다 그분이 몸담았던 경성조선인고물조합 이야기를 들어 보려고 했습니다만."

"그런데 소설가 양반은 왜 아무 말씀도 안 하고 술만 홀짝이시나?"

박 기자 말이 끝나자 엄 원장이 소설가에게 말했다.

"자네도 궁금한 것 있으면 선생님들한테 물어 봐. 골동품 수집가를 주인공으로 내세워 소설 한 편 쓰고 싶다면서 여기

왔잖아."

박 기자가 말했다.

"소장자들을 보기 전에는 묻고 싶은 게 많았는데 막상 보고 있으니 아무 것도 묻기 싫네."

소설가는 술잔을 입에 대면서 말했다.

"오늘 이분들이 주고받은 말만 간추려 써도 소설 한 편은 거뜬히 나오겠는데요?"

이용숙이 소설가를 보면서 말했다.

"난 소설가지 기자가 아닙니다."

"소설도 좋고 신문 기사도 좋고 그림도 좋습니다만 술이나 한잔 합시다."

엄 원장이 강석초가 갖고 온 술병을 보면서 말했다. 이용숙이 녹두전과 육전 접시를 한쪽으로 밀어냈다.

"강 사장, 자네가 산 값 절반 더 얹어줄 테니 이 연적 나한테 양보하면 어떻겠나?"

한철주가 오리 연적을 손바닥에 올리면서 말했다.

"농담인 줄 알지만 사양 할랍니다."

"그럴 테지. 내가 이 청자 탐이 나서 해본 소리였어. 강 사장 같이 청자광들이 어디 남한테 쉬이 물건을 내놓을까? 허허허."

한철주는 꿀에 절인 인삼 쪽을 입에 가져가며 능글능글 웃었다.

"한 사장님이 이제 속이 좀 편한가가 봅니다. 술 한 잔 드릴까요?"

강석초가 술 주전자를 들면서 말했다.

"한 잔 해 볼까 그럼?"

강석초는 한철주 잔에 넘치도록 술을 따랐다.

"그런데 강 사장, 오리연적 말고 최근에는 뭐 구입한 거 없소?"

엄 원장이 술상 앞으로 다가앉았다.

"귀중한 책 한 권을 구했소."

강석초는 종하를 올려다보며 말했다. 종하는 옷걸이에 걸린 윗도리 주머니를 뒤졌다.

"그것도 보여줘야지."

"품평회까지 할 것은 아닙니다."

강석초는 술 주전자를 놓고 일어났다. 종하는 현관문을 향해 총총 걸었다. 한참 걸어야 객실 끝이 보였다.

"아주머니, 여기 냉수 한 사발만 주시오!"

종하가 현관문 손잡이를 돌리자 점박이 목소리가 들렸다. 밤바람이 차가웠다. 달아오른 얼굴이 금세 식었다. 석등 주홍 불빛이 정원을 은은하게 비추었다. 종하는 담배를 꺼내면서 자목나무 아래로 갔다. 셔츠 바람으로 바깥에서 버티기엔 쌀쌀했다.

"여기 있소."

종하가 담배를 물자 강석초가 라이터를 붙여 주었다.

"김종하 씨, 우리가 이렇게 만나다니, 생각할수록 재미있소."

"세상이 좁은 데다 우리 두 사람 다 죽림한풍에 눈독을 들이고 있으니까 이렇게 만날 수밖에요."

"하긴 그렇소. 우리 둘 다 죽림한풍이라는 과녁판을 겨누고 있으니까 그 사정거리 안에서 만나는 사람이 누구겠소."

"골동계에 얼씬대는 한 누구나 이 사정거리 안에 있소. 나도 골동계에 발을 들이기 전에는 몰랐는데 골동품이 이렇게 많은 줄도 몰랐고, 그걸 탐하는 자들도 이렇게 많은 줄도 몰랐소. 모두들 하루하루 먹고사느라 헉헉대는 사람만 있는 줄 알았소."

"그런 말 마시오. 동치 어른만 봐도 그 많은 재산을 골동품에 탕진하셨잖소. 암튼 병신 유고 덕분에 잃었던 나를 다시 찾은 기분이오. 조부 초막 마루에 앉아 새총 아퀴를 다듬던 내 모습이 눈에 선하게 그려집디다. 팽이치고 새 잡으러 다닌 다고 나는 조부가 그런 글을 쓰시는 것도 못 봤소. 그렇게 귀중한 책을 양보해주었으니 김종하 씨는 내 은인이오. 내 언제 근사한 곳에 가서 제대로 술 한 잔 사겠소."

"은인이라고까지 할 것 없소, 나는 병신 유고를 돈 받고 팔았으니까요."

"최달구와 후지노 영감한테 들었소. 당신도 죽림한풍을 찾아 다녔다면서요? 그래서 하는 말이오, 죽림한풍은 내가 찾을 거니까 괜히 애쓰지 마시오."

"강 사장, 후지노 영감이 죽림한풍을 갖고 싶으면 청자진사죽문병 구해오라 안 했습니까? 죽림한풍과 바꿀 청자진사죽문병이나 쥐고 그런 말 하시오."

"청자진사죽문병이 영원히 종로전당포에서 묵혀 있지는 않을 거요. 때가 되면 밖으로 나오겠지요. 그때를 기다렸다가 사든지, 내 목을 내놓고 갖고 오든지 해야지요."

"강 사장 혼자만 사고, 혼자만 목 내놓을까요?"

"물론 그럴 리 없겠지요. 그럼 우리 둘 다 목을 내 놓고 청자진사죽문병을 쪼개서 반반씩 가질까요?"

"반반씩 하든, 갈가리 찢어서 나누든 그때 가서 봅시다."

"그냥 편하게 생각해봅시다. 김종하 씨도 잘 알다시피 죽림한풍은 내 조부가 그린 것이오. 화공 자손이 찾아서 간직하는 게 당연하지 않겠소?"

"강 사장, 병신 유고를 그렇게 읽고도 판단 안 됩니까? 죽림한풍은 병신 화공이 그렸지만 그거 주인은 나요. 병신화공이 빼앗아 가셨소."

"당신이야말로 병신 유고를 그렇게 읽고도 뭘 모르는 것 같소. 당신 집안 형편을 감안했던 내 조부가 죽림한풍이 어떻게 될까 싶어 챙겼다고 병신 유고에 쓰여 있지 않았소? 당신은 그때 겨우 아홉 살이었소. 내 조부가 거기 그대로 뒀다간 죽림한풍이 불쏘시개가 되거나 잃어버릴 것 같아서 챙겼다고 하지 않았소? 돈이 된다하면 뒤를 닦은 종이 나부랭이도 가져가는 최달구도 죽림한풍을 그냥 뒀다고 하지 않았소. 그때 내 조부가 당신 집에서 죽림한풍을 떼 오지 않았다면 어찌 되었겠소. 묵은 벽지 취급하고 쫙쫙 찢어발겨 버렸겠지요. 그랬다면 지금 후지노 손에도 남아있지 않겠지요. 어쩌면 우리는 사라지고 없는 죽림한풍을 찾아 아직 헤맬지도 모르고요."

"병신 화공께서 안 갖고 가겠다면 내 손에 있겠지요. 죽림한풍은 내가 챙기려고 했소, 내 거니까! 당시 나는 아홉 살이었소. 아홉 살이면 세상에서 가장 소중하게 여긴 죽림한풍을 얼마든지 간직할 수 있는 나이요. 그래서 나는 죽림한풍을 갖고 가시는 병신 화공께 그걸 두고 가시라고 많이도 매달렸소. 그런데 병신 화공께서는 야멸치게 뿌리치셨소."

종하는 병신이 〈죽림한풍〉을 갖고 떠나는 모습이 떠올랐다. 종하가 그토록 매달렸건만 병신은 〈죽림한풍〉을 갖고 갔다.

"김종하 씨, 당신도 병신 유고를 읽어서 잘 알겠지만 조부는 죽림한풍을 마지막으로 더 이상 아무 것도 그리지 못했소. 그게 조부 마지막 그림이오. 죽림한풍은 내 족보 같은 그림이오. 나는 조부가 오른쪽 댓잎 마무리를 하는 걸 지켜보면서 먹을 갈아드렸소. 그래서인지 죽림한풍은 나와 조부의 합작품 같소. 조부는 막판에 붓이 닳아서 마른 짚으로 그렸소. 그것도 죽림한풍의 또 다른 맛이오."

"다른 말 뭐가 필요합니까, 죽림한풍은 내 조부가 내게 주셨소. 내 것이오!"

"김종하 씨가 자꾸 내것 내것 하니까 좀 우습소. 뭐 어쨌든 죽림한풍은 당신 손에도 내 손에도 없소. 청자진사죽문병을 누가 손에 쥐느냐에 죽림한풍이 누구한테 가느냐 결판나겠지요. 그 외에 우리가 지금 할 수 있는 말은 없소."

"나는 죽림한풍이 좋았소. 죽림한풍을 보면서 나도 그림쟁이가 되리라는 꿈도 품었소. 죽림한풍이 좋았기 때문에 병신 화공이 좋았는지, 병신 화공이 좋았기 때문에 죽림한풍이 더 좋게 보였는지 모르지만, 어쨌든 죽림한풍이 무조건 좋았소. 그래서 내가 좋아하는 화공의 그림을 무조건 갖고 싶었소."

"김종하 씨가 그렇다면 친손자인 나는 어떻겠소?"

"나는 죽림한풍을 찾기 위해서 골동계에 몸담았소. 부모님은 죽림한풍을 싫어했소. 병신 어르신마저 싫어하셨소. 나는 어릴 때부터 집안사람들한테 조부 이야기를 많이 들었소. 골동 수집 취미에 빠진 조부 때문에 집안이 몰락했다는 소리를 귀에 더께가 앉도록 들었소. 그래서 나는 절대 뭔가를 소장하지 않겠다고 다짐하며 살았소. 그런데 죽림한풍 하나만은 꼭 찾아 소장하고 싶더란 말이오. 강 사장, 내가 죽림한풍을 소장할 수 있도록 도와주시오. 죽림한풍은 내 꿈이오."

종하는 담배를 세게 빨아 당겼다. 꿈이라는 단어에 비린 감상이 밴 것 같다. 담배를 더 세게 빨아 당겼다.

"김종하 씨, 내가 무슨 계획을 하는지 아시오? 나는 조부 이름이 들어간 미술관을 지을 것이오. 병신미술관. 부지는 벌써 사놓았소. 설계가 끝나면 시공에 바로 들어갈 예정이오. 내 조부 그림들을 모아 전시할 거요. 죽림한풍이 미술관을 대표하는 그림이 될 테고."

강석초 목소리는 〈죽림한풍〉을 손에 넣은 것처럼 의기양양했다. 종하는 담배꽁초를 바닥에 비벼 눌러 껐다.

"쌀쌀하네요, 어서 들어갑시다."

강석초는 현관을 향해 걸어갔다. 강석초가 종하와 멀어질수록 강석초 구두 발자국 소리가 더 뚜렷하게 들렸다. 종하는 새 담배를 꺼내 입에 물었다.

이삭줍기

"분명 그림께나 그린 사람 솜씨군."

최달구는 두 남녀가 알몸으로 뒤엉켜있는 그림을 보며 중얼거렸다. 검숭검숭한 음모 사이에 볼록 솟은 남자 성기는 연노랑 바탕색과 대비된 붉은 색으로 칠해져 있다. 여자가 남자 대퇴부를 꽉 움켜쥐고 게슴츠레하게 눈을 떴다.

"귀한 거니까 잘 살펴보시고 값을 잘 좀 쳐 주시오."

종하는 춘화에 눈을 꽂고 있는 최달구를 보면서 말했다. 그는 최달구한테 오기 전에 골동 가게에 들러 고서 두 권을 팔았다. 조선 시대 문인이 관서지방을 돌면서 보고 들은 것을 엮은 책과, 양반가에서 자녀 훈육을 위해 쓴 책의 필사본이다. 주인은 책 두 권 값으로 25원을 쳐주었다. 주인은 청사마구리에 쥐가 긁은 흔적만 없다면 50원은 좋이 될 거라고 했다. 뒷말은 안 듣는 것보다 못했다.

"자네 이제 골동바닥 손 털려고? 요새는 계속 뭘 팔러 다니느라 바쁘구만."

"팔건 팔아야 사고 싶은 것도 사지요."

"이걸 누가 살까? 이런 그림을 찾는 사람이 도통 없단 말이야."

최달구는 콧살을 찌푸렸다. 종하는 최달구가 춘화를 후무리려고 야비다리를 친다는 걸 알았지만 끙짜놓을 수는 없다. 물건을 팔려고 맡기러 가면 그 자리에서 물건값을 내주는 주인은 드물었다. 최달구는 적든 많든 물건을 내놓으면 바로 돈을 지불하기 때문에 밑지거나 본전치기인줄 알면서도 그에게 물건을 의뢰했다.

"변재만 선생님이 이걸 다른 사람한테 팔았다는 것을 아시면 서운해 하실 텐데요."

"왜?"

"변 선생님이 춘화를 찾고 계시오."

"변 씨 영감이 이런 그림도 모으나?"

"그분 목표가 조선미술사를 책으로 펴내는 거라 하지 않습디까? 미술사 골격은 무명 화공들 그림이나 춘화 같은 그림부터 잡아야 한다면서 춘화를 찾고 다녔소."

종하는 돌돌 말려 올라가는 그림 끝을 펴면서 말했다. 변재만은 미술사학자로 조선 서화와 역사에 밝았다. 변재만은 조선에 제대로 된 그림도록 하나 없는 것이 안타깝다면서 도록을 만들고자 그림을 모으기 시작했다. 그는 춘화는 예전부터 사대부나 양반가에서 벽사용으로 걸어 두었다는 설명을 곁들였다.

"그럼 변재만한테 갖다 줘."

"최 사장님이 안 거두겠다면 그래야죠."

변재만이 그림 살 형편이 못 된다는 말을 최달구한테 할 필요는 없다. 변재만이 춘화 묶음을 본다면 좋아할 것은 빤했지만 1전이라도 모아야 할 마당에 현금 융통이 안 되는 변재만한테 넘길 수는 없다. 강석초 말대로 종로전당포 주인이 심광옥 담보물을 오래 묵히지는 않을 터였다. 청자진사죽문병이 종로전당포에서 나온다면 행방이 어찌될지 모르기 때문에 돈부터 최대한 많이 모아놓고 봐야 했다.

"한 점에 50원씩 쳐 주시오. 모두 일곱 점이니까 350원. 여기서 10원은 빼 주겠소. 340원에 가져가시오."

"이봐, 요새 고물 시세 바닥이야. 송나라 이용면 그림이 일이백 원으로 떨어졌다고. 그래도 사는 사람이 없어."

"그럼 5원 더 빼주지요."

"장난 해? 모두 80원에 두고 가. 한 점 10원에 쳐서 70원. 10원은 차비 하라고 붙인 거야. 싫으면 말고."

최달구는 춘화를 한 점 한 점 포개면서 말했다.

"그럼 좋습니다. 200원만 주시오. 그만하면 나도 양보 많이

한 거요."

"80원에 주기 싫으면 집어넣어!"

최달구는 춘화를 종하 쪽으로 밀었다.

"그럼 150원만 주시오."

"일없어."

"후회할 걸요?"

"천만에."

"나 참, 내가 졌소. 누가 아저씨를 당하겠소."

종하는 춘화를 가방에 넣다가 도로 놓았다. 종하도 춘화 한 점에 10원 이상 받을 거라고 기대하지 않았다. 한 점에 10원 해도 그가 산 가격 다섯 배가량 차익은 생겼다. 마냥 앙구어 놓을 수 없는 물건이라면 아깝더라도 최달구가 변덕부리기 전에 처분해야 한다.

"내가 지금 바빠서 자네와 옥신각신 하기 싫어서 80원이라도 준 거야. 그리고 앞으로도 물건이 생기면 무조건 나한테 갖고 오란 말이야."

최달구는 돈을 세서 종하한테 건넸다.

"자네 어느 쪽으로 갈 텐가? 나가면서 이거 배달 좀 해줘야겠어. 이것도 심광옥이 잡혀놓고 못 찾아간 물건이야. 찾아가지 않으면 내가 알아서 처분한다고 했는데도 꿈쩍도 안 해. 할 수 없이 곤도한테 팔았어."

최달구는 탁자 밑에 있는 오동나무 상자를 위로 올리면서 말했다.

"심광옥 그 양반도 참 미련하지. 빚쟁이들한테 시달리느니 남은 물건을 처분하고 말지. 경성미술구락부나 동경미술구락부에 내 놓아 봐, 한 점 만 원은 그냥 받아. 빚 갚을 처지도 안 되면서 왜 사채를 내서 청자를 사느냐고."

최달구는 청자를 꺼내 들었다.

"솔직히 나도 이런 거 팔아서 먹고 살고 있지만 이런 게 뭐가 좋은지 모르겠어. 그냥 병(甁)이잖아, 병."

최달구는 청자를 탁자에 놓았다. 청자는 비취 바탕에 철사 포도 문양이 그려진 표주박형 병이었다. 주렁주렁 매달린 포도 문양이 돋보이는 병이었다.

"심광옥이 이것 맡기고 기와 한 채 값을 빌려갔어. 원금은 커녕 이자 한 푼 못 받았어. 나도 현금을 굴려야 하는데 뭐 어쩌겠어. 이 병 탐내는 사람들은 팔라고 난린데."

골동장이들 중에도 돈이 급하면 값비싼 소장품을 최달구에게 맡기고 돈을 빌렸다. 최달구는 사채 이자를 받기 때문에 웬만해서 그와 거래를 트지 않으려고 한다. 그는 원금과 밀린 이자를 계산해 저당 잡은 물건을 고스란히 챙긴다. 담보물을 후무리는 재주는 최달구를 능가할 자가 없었다.

"강 사장도 일급 청자들이 많더만요."

“이것저것 사 모으다 보니 그 중에 일품도 졸품도 있겠지. 돈이 많다보니 골동계를 기웃거리는 거고, 너도 나도 청자, 청자 하니까 저도 청자를 사 봤겠지. 용인 기현면의 초막에 살던 비렁뱅이 환쟁이 손자는 저렇게 떵떵거리는 부자가 됐는데 자네는 뭐했나? 골동밥 20년 넘게 먹었으면서 아직 집도 없고.”

“그 소리 그만 하시오. 그깟 집이야 마음만 먹으면언제든지 살 수 있소.”

“언제든지? 그때가 언젠데? 자네는 너무 물러. 이 바닥에서 살아남으려면 남의 입에 들어간 것도 손가락 쑥 집어넣어 빼앗을 정도가 돼야 한다고. 그깟 죽림한풍인가, 그런 허접한 것 찾으러 다닐 때 자네가 앞으로 돈 안 되는 일에 매달리면서 살겠구나 했지. 자네는 그때 어려서 몰랐겠지만 자네 집안이 보통 집안이 아니었어. 자네 집안에서 정승 셋이나 나왔어. 자네 조부 때부터 맥이 끊겼지. 그깟 고물 나부랭이에 빠진 자네 조부 때부터!”

“그때나 지금이나 아저씨는 고물 나부랭이로 먹고 살잖소. 그깟 고물, 그깟 고물, 그런 소리도 그만하시오.”

“종이 나부랭이 한 장에 몇백 원에 사는 사람, 사기그릇 하나에 몇천 원씩 주고 사는 얼빠진 사람들 때문에 우리가 먹고 사는 거야. 메뚜기도 한철이라고, 이 바닥도 잠시야. 눈 똑바로 뜨면 전부 돈이라고 돈. 정신 차리고 돈이나 벌 생각 하라고. 고물에 미친 자네 조부만 아니었다면 자네가 나까마나 하고 돌아다니지 않아도 되겠지. 이런 그림을 꿍쳐놓고 푼돈이나 벌러 다니지도 않겠지. 비록 자네가 서자지만 자네는 귀한 자손이야. 자네도 참 복도 없긴 없어. 하필 자네 집안이 쫄딱 망했을 때 본가로 왔으니 말이야."

"그때 병신 화공이 갖고 간 죽림한풍은 어디로 간 거요?"

종하는 그깟 집안 이야기는 그만 듣고 싶었다. 그는 누군가로부터 사대부 후손이라는 말을 들을 때마다 자신이 첩자라는 사실만 또렷하게 인식되었다.

"아, 죽림한풍 타령 그만 좀 하라고! 죽림한풍을 자네와 막돌이만 찾지, 누가 거들떠보기나 했겠어? 그런 떠돌이 환쟁이가 그린 곰팡내 나는 그림에 누가 관심이나 가졌겠나 말이지?"

최달구는 장사꾼이지 애완가는 아니다. 그가 〈죽림한풍〉의 가치를 모르는 게 다행이었다. 〈죽림한풍〉이 바람을 가장 바람답게 그린, 미술사에 보기 드문 그림이라는 걸 최달구가 알았다면 〈죽림한풍〉이 명품상회까지 가지 않았을 것이고, 후지노 손에 흘러들어가지도 않았을 것이다. 〈죽림한풍〉 가치를 아는 최달구가 돈 많은 일본 소장자를 물색해 일찌감치 팔아넘겼을지도 몰랐다.

"그런 게 여태껏 남아 있을라고? 벌써 어느 집 불쏘시개가 됐겠지."

종하는 최달구가 〈죽림한풍〉을 에워싸고 흘러가는 추세를 아는지 궁금했지만 그는 모르는 것 같다. 최달구가 〈죽림한풍〉을 둘러싸고 펼쳐지는 정황들을 안다면 일이 틀어질지 모른다.

"죽림한풍은 지금 어디에 있을 것 같소?"

"벌써 없어졌다니까 그러네? 그리고 내가 알면 이러고 있겠나? 어떻게 해서든 찾아내서 돈 많은 막돌이한테 비싸게 팔아야지."

"나한테는 안 팔 거요?"

"자네는 그냥 포기해. 솔직히 강석초야 죽림한풍이 지 할애비 그림이니까 찾는다고 법석을 떤다고 쳐. 자네까지 죽림한풍, 죽림한풍 할 것 없잖아. 예전에 자네 조부도 어디 죽림한풍이 좋아서 벽에 걸어뒀겠어? 좋은 그림들은 자네 아버지가 다 팔아먹었으니까 꿩 대신 닭이라고, 죽림한풍이라도 걸어놓고 싶었겠지. 내 한 번 더 말하는데 죽림한풍, 단념하라고, 단념."

종하는 최달구가 상자 뚜껑을 닫는 것을 보면서 일어났다. 최달구의 옆찌르는 소리를 또 듣고 싶지 않다. 듣기 좋은 꽃노래도 자꾸 들으면 신물 난다. 최달구 말은 틀리지 않았지만 종하는 매번 돈 많이 벌라는 그 소리가 듣그러웠다. 종하는 〈죽림한풍〉이야말로 가장 뛰어난 풍죽이라고 최달구에게 말하고 싶지만 관두었다. 〈죽림한풍〉을 손에 넣고 말해도 늦지 않을 터였다.

"이 물건, 한때 심광옥 일당백이었지. 이제 이건 곤도 일당백이 되겠지?"

최달구는 청자 상자를 툭 쳤다. 골동계에서는 자지레한 골동품 백 점보다 명품 한 점을 소장한 사람을 더 알아주었다. 소장자 대부분은 명품 한 점만 지니고 있으면 나머지 소장품들은 저절로 돋보일 거라 믿었다. 골동상도 마찬가지였다. 비싼 물건 한 점만 제대로 거래한다면 평생 먹고살 돈을 번다는 생각 때문에 파리가 날려도 가게 문을 닫지 못하는 골동상이 한둘이 아니었다. 종하는 청자 상자를 안고 용인당 밖으로 나왔다.

*

"옛날에는 이 동네 사람들이 땟거리가 없으면 이 산에 올라와 아무 데나 팠어. 운 좋으면 청자 향로 뚜껑이나 종지를 주웠지. 나도 여기서 청자 접시, 항아리 뚜껑을 주워 고물상에 팔았어. 며칠 이밥에 고기 먹었어."

노인의 말 사이로 풀덤불에 오줌 줄기 떨어지는 소리가 들렸다. 비탈은 칡넝쿨과 잡초가 뒤엉켜 있었다. 종하는 고려산 서문 첨화루를 지날 무렵에 노인을 만났다. 풀 더미에 주저앉아 장죽을 빨고 있던 노인이 종하를 보자 일어섰다. 노인은 나무 등걸에 기대놓은 지게를 짊어지고 종하 뒤를 따라왔다. 종하가 노인과 이런저런 말을 하면서 걷다 보니 어느덧 고려산 봉우리였다. 노인은 집안 대대로 강화에서 살았으며 특별한 일이 없는 한 앞으로도 계속 강화에서 살 예정이라 했다. 두 딸도 강화 사람에게 시집을 갔으며 각각 대금동과 강화외성에 살고 있다는 것이었다. 아내는 몇 년 전까지만 해도 온수리 장터에서 묵 장사를 했지만 지금은 몸져누워 아무것도 못한다는 것이다.

종하는 그저께 곤도 집에 청자를 배달하라는 최달구 부탁을 들어주고 곧장 집으로 가서 짐을 꾸렸다. 인천에 도착하자 여관부터 잡았다. 인천 부둣가 여관에서 밤을 새고 오늘 아침 일찍 배를 타고 강화도에 도착했다. 염하 바닷길을 좀 걷다가 고려산으로 발길을 돌렸다. 종하는 나까마로 나선 뒤 갈 곳이 막막할 때면 강화도에 왔다. 회기동 나까마 박 씨가 견자산을 파헤쳐 청자 접시를 주웠다는 말에 동해 종하도 강화도를 찾았다. 고려산이나 견자산을 돌았지만 접시는커녕 사금파리 한 조각도 줍지 못했다.

"저쪽 견자산 일대 전부가 최 씨 무신 집안들 군사 조련지였어. 이 부근은 최 씨 무신들 무덤이었고. 예전에 묘구 도적들이 여기 다 파헤쳤지. 그때 남의 묘 파먹고 살았던 사람들, 지금 다 어디서 뭐 하는지."

노인은 바지춤을 여미며 솔숲에서 나왔다.

"자네는 경성에서 뭐하누?"

노인은 코를 싸쥐고 코를 팽 풀었다.

"이것저것 닥치는 대로 합니다."

"그래도 밥이라도 먹을 만하니까 이래 돌아다니는 거 아닌가? 행색을 보아하니 질통꾼이나 봇짐장수는 아닌 것 같고."

종하는 고물장이인 자신이 질통꾼이나 봇짐장수보다 나을 것 없다고 대꾸하려다 관두었다. 노인은 행전을 새로 치고 소나무 등걸에 기대 받쳐놓은 지게를 짊어졌다.

"어르신, 나뭇개비 위에 있는 거, 그게 뭔가요?"

종하는 보자기에 싸인 것이 청자 조각일 거라 단정하고 물었다.

"그거, 구경 좀 합시다."

노인은 소나무 등걸에 지게를 다시 받쳤다.

"이거?"

노인은 마른풀을 걷어내고 보자기를 어루만졌다.

"이건 오늘 내가 산을 돌면서 주운 거야."

노인이 펼쳐 보인 것은 청자 조각이다. 푼주와 물대가 떨어져나간 주전자 조각 같았다. 마른풀은 보자기를 가린 가리개였다.

"오랜만에 산을 뒤졌어. 할망구 미음 값이라도 생길까 싶어 나와 봤지만 예전 같지 않아. 종일 뒤져서 겨우 이걸 주웠어. 어디 가서 팔면 엿 값이나 나오려나 몰라."

노인은 청자 조각을 보자기에 도로 쌌다. 종하가 용인당 점원으로 있을 때도 청자 조각을 싸들고 온 촌부들이 있었다. 최달구는 청자 조각뿐 아니라 하찮은 사금파리를 들고 와도 그들을 빈손으로 보내지 말라고 했다. 다 떨어진 짚신짝을 갖고 오는 이들이나 새를 잡아오는 아이들한테도 몇 푼을 쥐어 주었다. 그래야 다음에 물건이 생기면 용인당으로 갖고 온다는 최달구 말은 맞았다. 그들이 다시 나타나서 펼친 고물 보따리 속에 겸재의 진경산수화도 있었고, 사대부 여인네가 쓰던 비녀도 있었다. 종하는 그들이 갖고 온 고물을 꼼꼼하게 살폈다. 사람들이 들고 온 물건 중에는 녹이 낀 동경(銅鏡)부터 옛 지도까지 있었지만 〈죽림한풍〉은 없었다.

"어르신, 그 청자 쪼가리 전부 제가 다 사겠습니다."

종하는 노인이 지게를 지려고 등을 돌리자 지게를 잡았다.

"뭐라고?"

"모두 50원 드리겠습니다."

"뭐 50원? 50원 주면 나야 좋지만, 이걸 어디 쓰려고?"

노인이 청자 조각 보자기를 움켜쥐자 자그락자그락 소리가 났다. 종하는 근처 마른풀을 움푹 꺾어 가방에 깔았다. 어차피 조각이지만 거기서 더 깨지면 안 된다. 마른풀을 푹신하게 깔면 사금파리는 온전히 보관될 터였다. 후지노 말 대로 종하는 돈으로 강석초를 이길 수 없다. 그러나 포기할 수 없다. 이삭을 줍듯 한 푼 한 푼 돈을 모아 〈죽림한풍〉을 향해 나아갈 것이다.

"어제 밤 꿈에 돌아가신 어머니가 나타나시더니, 이런 횡재를 다 만나네."

노인은 손을 털고 지게를 멨다. 종하는 경성으로 돌아가면 관철동부터 들러야겠다고 생각했다. 관철동에 청자 수리공이 산다. 수리한 청자라도 좋다하고 사는 사람이 진고개에 산다. 한 푼이라도 더 모을 수 있다면 무엇이든 가리지 않을 터였다.

*

종하가 누이 여관에 도착했을 때는 어스름이 짙었다. 고려산 북문에서 노인과 헤어지고도 해가 좀 남았다. 주막에 들어가 국밥을 사 먹고 누이 여관까지 천천히 걸었다. 여관 손님들 저녁준비로 바쁠 누이에게 조금이라도 폐를 덜 끼치려면 종하 밥상 차리는 것이라도 덜어줘야 했다. 나무둥치에 붙은 '靑雲莊'라고 쓰인 현판은 저녁 안개에 가려 흐릿하게 보였다. 소제 도구를 들고 객실에서 나오던 매형이 여관 마당으로 들어서는 종하를 발견하고 얼른 다가왔다. 매형 목소리를 들은 누이가 부엌에서 행주치마에 손을 닦으며 나왔다. 종하가 누이를 따라 안방에 들어가자 매형도 따라 들어 와 등피를 닦고 불을 켰다. 방안은 청회색인 바깥과 달리 먹물을 풀어놓은 듯 컴컴했다.

종하가 누이 부부에게 절을 마치기도 전에 마당에서 주인을 부르는 손님 소리가 들렸다. 방을 달라거나 술상을 차려달라는 손님들 소리가 연이어 들리자 누이 부부는 종하한테 절을 받기 바쁘게 자리를 털었다. 댓돌에 내려선 누이는 문고리를 잡은 채 종하에게 잠깐 쉬고 있으라고 말한 뒤 종종걸음으로 부엌을 향했다. 종하는 가방을 열어 강화읍에서 산 곶감을 꺼내놓고 다리를 뻗었다. 오랜만에 누이내외를 찾았는데 곶감으로는 부족한 것 같았다. 인삼가게 앞을 서성이다가 그냥 돌아섰다. 돈을 아껴야 했다. 사람 노릇도 〈죽림한풍〉을 찾은 다음이라야 했다.

"아까 자네가 도착했던 그때가 하루 중 가장 바쁠 때야."

종하는 매형이 따라준 술잔을 들었다.

"자네가 이렇게 불쑥 찾아오니 반갑지만 기별도 없이 어쩐 일인가? 아까는 자네 얼굴도 제대로 못 봤네."

누이가 머릿수건을 벗고 술상 앞에 다가 앉았다. 누이는 시간이 흐를수록 어머니를 닮아갔다. 조그마한 얼굴에 좁은 어깨와 실팍한 상체도 어머니 그대로다. 집안 식구는 안중에 없이 본인 하고 싶은 대로만 살았다는 조부 이야기를 할 때면 한숨부터 쉬는 것도 영락없는 어머니였다.

"이왕이면 올케와 수동이도 함께 오지 그랬나."

"안사람은 제가 여기 온 것도 모릅니다. 그냥 인천에 고물하러 간다 하고 나왔습니다."

"그래도 행선지는 꼭꼭 밝히고 다니게."

"예, 누님. 생질들은 다 잘 있지요?"

누이는 아들만 둘이다. 큰아들은 인천 목재상에서 경리 일을 보고 작은아들은 경성 청량리 전차 매표원이다.

"걔들이야 늘 그렇지. 작은 며늘애가 둘째를 가졌다는구나."

"경축드립니다."

종하는 매부와 누이를 번갈아 보면서 말했다.

"무사히 순산해야 할 텐데. 자네가 온다는 말을 미리 했으면 맛있는 안주를 만들어 놓았을 텐데, 이거라도 좀 들게."

매형이 종하 앞으로 달걀찜 그릇을 밀었다.

"이런 산골에 틀어박혀 지내니까 세상 돌아가는 것도 모르네. 경성은 어떤가."

매형은 비운 잔을 상에 놓았다.

"경성이야 늘 그렇지요. 순사 호각 소리, 인력거 호객 소리, 전차 소리로 시끌벅적합니다. 언제 두 분이 경성에 오시면 창경원 구경시켜 드리겠습니다, 꼭 한 번 오십시오."

"우리가 여관 일을 하는 동안은 멀리 못 가네. 그래도 언젠가 갈 때가 있겠지."

누이는 나오는 하품을 막으려 손으로 입을 가렸다. 누이 눈은 흘끔해 보였다. 누이 부부는 밤 아홉 시가량 되어서 일을 매조졌다. 매형 곁에 앉은 누이는 아까부터 하품을 지그시 깨물었다. 종하가 오지 않았다면 누이 부부는 잠자리에 들었을 터였다. 구들이 뜨거워 오자 종하도 몸이 노곤해졌다.

"누님, 돈 좀 빌려주십시오."

종하는 누이 부부를 갈마보면서 말했다. 어서 용건을 말하고 일어나는 게 누이 부부를 돕는 것 같았다. 종하도 쉬고 싶었다. 매형은 몇 번이나 다리를 뻗었다 오므렸다 반복했다. 매형은 종일 장작 패고 객실 청소를 하는 등, 여관 잡일에 시달렸을 터였다.

"돈?"

누이와 매형이 동시에 물었다.

"얼마나."

"많을수록 좋습니다만."

청자진사죽문병을 손에 넣으려면 돈을 얼마까지 갖고 있어야 하는지 가늠할 수 없다. 많이 지니고 있어야 한다는 생각뿐이다.

"내가 돈을 주겠다고 해도 마다하던 자네가 돈을 빌리러 왔으니 긴한 일이 있는 모양이야. 집에 무슨 일 있는가?"

누이는 걱정 어린 눈빛으로 종하를 바라보았다.

"아무 일 없습니다. 그냥 돈이 좀 필요해서…."

"요새 노다진가 미둔가 하는 것 때문에 돈 잃고 몸 상한 사람 많다던데 자네 혹시 그런 데 빠진 것은 아니겠지?"

종하는 누이에게 〈죽림한풍〉을 찾기 위해서 청자진사죽문병이 필요하고, 청자진사죽문병을 손에 넣으려면 많은 돈이 필요하다고 말할 수가 없다. 누이는 그림이니 골동품이니 하는 말조차 꺼내는 것을 싫어했다. 한때 누이는 동치가 조부라는 사실조차 숨기고 싶어 했다. 조부가 서화 골동 취미에 빠졌다는 것보다 그에 뒤따르는 '망한 집안'이라는 말을 더 듣기 싫어했다. 누이는 종하가 골동계에서 일하는 것도 마뜩해하지 않았다. 나까마가 일정한 수입이 없는 것은 그렇다 쳐도 고물을 사러 다니는 종하를 보면 늘 밤길을 걷는 것처럼 불안해 보인다고 했다.

누이는 종하에게 나까마를 접고 여관을 맡으라고 몇 번 권했다. 여관 일은 몸이 고된 만큼 돈이 따라오니까 해볼 만하다고 했지만 종하는 잘 생각해보고 마음이 정해지면 의논하겠다고 대답했다. 모든 것은 〈죽림한풍〉을 찾거나 〈죽림한풍〉을 포기한 다음이라야 했다. 그러나 지금까지 〈죽림한풍〉을 찾지도 그렇다고 포기하지도 못했다.

"이백 원일세. 어차피 자네 몫으로 챙겨놨던 돈이니까 갚을 생각은 말게."

누이는 반닫이 깊숙한 데서 꺼낸 돈뭉치를 내밀었다. 돈뭉치는 한지에 돌돌 싸여 있었다. 누이는 종하 혼례 때 주려고 뭉칫돈을 마련해놓았는데 종하가 거절하는 바람에 누이 노릇을 못했다고 두고두고 곱씹었다. 종하는 일찍부터 누이 부부 신세를 많이 졌기에 웬만해선 누이에게 손을 벌리지 않으려고 했다. 누이가 아니었으면 그는 보통학교도 다니지 못했을 터였다. 고등보통학교도 중도 포기하고 싶었지만 누이 부부 설득으로 졸업했다.

"고맙습니다, 잘 쓰고 꼭 갚겠습니다. 매형, 고맙습니다."

"무슨 일인지 모르겠으나 잘 쓰게."

"두 분께 면목 없습니다. 늘 신세만 집니다."

2백 원이면 큰돈이다. 누이 부부가 손발이 부르트도록 일해서 모은 돈이다. 종하는 〈죽림한풍〉을 찾은 뒤 열심히 일을 해서 어서 누이 돈부터 갚아야겠다고 생각하며 고개를 외로

꼬고 술잔을 입에 갖다 댔다.

"그럼 저는 이만 나가보겠습니다. 두 분도 어서 주무십시오."

종하는 잔을 놓고 자리에서 일어났다. 벌써 삼경이 지나 있었다.

"자네도 피곤할 텐데 어서 가서 자게. 못 다한 이야기는 내일 하고."

"불을 많이 지펴놓았으니 내일 아침까지 뜨뜻할 걸세, 푹 자게."

종하가 방에서 나오자 매형이 신을 신을 때까지 문고리를 잡고 기다렸다. 바깥은 쌀쌀했다. 객실로 돌아온 종하는 남폿불부터 켰다. 이불 밑에 손을 넣으니 구들장이 뜨거웠다.

종하는 가방에서 꺼낸 그림을 방바닥에 펼쳤다. 그가 오래전에 그렸던 〈죽림한풍〉 모사화다. 〈죽림한풍〉이 세상에 없을지도 모른다는 초조감이 몰려올 무렵 기억을 더듬어 모사화를 그렸다. 기억이 흐릿해지기 전에 〈죽림한풍〉을 그려놓고 싶었다. 그러나 〈죽림한풍〉 모사화는 병신이 그린 원본 근처에도 가지 못했다. 병신의 〈죽림한풍〉에 는 바람이 넘실거렸지만 종하 모사화에는 바람 한 점 없었다. 병신이 〈죽림한풍〉 그리는데 4년이 소요됐다는 말은 결코 헛말이 아닌 것 같았다. 종하는 풍죽의 완성은 댓잎 모양에 달려 있다는 것을 모사화를 그리면서 깨달았다. 댓잎의 틀어짐과 찢김이 바람의 양과

질감을 드러낸다는 것을 모사화를 그리면서 깨달았다.

종하는 모사화를 찢었다. 눅눅한 종이는 맥없이 찢겼다. 진작 찢어 없애려고 했지만 이제나저제나 기회만 엿보고 있었다. 진짜 〈죽림한풍〉 찾을 날이 코앞에 다가온 이상 더는 모사화를 품을 이유가 없었다. 모사화 쪼가리들을 들고 밖을 나갔다. 방바닥 열기로 보아 아궁이에는 아직 불씨가 남아 있을 터였다. 종하는 아궁이 깊이 모사화 쪼가리들을 던졌다.

종하는 객실로 돌아와 들창을 열었다. 물비린내와 나무뿌리 냄새가 뒤섞인 냄새가 훅 끼쳐왔다. 정적 속에 계곡물 흐르는 소리만 들렸다. 경성이 아득하게 느껴졌다. 이때쯤이면 아들은 곯아떨어졌을 것이고 아내는 풀을 끓여놓고 바느질감을 들고 앉을 터였다. 아내는 바늘에 콧김을 넣다 말고 아들이 차낸 이불을 끌어 덮어줄 터였다. 살강이나 부뚜막에서 달그락거리는 소리가 들리면 아내는 부엌에 나가 풀이 든 함지를 다시 매동그릴 터였다. 쥐란 놈이 풀을 야금야금 핥아먹는다고 혼잣말도 할 것이다.

종하는 새끼손가락이 드나들 정도만 남기고 들창을 닫았다. 남폿불을 끄고 이불 누웠다. 몸이 사르르 녹는 것 같았다. 경성이 세상 밖처럼 느껴졌다. 종하도 누이 내외 말대로 경성 생활을 접고 누이 곁으로 와 여관 일을 거들며 살아봤으면 하는 마음도 있었다. 하루 종일 고된 노동에 몸을 맡기다보면 〈죽림한풍〉이니 그림이니 꿈이니 하는 것과 멀어질 것 같았다. 꿈만이 만사의 중심이 아닐 터였다. 세상 밖으로 나앉다 보면 또 다른 세상이 그를 맞이할 수 있을 터였다. 여관 잡일을 하며 산속에 묻혀 살다 보면 〈죽림한풍〉뿐만 아니라 용인이나 경성 생활들이 잊힐 것 같았다. 종하는 몸을 뒤척였지만 잠이 오지 않았다. 목침을 베고 눈을 꾹 감았다.

망중한(忙中閑)

"어디서 오셨습니까?"

강석초가 박물관 본관 문에 채워진 자물쇠를 보고 있자 젊은이가 다가왔다.

"박물관 구경 좀 하러 왔습니다만."

"박물관은 당분간 휴관 중입니다."

"그럼 박물관장님도 안 계십니까?"

개성박물관은 하필 강석초가 심부름꾼으로 있던 여관 근처 자남산 기슭에 있었다. 예전 여관에서 일할 때 솔가리를 긁고 삭정이를 꺾어 지게에 싣고 비탈을 오르내렸던 산자락 부근이었다. 강석초는 재작년 가을에 개성박물관 개관에 맞춰 청자를 모두 기증하려 했으나 개성에 발을 들일 용기가 나지 않았다. 그는 개성에서 '굴총할 놈'이었다. 박물관 관계자들 중 그를 아는 사람이 있다면 '굴총할 놈'이 기증하는 청자를 거부할지 모른다는 생각에 박물관에 얼씬할 엄두가 나지 않았다.

"봄에 새 박물관장이 오실 거고, 박물관도 그때 다시 개관할 예정입니다만 혹시 박물관에 긴한 볼일이라도 있으신지요?"

"아니오, 개성에 볼 일이 있어 왔다가 마침 근처에 박물관이 있다 해서 구경이나 하자싶어 왔는데 하필 휴관이군요."

그는 박물관 책임자가 없을 때 온 게 다행이라 여겼다. 강석초는 재작년 가을까지만 해도 누가 그를 알아볼까 하여 개성에 오지 못했다. 그러나 언젠가 한 번은 개성을 찾아야 한다는 생각에 때만 보고 있었다. 언젠가 한 번은 와야 한다면 이번이 적격이라 판단했다. 시간이 점점 흐를수록 개성을 방문할 기회는 없을 것 같았다.

종로전당포에서 〈청자진사죽문병〉을 쥐고 있는 이상 어찌 해볼 방법이 없었다. 어영부영하다 보면 미술관 착공일도 닥칠 터였다. 미술관 시공 관계자들을 만나 설계나 건립비용 등을 의논해야 하기 때문에 마음이 바빴다. 얼마 전에 설계사가 전시실보다 정원을 넓게 빼는 게 어떻겠느냐고 물었다. 강석초는 전시 공간이 넓어야 한다고 지시했다. 건설업자는 강석초가 원하는 대로 짓는다면 비용이 조금 많이 초과될 것이라 했다. 강석초는 비용 걱정 말고 계획대로 잘 지으라고 했다. 그런 다음 날 그는 장교동 집과 재동 집 세 채를 내놓았다.

"일부러 박물관을 찾아오셨는데 어떡합니까? 뭐 특별히 보시고 싶은 거라도….”

“청자를 좀 보고 싶어서 왔는데 사정이 그렇다니 할 수 없지요.”

“아, 그러시군요. 사실 저희 박물관에 청자가 많이 없었습니다. 그런데 얼마 전에 어떤 분이 청자 열여섯 점을 박물관에 보내주셔서 내년 봄에 박물관 개관할 때 기증받은 그 청자들을 진열할 예정입니다. 그때 오시면 청자를 많이 보실 수 있겠습니다.”

“예.”

강석초는 그가 보낸 청자가 도착했는지 묻지 않아도 되어 다행이라고 생각했다. 그는 여태까지 모은 청자 열여섯 점을 이곳 개성박물관에 모두 보냈다. 보내는 사람 이름을 써야 한다는 화물직원 말에 '잘못했습니다'라고 썼다. 훔친 물건을 제자리로 돌려놓는다는 뜻으로 쓴 이름이었다. 화물 직원은 본명을 써야 한다고 정색하고 말했다. 그는 '잘못했습니다'가 자기 이름이라고 진지하게 말했다. 짐 안에 청자를 기증하게 된 사연을 간단히 적어 넣었기 때문에 받는 쪽에서 이름 대신 왜 '잘못했습니다'를 썼는지 이해하리라 믿었다. 화물 선착장에서 빠져나올 때 두 번 다시는 청자를 거들떠보지 않으리라 다짐하고 또 다짐했다. 앞으로는 조부 그림을 찾는 데만 전념하리라 다시 한 번 더 마음을 다져 먹었다.

"학예사나 관장님께서 그러시더군요. 기증받은 청자 모두가 일급품 수준이라고요. 청자에 급수가 있는 건 아니지만 보관상태가 좋고 문양과 때깔이 뛰어난 청자를 여기서는 대개 일급품이라 하거든요."

"다음에 일급품 청자를 보러 오지요, 이거 실례가 많았소."

"아닙니다, 그럼 내년에 박물관 개관할 때 꼭 오십시오."

강석초는 더는 개성박물관에 오지 않을 터였다. 개성에도 오지 않을 것이다. 보낸 청자가 잘 도착했는지 확인하기 위해 이곳에 들렀을 뿐이었다. 모은 청자를 모두 떠나보냈을 때 무덤 수십 기를 짊어졌다가 내려놓은 것 같았다. 그동안 가슴에 바위를 안고 살았다는 것을 청자를 보낸 뒤에야 깨달았다.

*

강석초는 박물관에서 나와 마을을 향해 천천히 걸었다. 택시를 타고 서둘러 개성역에 간다면 경성행 기차를 탈 수 있었지만 서둘지 않았다. 무작정 걷다보니 개성읍내를 벗어나 있었다. 십여 년이나 비비대기친 개성이지만 쓰렁쓰렁하기만 했다. 농가에는 주막이나 여관이 보이지 않았다. 강석초는 마을 정자 앞에서 멈췄다. 거기서 보이는 솟을대문 기와집 대문을 두드렸다. 담 너머로 소나무 둥치가 휘청 넘어 와 있는 집이었다. 예순쯤 되어 보이는 노인이 대문을 열었다. 사내는 집주인이었다. 강석초는 노인에게 개성에 볼 일이 있어 왔다가 어영부영하다보니 해가 저물었고, 묵을 곳이 마땅하지 않아서 그러니 하룻밤만 묵고 가면 안 되겠느냐고 물었다. 노인은 대문을 활짝 열었다. 강석초는 노인을 따라 안으로 들어왔다. 사랑 누마루 앞에 다다랐을 때 멈췄다.

"송악산 풍수가 뛰어나 이곳에서는 인물이 많이 난다고 합니다만 그것도 옛말입니다. 이제 개성 인물들 대부분 경성으로 빠져나갔습니다. 망해도 경성, 흥해도 경성, 너도나도 경성으로 가더군요. 손님은 고향이 어디십니까?"

강석초가 먼 산을 보고 있는데 노인이 물었다.

"어릴 때 용인에서 살았습니다만."

강석초는 누가 고향이 어디냐고 물을 때 난감했다. 그는 고향이 어디인지 몰랐다. 핏덩이인 채로 조부 손에 갔고, 거기서 주막 어머니에게 가서 자랐다. 용인에서 개성으로, 개성에서 일본으로, 일본에서 다시 경성으로 유랑하며 살았다.

"그럼 개성은 처음입니까?"

"처음은 아닙니다만."

개성에서 십여 년 살았다는 말이 선뜻 나오지 않았다. 33년 만에 찾아온 개성이었다. 개성역 주변은 경성이나 평양처럼 북적였다. 한복장이, 양복장이, 기모노장이, 택시, 인력거, 우마차들이 북적이는 개성역을 벗어나니 무명옷차림에 달구지를 끄는 이들이나 임질을 한 아낙들이 많이 보였다. 들판 끝에 기와집과 나지막한 초가들이 즐비했다. 논밭을 가로지르는 길과 실개천이 보이자 가슴이 싸했다. 강석초가 한때 그물로 물고기를 잡고 지게를 지고 오르내리던 계곡과 들판이었다.

개성은 그를 품기도 하고 밀어내기도 했다. 열한 살 때 개성에 발을 들여 스물한 살 때 도망치듯 개성을 떠났다. 일본에 가서도 개성 사람한테 발길질을 당하는 꿈을 가끔 꾸었다. 개성 사람들이 몽둥이를 들고 그를 쫓아오는 꿈, 자신이 생매장당하는 꿈, 비오는 밤 장단군, 풍덕군의 외진 산을 더듬는 꿈을 반복해서 꾸었다. 근본도 뿌리도 없는 호로자식이라던 마을 사람들 목소리가 귓결에서 떠나지 않았다. 비만 내리면 몸살약을 미리 지어놓는 습관도 그때부터 생겼다. 비가 그친 뒤, 며칠 동안 오한과 저림으로 꼼짝하지 못했다.

청자를 사 모으고 나서부터 그런 증세가 나타나지 않았다. 폭우나 장맛비가 내린 뒤에도 오한도 떨림도 일체 없었다. 의사가 말한 '환상통'이 나았다. 강석초가 진단한 '청자병'이 나았다.

"제 며늘애입니다. 변변치 않을 겁니다만 시장하실 텐데 들어가 요기부터 하시지요."

언제 준비를 했는지 노인의 며느리가 밥상을 들고 사랑으로 들어갔다.

"제가 폐를 많이 끼치는 것 같습니다."

"아닙니다. 전혀 개의치 마시고 어서 들어가 쉬세요. 손자 놈이 사랑채에 불을 지핀다고 하니 방도 곧 따뜻해질 겁니다."

노인은 며느리가 사랑에서 나오는 것을 보면서 강석초에게 들어가라는 손짓을 했다.

"예, 고맙습니다. 그럼 오늘 밤 신세 좀 지겠습니다."

강석초는 주인에게 인사를 한 뒤 누마루로 올랐다. 사랑문을 열자 습진 냄새가 났다. 그는 가방을 놓고 밥상을 당겼다. 국에 밥을 말아 허겁지겁 먹었다. 박물관에서 나올 때부터 배에서 꼬르륵거렸다. 개성역에서 내리자마자 국밥이라도 한 그릇 사먹으려 했지만 사람들이 북적이는 역 부근을 어서 벗어나고 싶었다. 택시 승강장 부근에서 엿판을 안고 서성이는 소년을 불러 세워 엿이라도 사 먹고 싶었지만 그러지 못했다. 사람 많은 곳을 벗어나고자 서둘러 택시를 탔다.

"손님!"

강석초는 상을 밀어내고 문을 열었다.

"할아버지께서 이걸 갖다드려라 하셨습니다."

아이는 열한두 살쯤 되어 보였다. 그는 아이한테 곶감 쟁반과 남폿불을 받아 바닥에 놓았다.

"그래 고맙구나, 할아버지께도 고맙다고 전해 드려라."

"예, 그럼 가보겠습니다."

"참, 아궁이에 불을 지피는 중이라던데."

"예, 조금만 기다리십시오. 오랜만에 사랑에 불을 지피는 것이라 불쏘시개를 많이 넣었는데도 불이 금세 꺼집니다. 그러니 장작에 불도 안 붙습니다. 곧 불을 지피겠으니 조금만 기다리십시오."

"나 때문에 네가 고생을 하는구나."

"아닙니다 손님, 그럼 편히 쉬십시오."

강석초는 아이가 모퉁이를 돌 때까지 문고리를 잡았다. 곧 어둠이 내려앉을 터였다. 그는 아이들이 제집에 온 손님을 대하면서 수굿한 마음가짐이 생긴다고 생각했다. 손님방에 불을 지피고, 손님 시중을 들면서 사람을 대하는 마음가짐이 생긴다고 여겼다. 나그네를 대하면서 우리 너머 존재에 삼가고 조심하는 자세를 가진다고 생각했다. 그런 과정들이 삶의 결을 만든다고 믿었다. 강석초도 한때 손님방에 불을 지피고 손님 시중을 들었다. 그러나 그가 상대한 사람은 손님이 아니라 뜨내기들이었고, 삼가야할 사람이 아니라 눈치를 봐야 했던 이들이었다. 강석초가 손님과 여관주인 눈치를 보면서 얻은 것은 결이 아니라 구멍이었다.

강석초는 곶감을 입에 넣고 접시를 보았다. 접시 테두리에 청화로 '복(福)'자가 쓰여 있었다. 그는 식도원, 화월루, 명월관

등에서 온갖 산해진미는 맛보았어도 창호에 석양이 밴 사랑에 앉아 '福'자가 새겨진 접시에 담긴 곶감은 먹어본 적 없었다. 나달나달한 종하 바짓단이 마냥 해진 것으로만 보이지 않은 이유를 알 것 같았다. 짜부라진 종하 구두 뒤축이 마냥 낡아 보이지만 않은 이유를 알 것 같았다. 종하에게는 나달거리는 바짓단과 낡은 구두 뒤축보다 더 긴하게 살펴야 할 일상들이 많다는 뜻이었다. 부모형제가 없는 강석초로서는 어쩔 수 없이 얽히고 섞여야 하는 인간관계가 어떤 건지 모른다. 사람관계에서 생긴 어긋매낀 감정이 무엇인지 모른다. 짐작컨대 그것은 해진 바짓단과 닳은 구두 뒤축 등을 돌아볼 여유가 없게 만드는 무엇일 터였다.

"내가 좀 도와줄까?"

강석초는 쪼그려 앉아 고개를 비틀어 아궁이 안을 들여다보는 아이 곁으로 다가갔다.

"괜찮습니다."

"초저녁이라 아직 잠자리에 들기도 그렇고 해서 나왔어. 어디 좀 볼까? 아저씨는 아궁이를 많이 다뤄 봤거든."

"예."

강석초는 아이가 터주는 자리에 앉았다.

"묵은 재도 끌어냈는데 불쏘시개에 나뭇개비만 갖다 댔다 하면 자꾸 꺼집니다."

“나뭇개비가 약간 눅눅하구나. 이렇게 눅눅한 나뭇개비는 달래야지, 안 그러면성질부린단다.”

“나무가 성질을 부린다고요?”

“그럼! 한 번 성질부렸다 하면 좀체 달래기 어렵지.”

강석초는 아궁이 바로 앞으로 바싹 다가앉았다. 아궁이 앞에 얼굴을 바싹 대고그 안을 바라보는 것은 그가 지겹도록 했던 일이었다. 여관일 대부분이 손님들 방에 군불을 지피는 것이었다. 아궁이에 입김을 불어넣다 매운 연기에 눈물도 많이 흘렸다. 젖은 나뭇단이나 생나무는 불쏘시개로 아궁이를 활활 태우고 데운 다음에 넣어야 했다. 생나무에 매운 기운을 빼지 않으면 불이 잘 붙지 않았다.

강석초는 아궁이에 장작 태우는 일은 누구보다 잘했지만 정작 그의 방에는 불을 넣지 않을 때가 많았다. 구들이 뜨뜻하면 일어나고 싶지 않았다. 늦잠을 잤다고 여관주인에게 호통을 듣지 않으려면 냉돌에서 자는 게 나았다. 냉돌인 방에서 이불을 둘둘 감고 잠들었다. 눈을 뜨면 이른 새벽이었다. 그를 깨운 것은 암탉소리가 아닌 추위였다.

“어? 이제 불이 살아나요.”

아이가 고개를 비틀어 아궁이 안을 보았다. 강석초는 꼬챙이로 아궁이 안을 쑤셔 불씨를 더듬었다. 푸석하게 무너지는 재 사이로 발간 불씨가 숨어 있었다. 그는 가는 나뭇개비를 툭툭 부러트려 불씨 위에 얼기설기 넣었다. 작은 나뭇개비 조각이 스르르 오므려 들자 아궁이 안이 번해 왔다. 그 기세를 놓칠세라 발치에 널브러진 장작개비를 불 위에 살짝 놓았다. 장작이 불씨를 누를까 봐 장작을 쥔 손에 힘이 잔뜩 들어갔다. 컴컴한 동굴 같았던 아궁이 안은 금세 환했다.

"와아!"

아이의 함성 사이로 나무 타는 소리가 딱딱 들렸다. 아이 얼굴도 발그레하게 물들었다.

경성미술구락부

"그 양반 그리 된 지 벌써 닷새나 지났어."

"소식 듣고 하늘이 노랗더라고."

"열흘 전인가, 심광옥 그 사람이 나를 찾아와 술 한 잔 사라는 거야. 느낌이 이상하다 하면서도 일단 술집에 갔지. 그날따라 그 양반이 술을 좀 많이 마신다 싶었어."

"그날 특별히 한 말은 없고?"

"그 양반이 어디 말이나 잘하는 사람인가? 세워놓은 볏단처럼 얌전하기만 하지. 어쩌다 입을 벙긋한다 해봐야 청자 이야기뿐."

"하필 청자에 빠지느냐 말이지. 아닌 말로 차라리 주색잡기에 빠졌으면 그렇게 폭삭 망하진 않았을 텐데."

"심 사장에게 청자가 주색잡기지."

"모진 양반."

"그렇다고 목을 매다니."

옆자리 사내들은 아까부터 심광옥 이야기를 했다. 심광옥 자살 소식에 종하는 며칠 일이 손에 잡히지 않았다. 종하는 심광옥을 아버지처럼 따랐다. 가끔 심광옥 집에 안부 인사차 방문을 하면 술상을 차려냈다. 심광옥은 평소에는 말이 없었지만 취기에 오르면 띄엄띄엄 한 마디씩 했다. 그는 공부하러 일본에 간 아들 심창수가 엉뚱한 데 빠져 있어 고민이라는 것부터 자신이 청자를 사 모으던 이야기를 드문드문 이어갔다. 친구와 어느 주막에서 술을 마시다가 주막 마당에 놓인 개 밥그릇이 청자라는 것을 알고 주모한테 개 밥그릇을 샀다는 것과, 친구 집에 놀러 갔다가 청자 꿀단지를 보고 꿀 값과 청자 값을 합쳐 집 한 채 값을 쳐주었다는 이야기 등은 들을수록 재미있었다.

"시간 다 됐어, 우리도 슬슬 나가보자고."

종하가 커피 잔을 놓자 최달구가 자리에서 일어났다. 종하와 최달구는 1부 경매가 끝난 뒤 휴식시간에 경성미술구락부 부근에 있는 신도호텔 식당에서 점심을 먹고, 호텔 내에 있는 찻집에서 2부 경매시간을 기다렸다. 경성미술구락부 측에서 휴게실에 간단한 술과 음료를 마련해 놓았지만 그것으로는 요기가 되지 않았다.

종하는 오늘 경매만 아니면 심광옥 삼우제에 갔을 것이다. 그제 심광옥 장지까지 따라 갔다 왔지만 그가 죽었다는 게 실감나지 않았다. 심광옥 관(棺)이 청자를 담은 오동나무상자 같았다. 심광옥 관이 땅에 묻힐 때 그가 좋아했던 청자 한 점을 따라 묻어주고 싶었다. 종하는 무덤에 좋은 것을 부장(附葬)하는 사람의 마음이 어떤 것인지 짐작이 갔다. 청자에 살고 청자에 죽은 심광옥 무덤에 청자 한 점 정도는 따라 매장해줘야 할 것 같았는데 그의 무덤에는 사금파리 한 조각도 묻지 않았다.

장지는 노대바람이 핑핑 불었다. 심창수는 맨 살갗이 거의 드러나다시피 얇은 굴건제복을 입었다. 그는 잎 다 떨어진 겨울나무 같았다. 종하는 상주를 위로할 말을 떠올렸지만 딱히 할 말이 없었다. 심창수와 눈이 마주치지 않기 위해 저만치서 펄럭이는 만장(輓障)들만 바라보았다. 어질고 자애로운 인품으로 주변 사람을 헤아리고 스스로 난 체 할 줄 모르는 겸손한 사람이라는 투의 만장이 주를 이루었다. 청자에 빠진 벽(癖) 때문에 가족이나 친지로부터 눈살을 받고 그로 인해 고립되고 외로웠을지 모른다는 글은 하나도 없었다. 종하가 나서서라도 '여기 한평생 청자에 빠져 살다 죽은 심광옥 묻히다'라는 표석을 세우고 싶었다. 아무리 생각해도 청자를 뺀 심광옥은 상상할 수 없었다.

"청자진사죽문병 이거 사겠다고? 자네 돈 있나? 요시이, 심광옥, 종로전당포를 거친 물건인데 값이 만만찮을 텐데."

최달구가 경매도록 속의 청자진사죽문병을 가리켰다. 종하는 잠바 안주머니를 더듬었다. 돈 봉투가 툭툭했다. 누이에게 빌린 돈과 여태까지 모은 돈을 합한 돈이다.

"자네가 경매장에서 응찰도 다 하고, 세상 오래 살고 볼 일이야."

종하는 최달구를 대리인으로 내세워 응찰할 것이다. 1부 경매 때 나온 서화, 생활용품 등은 모두 낙찰됐다. 추사[17]의 대련, 현재 산수화, 겸재[18] 산수도 대폭, 탄은[19] 묵죽 등, 경합은 예상대로 치열했다. 내로라하는 소장자들이 호가를 불러댔다. 현재 산수화 두 점, 추사 대련 두 점은 변재만이 낙찰받았다. 그는 이번 참에 집을 팔았다고 했다. 넓은 집에서 허허롭게 사느니 좁은 전셋집에서 그림정리를 하면서 늙는 게 덜 허망할 것 같다는 것이었다.

오늘 청자진사죽문병만 사들이면 〈죽림한풍〉을 손에 쥔 거나 다름없죠? 오전에 종하가 대문 밖을 나서자 아내가 뒤따라 나왔다. '행백리자 반구십리行百里者 半九十里, 백 리를 가려고 목적을 정한 사람은 구십 리에 갔을 때 반쯤 갔다고 생각하라' 종하는 어디서 본 글귀를 떠올리고 〈죽림한풍〉을 찾는 일은 이제부터 시작이라고 대답했다. 〈죽림한풍〉 앞에 한

17 김정희
18 정선
19 이정

발 다가갔다고 생각하면 〈죽림한풍〉은 두 발 뒤로 물러서는 것 같아 곧 찾을 거라는 장담어린 말이 단박에 나오지 않았다. 〈죽림한풍〉을 찾으면 먼저 보일 테니 묵묵히 지켜보라고 말했다. 어망에 가둔 물고기도 놓칠 때가 있듯, 흥정이 끝나고 돈이 오갔는데도 매매가 취소되는 경우가 골동계에서는 허다했다. 거래를 앞두고 외출을 자제하고 남녀교합도 안 하는 사람도 있듯, 대부분 근신하고 삼가는 것만이 동티를 막는다고 믿었다.

"최 상, 오늘 좋은 물건 많이 낙찰받으시오."

한 사내가 다방을 나가면서 최달구에게 손을 들어 아는 체 했다. 사내는 일본인 나까마로 골동 가게를 돌면서 골동계 소식을 물어주고 물어가는 치다.

"선생님, 아까 가신다더니 아직 안 가셨습니까?"

종하는 경성미술구락부 정문을 향해 걸어오는 변재만에게 다가갔다.

"가려던 중에 아는 사람과 이야기 좀 하느라 이래 지체됐네. 지체된 김에 최 사장을 좀 만나려고 기다리던 중이었네. 최 사장, 아까 나한테 좋은 그림이 들어왔다고 했잖소."

"아, 예. 오늘 경매 끝나면 가게 가서 연락드리겠다고 했습지요."

"나온 김에 최 사장 가게 들러 그림을 좀 봤으면 하는데 오늘은 곤란하겠소?"

"가게 가서 물건 챙겨 내가 변 선생님 댁에 찾아 가지요, 뭐."

"그렇게 번거롭게 할 것까지는 없고. 그럼 연락 기다리고 있겠소. 김종하 씨, 내가 최 사장을 조금 밉게 봤거든? 그런데 최 사장이 귀한 그림 예닐곱 점을 구해 놨다 하지 않은가. 이제는 덜 미워해야겠어, 허허허. 남녀운우지정이 감도는 귀한 그림이라는군."

"예."

종하는 힘없이 대답했다. 최달구가 종하한테 80원에 산 춘화 일곱 점을 변진만에게 얼마에 넘길지 궁금하지만 관심 끊을 것이다.

"이왕 오신 김에 2부 경매 구경도 하고 가십쇼."

최달구가 경매도록을 겨드랑이에 끼우면서 말했다.

"내 볼일 끝났으면 가야지. 못 쓴다고 버린 것들이나 빼앗긴 것들이 비싸게 거래되는 걸 보고 있자니 갑갑하더이다. 그럼 나 먼저 가겠소."

변재만은 두루마기자락을 여미면서 내려갔다.

"그럼 선생님 조심해 들어가십시오."

종하는 변재만에게 허리를 숙였다.

"변 씨 저 영감 말이야, 집을 팔았다던데 당분간 골동점 뻔질나게 드나들겠어. 조선미술산가 뭔가 하는 거 만든다고 본

격적으로 그림을 사 모을 텐데, 자네도 짱박아놓은 그림이 있으면 나한테 들고 오라고. 병신 유고를 팔 때처럼 나를 거간으로 해서 변 씨 영감한테 팔라 말이야."

"팔 것이 있어야 말이지요. 어서 갑시다."

종하는 앞서 걸었다. 경성미술구락부 마당에 삼삼오오 모여 있던 소장자들도 경매장을 향하고 있었다. 그들은 대개 일본인으로 증권, 미두업, 시멘트, 전기, 수산업, 고무공장 등을 경영하는 업주로서 하루에 몇 만 원 정도는 손쉽게 쥐락펴락하는 치들이다. 그 틈에 요시이와 강석초도 보였다.

"오늘 좋은 물건 많이 낙찰받으시오."

요시이는 종하와 최달구를 뒤따르면서 말했다. 요시이 뒤로 강석초도 천천히 걸어오고 있다. 강석초 대리인은 요시이일 터였다.

"자, 곧 2부 경매가 시작될 예정이오니 모두들 자리에 앉아 주시기 바랍니다."

경매사 목소리가 우렁찼다. 그는 명치정에서 골동 가게를 하는 사내였다. 일본인들 사이로 조선인들이 띄엄띄엄 보였다. 그 중간에 강석초와 요시이가 나란히 앉아 있었다. 종하는 최달구와 회원석 끝 창가에 기대섰다. 경매대와 객석이 잘 보이는 자리다.

"이번에도 수적패가 바글대는군."

종하 뒤에 서 있는 일본인이 혼잣말을 했다. 수적패(水滴牌)란 연적이나 벼루 등,값싼 물건들을 조선인이 주로 구입한다는 뜻에서 일본 소장자들이 조선 소장자들한테 붙인 말이다. 불상이나 청자 같이 비싼 물건들은 주로 일본 소장자들이 낙찰 받았다. 조선 소장자들 중에 그들과 끝까지 경쟁할 이는 드물었다. 무엇보다 불상 같은 희귀품은 소장자들끼리 조용히 거래하기 때문에 경매장에 나오지 않았다. 그 또한 일본인들 손에 들어가기 일쑤였다.

"자, 2부 시작하겠습니다."

경매사 말은 빨랐다. 실내는 후끈했다. 나까마와 중개인들은 낙찰가를 기록하기 위해 도록을 펼치고 입구를 서성였다. 종하도 경매 현장을 기록하고 물건 낙찰자와 낙찰가를 적으면서 다음 경매 판세를 예측하곤 했다.

"2부 경매는 1부에서 다하지 못한 닛타 소장품하고 도자기 몇 점 위주로 진행됩니다. 1부에서도 말씀 드렸지만 이 귀중한 물건들을 모두 경매에 내 놓으신 닛타 상께 고마움을 전합니다. 또 청자 석 점을 의뢰한 종로전당포 측에도 감사 말씀을 전합니다. 내빈들께서도 끝까지 자리를 지키시어 보배 같은 물건들을 구경하시고 마음에 드시는 물건이 있으시면 응찰해주시기 바랍니다. 그럼 경매 절차는 도록에 난 순서대로 진행하겠습니다."

경매사 이마는 조명을 받아 번들거렸다. '名品流轉'이라는 표제 아래에 '닛타 소장품 일괄 경매'라는 부제가 붙은 현수막이 벽 정면 위에 붙었다. 종하 뒤에서 술 냄새가 났다. 사내는 휴식시간에 구락부 측에서 제공한 정종이나 와인을 마셨을 터였다. 경매 1부가 끝난 휴식시간에 경성미술구락부 측에서 다과나 술을 제공했다. 술을 마셔 그 취기로 호가를 높이 부르는 소장가도 더러 있었다. 휴식시간에 술을 제공하는 것은 술기운에 호가를 높이 부르라는 구락부 측 노림수라는 걸 다 알지만 취할 때까지 마시는 이가 있었다. 여기저기에서 경매도록을 펼쳤다. 종로전당포 주인이 의뢰한 석 점 청자 중에 한 점이 청자진사죽문병이다.

"경매 번호 22 번, 백자청화팔각병입니다. 후꾸, 5십 원!"

경매사는 여느 때처럼 시작 가격이라는 뜻인 '후꾸'에 힘을 주어 말을 했다. 아무리 비싼 물건이라도 낮은 가격부터 불렀다. 가격이 점점 올라가는 것을 보는 재미도 경매장 볼거리였다.

"백 원!"

조선인 중 누군가가 소리를 질렀다. 까만 양복차림에 중절모를 쓴 장년 사내였다. 사내는 경매 때마다 참석하지만 좀체 물건을 사지 않았다. 사내가 부르는 호가는 늘 1, 2백 원에 머물렀다. 사내는 돈이 없어 물건을 낙찰받지는 못하지만 명품을 구경하고 싶어 경매장에 나타나는 이들 중 한 명이다.

"150원!"

역시 조선인 소장자였다.

"250원!"

100원을 건너뛴 가격이었다. 사람들은 서로 멀뚱멀뚱 바라보았다.

"250원! 또 누구 부를 사람 없습니까?"

"400원!"

한철주였다. 그는 귀빈석 중간에 앉아 있었다.

"410원!"

"450원!"

"1000원!"

마침표를 찍듯 한철주가 목소리를 높였다. 그에 따라오던 두 명은 조용했다.

"1000원! 더 부를 사람 없습니까?"

경매사는 좌중을 살피며 목소리를 높였다. 사람들은 서로를 멀뚱멀뚱 바라보았다. 예상보다 낙찰가가 높았다.

"예, 백자청화팔각병은 1,000원에 낙찰!"

경매사가 낙찰 종을 울리자 직원이 백자청화팔각병을 경매대에서 내렸다. 종하는 도록을 넘기다말고 강석초를 바라보았다. 요시이가 말을 시키고 강석초는 듣고만 있었다.

"이번에는 경매 번호 23번, 백자청화매죽문각병입니다. 뒤에 계신 분들은 잘 안 보이시겠지만 동체 부분에 유약이 뭉쳐 있고 구연부가 깨졌습니다. 매화와 대나무무늬가 돋보이는 도자기입니다, 후꾸 50원!"

경매사가 시작가를 부르자 종하 뒤에 서 있는 사내가 사람들 틈을 비집고 들어섰다. 사내한테 포마드 냄새가 짙다.

"200원!"

포마드 사내가 소리 질렀다.

"대나무가 그려진 병을 찾는다면 저것도 괜찮은데."

"맘에 든다고 다 살 수는 없소."

종하는 시치미를 뗐다. 종하에게 필요한건 청자진사죽문병이라는 것을 최달구가 알 리 없다. 〈죽림한풍〉을 손에 넣기 전에는 어떤 동티도 일어나서는 안 되었다.

"500원!"

"600원!"

포마드 사내와 군산에서 수리사업을 하는 가즈오가 번갈아 가면서 호가를 불렀다.

"600원, 더 없습니까?"

경매사가 외치자 좌중은 조용했다.

"백자청화매죽문각병은 가즈오 상이 600원에 낙찰받았습니다. 축하합니다!"

백자청화매죽문각병은 주둥이 땜질 비용까지 합한다면 낙

찰가는 천 원가량 될 것이다.

"자, 이번엔 경매 번호 24번, 청자진사죽문병입니다. 이 물건은 종로전당포 의뢰품입니다."

종하는 사람들 틈을 비집고 좌석 옆으로 들어갔다. 헛기침 소리가 여기저기서 들려왔다. 경매사는 댓잎 무늬가 객석에 잘 보이도록 청자를 돌려놓았다.

"자, 고려청자의 백미 중에 백미. 진사 바탕에 대나무 무늬가 그려진 청잡니다. 이 청자의 인기는 새삼 말씀드릴 필요는 없겠지요. 후꾸 50원!"

"500원!"

경매사가 시작가를 부르자마자 창가 쪽에 앉아있는 조선 사람이 소리를 질렀다. 그는 내시 출신 골동품 소장자로, 화가와 서예가로도 유명하다.

"800 원!"

강석초다.

"2800원!"

미야자키다. 한꺼번에 2천 원을 올리는 것은 어차피 비싼 청자, 질러가자는 뜻이다.

"자, 2800원입니다. 또 없습니까?"

경매사 목소리는 높고 빨랐다. 사람들 눈길은 모두 경매대에 올려진 물건을 향했다. 요시이가 강석초한테 귓속말을 하자 강석초는 얼른 요시이한테 떨어져나와 고개를 흔들었다.

“3000원!”

엄 원장이다. 품목을 가리지 않고 모으는 엄 원장이 청자진사죽문병에 호가를 부르는 것은 낯설지 않다. 그러나 그는 늘 그랬듯이 호가가 점점 오르면 뒤로 빠질 지 모른다.

“3100원!”

강석초는 백 원 올려 불렀다. 한 숨 쉬어간다는 뜻이고 결정적일 때 비약하겠다는 거다.

“자네는 안 살 거야? 왜 안 불러?”

최달구가 종하를 보며 말했다.

“6000원!”

요시이였다.

“저 청자, 예전에도 요시이 저 사람이 낙찰받은 거 아닌가?”

종하 뒤에 서 있는 빡빡머리 사내가 혼잣말을 했다.

“요시이는 장사꾼이니까 또 낙찰받아 다른 사람한테 팔아넘기겠지.”

또 다른 사내가 중얼거렸다. 종하는 양복 윗도리를 손으로 눌러보았다. 주머니에는 청자진사죽문병을 낙찰받기 위해 모은 돈 전부 들어 있었다. 오늘 청자진사죽문병을 낙찰받더라도 낙찰가 10할만 내고 나머지 대금은 한 달 안으로 납입하면 된다. 그러나 현금을 모두 주머니에 넣고 왔다. 초조한 마음을 달래주는 것은 두둑한 돈 봉투뿐이었다.

"6000원! 또 없습니까?"

경매사가 다급하게 말했다.

"7000원!"

강석초가 목청을 높였다.

"벌써 기와 세 채 반값이네?"

빡빡머리가 중얼거렸다.

"조용히 해 주십시오!"

경매사 목소리가 쩌렁쩌렁 울렸다.

"누가 낙찰받든 뭐 우리는 굿이나 보고 떡이나 먹는 거지."

종하는 사내의 중얼거림을 들으며 좌석을 바라보았다. 한철주와 엄 원장은 도록을 뒤적이고 있었다. 내시와 금광 부자는 옆 사람과 소곤거렸다.

"8000원!"

다시 미야자키였다. 실내는 갑자기 조용했다. 모두들 미야자키 쪽으로 눈길을 돌렸다.

"그럼 그렇지, 큰손 미야자키가 있는 한 저 청자 임자는 빤하지."

"8500원!"

강석초다.

"저리 값이 치솟는데 자네가 어찌 엄두를 내겠나."

최달구는 종하에게 곁눈질 했다.

"차라리 아까 그 백자팔각병이나 사지 그랬어."

"좀 조용히 합쇼."

최달구 앞에 있는 사내가 인상을 쓰며 뒤돌아보았다.

"8500원, 또 없습니까?"

"9000원!"

"이러다가 이제 깨진 청자 쪼가리도 만 원 할 판이야."

객석이 웅성거렸다. 이제부터 부르는 호가는 값이 아니라 오기일 터이다. 경매장도 오기와 객기라는 밑천이 있어야만 판을 휘어잡을 수 있어 노름판과 다르지 않았다. 상대 기를 누르려면 상대가 쫓아올 수 없도록 값을 훌쩍 올려 부르는 수밖에 없다.

"막돌이가 수표동의 집 한 채를 내놓았다더니 이유가 있었구만."

"9500원!"

종하는 단말마 같은 강석초 목소리를 들으며 사람들 틈을 비집고 나왔다. 답답했다. 셔츠 단추를 하나 끌렀다. 입안이 바싹 말랐다. 의사는 부비동염을 오래 두면 냄새를 못 맡게 될 수도 있다고 했지만 달리 방법이 없었다. 약을 먹어도 낫지 않았다. 환기가 잘 안 되는 실내에서는 코가 더 막혔다. 바람만이 숨을 틔워줄 것이다.

종하는 빨리 걸었다. 청자진사죽문병이 그와 멀어지는 순간을 목격하고 싶지는 않았다. 그는 복도를 나오면서 양복 안주머니를 더듬었다. 돈 봉투가 빠닥빠닥 만져졌다. 봉투에는 모두 3천 8백 6십 9원이 들어있다. 그는 청자진사죽문병을 쉬이 낙찰 받으리라고 예상하지 않았지만 호가 한 번 부르지 못하고 경매장을 빠져나올 줄은 몰랐다.

"이봐!"

최달구 목소리가 들렸지만 종하는 돌아보지 않았다. 밖으로 나와 들숨부터 쉬었다. 하늘은 암청색으로 우중충했다. 진눈깨비가 눈앞을 가려 저만치 남산 자락이 희미하게 보였다.

군접도(群蝶圖)

"그럼 저희는 이만 물러나겠습니다."

강석초가 오동나무 상자 뚜껑을 열자 종하 옆에 앉은 기녀가 앉은 채 뒷걸음쳤다. 물방울 산호 알갱이가 박힌 옥비녀로 쪽을 진 기녀 자태는 수련 같았다.

"이거 아쉬워서 어떡하지?"

"저희야 늘 이곳에 있으니 언제든지 놀러 오세요."

기녀가 일어나자 은은한 분 냄새가 풍겼다.

"그럼 두 분 즐거운 시간 보내세요."

종하 옆에 앉은 기녀도 장구를 안고 일어섰다. 종하는 기녀 두 명이 각각 장구와 가야금으로 가락을 넣으며 노래를 부를 때 병풍에 기댄 채 눈을 지그시 감고 있었다. 노래 가사들은 덧없는 인생, 구름 따라 물 따라 마음 가는 대로 즐기며 살라는 내용들이었다. 장구와 가야금에 어우러진 기녀 목소리는 밤새도록 들어도 싫증나지 않을 것 같았다. 돈과 시간이 넘쳐나는 사람들이 왜 이런 곳에서 세월을 보내는지 알 것 같았다. 이곳 '식도원' 술 한 상 값이 쌀 서너 가마 값과 맞먹는다고 했지만 올 때마다 객실이 차 있었다. 종하는 소장자들과 함께 '식도원'에 몇 번 온 적 있었다.

탁! 방문이 닫히자 종하는 술상 옆에 나 앉았다. 방바닥에 기녀 노리개에서 나왔음직한 노란 인견 실 한 가닥이 떨어져 있었다. 객실 안쪽 비단 보료에 봉황수가 놓여 있고 그 뒤로 화조도(花鳥圖) 병풍이 둘러 처져 있다.

"허긴, 지금 아니면 김종하 씨가 이 청자를 볼 기회는 없겠소. 실컷 보시오."

종하는 강석초가 오동나무 상자에서 물건을 꺼내자 술상을 벽 쪽으로 살짝 밀었다.

"나는 경매장에서 나오자마자 후지노 영감한테 이 청자를 갖다 주고 죽림한풍을 받아오려고 뒤풀이도 안 갔는데 결국 당신과 이렇게 뒤풀이를 하게 됐소."

강석초는 청자진사죽문병을 방바닥에 놓았다.

"자, 보시오. 이 청자가 후지노 영감이 그렇게 갖고 싶어 하는 청자진사죽문병이오. 이게 만 삼천이백 원까지 가서 될 말이오? 미야자키가 쫓아오지 않았다면 8, 9천 원에서 낙찰됐을 건데."

"암튼 거물 미야자키를 물리치고 이 청자를 낙찰받은 것을 축하드리오."

"확실히 거물과 경합하니 붙는 재미는 있습디다. 그렇게 재미 본 값을 톡톡히 치렀지만 말이오. 아, 당신도 경매장에 있었잖소."

"난 중간에 나왔소."

청자진사죽문병을 낙찰받을 가망이 없어 포기했다는 말을 굳이 할 필요는 없다. 종하는 경매장에서 나와 신도호텔 찻집에서 경매가 끝날 무렵까지 기다렸다. 거리를 마냥 걷기에는 진눈깨비가 너무 질척였다. 경매가 끝났겠다 싶었을 때 강석초 지프차 앞에 가서 기다렸다. 강석초가 청자진사죽문병을 낙찰 받는다면 곧장 후지노 집을 향할 것은 빤했다. 그가 후지노한테 가는 것을 막아야 했다. 그렇지 않으면 〈죽림한풍〉은 강석초 손에 들어가고 말 터였다.

경매장 밖으로 나오는 사람들 속에 강석초를 찾는 것은 어렵지 않았다. 그는 오동나무 상자를 안고 지프차를 향해 오고 있었다. 강 사장, 전에 나한테 술 한 잔 산다고 했지요? 그 술 오늘 먹읍시다. 청자진사죽문병을 낙찰받은 기념으로요. 종하는 강석초가 지프차에 오르자 조수석에 올라앉았다. 강석초는 눈을 둥그렇게 뜨고 종하를 보았다. 오늘은 후지노 영감한테 가야 하니 술은 다음에 마십시다. 청자진사죽문병이 어떻게 생겼는지 구경이나 해보고 싶소. 그리고 이런 날씨에 아픈 사람 집에 방문하는 것은 무리인 듯싶소. 몸도 좀 녹일 겸 어디 가서 둘이 술이나 한잔 합시다. 종하는 강석초 무릎에 놓인 상자를 보면서 말했다. 강석초는 운전대를 잡은 채 한참 앞만 응시한 채 말이 없었다. 그러다 차를 몰아 '식도원' 앞에서 세웠다.

"솔직히 이거 뭐 그저 그런 청자 아니오?"

강석초는 청자진사죽문병을 손가락으로 쳤다. 종하는 청자를 당겨 요리조리 돌려보았다. 불그스름한 진사 댓잎가지는 비취빛 청자바탕과 대조를 이루었다. 댓가지에 댓잎 세 개가 붙은 평범한 대나무 문양이었다.

"당신 말 대로 이런 날씨에 후지노 영감 집에 간다는 것은 좀 무리겠소. 내일 아침 일찍 가 봐야겠소."

강석초는 종하 잔에 술을 따랐다. 상에는 산적과 갈비꽂이, 인삼 뿌리 무침과 삶은 문어 등이 잔뜩 차려져 있었다.

"강 사장, 청자진사죽문병 구경 잘했습니다."

종하는 비운 술잔을 잡다가 놓고 손등으로 입가를 훔쳤다.

"강 사장이 청자진사죽문병을 보여줬는데 나도 뭔가를 보여드려야하지 않겠소?"

종하는 원통에 든 나비 떼 그림 석 점을 방바닥에 줄느런히 펼쳤다. 강석초는 나비떼 석 점을 번갈아가면서 보더니 그림을 바싹 제 앞으로 당겼다.

"아니, 이건!"

나비 떼 그림은 가로 두어 뼘, 세로 세 뼘 가량으로 석 점 모두 크기가 비슷했다.

"이건 내 조부가 그린 나비 떼 같은데?"

강석초는 군접도 한 점을 들었다가 놓았다. 또 다른 군접도를 들었다 놓았다. 마지막 군접도를 들고 한참 쳐다보았다.

"맞소. 병신 화공께서 그리신 나비 떼, 그러니까 군접도지요."

나비 무리가 화선지를 메운 그림을 골동계에서는 흔히 '군접도'라 불렀다. 종하는 군접도에 눈이 멎은 강석초를 보면서 말했다.

"병신 어르신이 팔아달라고 곰보 영감 지전에 맡긴 그 군접도요. 병신 유고에서도 그 사연이 언급됐지요?"

종하는 벽 쪽으로 나앉으면서 말했다.

"이게 어디서 났소?"

"나는 나까마요. 떠돌아다니면서 이런 걸 찾아다니는 나까마 말이오."

"나도 나까마로 나서야겠소."

"그러시던가."

"조부가 이 그림을 지전에 맡길 때 나도 따라 갔었소. 이걸 지전에 맡기고 돌아오면서 조부가 몹시 아까워하신 걸 아직도 기억하오. 이 그림을 찾으려고 골동 가게들마다 구석구석 뒤졌소만."

강석초는 군접도 석 점을 번갈아 보면서 '丙申'이라는 이름이 쓰인 곳에 손을 댔다. 군접도 석 점 모두 색상이 비슷했다. 색색인 나비 떼와 자잘한 꽃들이 어울렸다. 꽃 색깔과 나비 색과 비슷해 꽃과 나비가 쉬이 분간되지 않았다. 나비들은 마른 꽃가루 같았고 아무렇게나 흘려놓은 안료가 바싹 마른 자국 같았다. 무지개를 채에 쳐서 받치면 이런 색상이 될 것 같았다. 실제 나비 크기만 한 것에서부터 옥수수 알만한 크기까지 나비 크기도 다양했다.

나비 날갯짓이나 도약하는 모습은 사진처럼 실감났다. 날개가 접힌 부분에는 색감은 어두웠고 활짝 펼쳐진 날개는 빛을 받은 듯 색조가 희붐해 보였다. 나비 몸통과 날개 맵시를 두고 귀골 풍모를 지녔다고 했던 어느 화공의 말은 그냥 나온 게 아니었다. 전등 빛에 반사된 나비 떼들은 말린 꽃가루를 흩뿌린 것 같았다. 종이를 그대로 움켜쥔다면 마른 꽃가루가 풀풀 날 것만 같았다. 어떤 나비는 실제 나비를 말려 붙인 것처럼 도드라져 보였다. 더군다나 군접도에 탐을 내는 사람과 함께 보니 나비들은 더욱 눈부시게 보였다.

"일호[20] 군접도도 좋고 우봉[21] 군접도도 좋소. 그러나 그들

---

20 남계우
21 조희룡

군접도는 대개 후손들이 소장하고 있어 구경하기 어렵소."

"나는 그 사람들 군접도는 안 봤지만 내 조부 군접도가 정말 아름답소. 조부가 지전에 맡기러 갈 때는 이 그림을 예사로 봤는데. 김종하 씨, 이걸 어디서 구했소?"

강석초는 들고 있던 그림을 바닥에 놓았다.

"용인 어느 아전 집에서요. 아마 아전 집안 누군가가 곰보 지전에서 샀지 싶소. 군접도를 얻은 덕으로 행랑아범한테 술값을 좀 쥐어줬더니 잠까지 재워주지 뭐요."

"그럴 때는 나까마로 나선 보람이 있겠소."

"나까마는 좋은 물건을 싸게 사서 비싸게 팔 때 보람 있소. 이 군접도는 팔기 위해서라기보다 내가 간직하려고 샀소."

"김종하 씨, 당신은 뭔가를 수집 안 한다고 하지만 내가 볼 때는 당신도 수집벽이 상당한 것 같소. 이런 걸 꿍쳐놓은 것만 봐도 그렇고. 집에 뭐 이런 걸 감춰둔 꿀단지라도 있는가 보오."

강석초는 '丙申'이란 글씨를 골똘히 보면서 중얼거렸다. '丙申'이라는 글씨는 연분홍색 나비 위에 쓰여 있었다.

"그런데 김종하 씨, 이게 진짜 내 조부 그림 맞소? 보고도 믿기 않아서 그렇소.""나도 믿기지 않소. 병신이라는 화공은 웬만한 사람들은 잘 모르오. 알려지지 않은 화공 그림들은 진짜라도 잘 팔리지 않지요. 그런데 그런 그림을 누가 공들여 가짜를 그리겠소. 단원이나 추사 같은 유명한 사람들 그림은 가짜만 전문으로 그리는 사람이 있기 때문에 가짜가 떠도는 것은 당연하겠지만 말이오."

"대체 이걸 어디서 구했느냐 말이오?"

"용인의 어느 아전 집에서 구했소. 이 귀한 군접도가 헛간에 먼지를 덮어쓰고 있으리라고는 누가 생각이나 했겠소. 그래서 뭐든 혼자 상상하고 결론 내서 지레 포기하면 안 된다는 걸 또 한 번 깨달았소. 구석구석 뒤지면 병신 화공 쌈지까지도 나올 것 같소."

"헛간요?"

"예, 헛간에 있었소."

"이런 그림을 어떻게 헛간에 둘 수 있단 말이오."

"헛간에 있었으니 잘 보관되어 있었지요. 부엌에 있었다면 불쏘시개로 쓰이고 말았겠지요."

종하는 『병신유고』를 발견하고 얼마 안 있어 용인을 돌았다. 『병신유고』를 읽지 않았다면 병신이 군접도를 그렸다는 것도 몰랐을 터였다. 용인을 돌아다닌 3일 째였다. 기흥면 어느 주모에게 예전 기흥면 면장이 그림 모으기를 좋아했다는 말을 듣고 곧장 면장 집을 향했다. 면장 집은 기흥면에서 제일 큰 집이지만 중풍에 든 면장 며느리와 행랑아범만 산다고 했다. 면장 부부는 벌써 죽고 아들도 죽었다는 것이었다.

뉘시우? 종하가 대문을 두드리자 한참 있다가 문이 열렸다. 고물 사러 왔습니다. 그림 쪼가리나 요강이나 빨부리 같은 것 삽니다. 안 쓰는 물건 다 삽니다. 그런 거 없수. 행랑아범이 대문을 닫으려 하자 종하는 문을 잡았다. 봉창에 땜질을 하려는데종이 나부랭이 몇 장 얻어 갑시다. 이미 종하는 대문 안으로 들어섰다. 행랑아범은 종하를 요리조리 살폈다.

꼴을 보니 작대기로 때려 쫓아내도 나가지 않을 것 같고, 별 희한한 사람 다 보겠네. 행랑아범은 중얼대며 들고 있던 키를 놓고 헛간으로 들어갔다. 종하도 따라갔다. 이것 좀 받아. 행랑아범은 물통을 딛고 올라서서 선반 위의 것을 꺼내 종하에게 내밀었다. 종하는 대소쿠리와 잿박을 차례차례 받아서 내려놓았다. 먼지가 풀풀 날았다. 종하는 행랑아범이 내민 종이 뭉치를 받자마자 헛간 밖으로 나가 먼지를 털었다. 종이를 한 장씩 펼쳐 보니 모두 그림이었다. 길상화 넉 점과 군접도 석 점이었다. 모두 병신 그림이었다. 종하는 기쁜 표정을 감추기 위해 그림을 펼치고 한 손으로 자꾸 털었다.

문구멍 땜질로 쓰기엔 너무 삭았지? 예전에 우리 나리께서 그림을 좋아하셔서 집에 그림이 많았거든. 그런데 나리가 돌아가시자 사람들이 방마다 기둥마다 붙은 그림을 다 떼 갔어. 종하가 군접도를 살피자 행랑아범이 중얼거렸다. 먼지를 털고 나니 나비 색깔은 더 선명해 보였다. 이거 전부 제가 갖고 가서 불쏘시개나 봉창 가리개 하겠소. 종하는 그림을 돌돌 말아 쥐고 행랑아범한테 3십 원을 쥐어 주었다. 막걸리 사 드세요. 행랑아범은 입을 다물지 못했다. 해가 저물었는데 자고 가. 행랑아범은 대문을 나서는 종하를 붙잡았다. 종하는 군접도뿐 아니라 병신 그림 여러 점을 건졌으니 며칠 동안 널브러져도 되겠다 싶었다. 그는 행랑아범이 내온 술지게미와 동치미를 놓고 그와 마주 앉아 밤이 깊을 때까지 이야기를 나누었다.

"이 그림 모두 얼마요."

"백지수표라도 주려고요?"

"얼마면 되겠소?"

"강 사장이 바짝 쪼아 붙이니까 도로 집어넣고 싶어집니다?"

"김종하 씨, 나는 내 조부 그림을 찾아 모으려고 귀국했소. 미술관을 지어 세상에 내 조부를 알리기 위해 여생을 바칠 거라고 전에도 말했소. 혹시 내 조부 그림을 또 갖고 있으면 한꺼번에 다 파시오."

"내가 소장한 병신 화공 그림은 이게 모두요."

종하는 군접도를 보면서 말했다.

객사청청유색신은 나귀 매었던 버들이라

아서라 말아라 네가 그리 마라. 사람의 괄시를 네 그리 마라.

세월아 봄철아 오고 가지 마라 장안의 호걸이 다 늙어 간다
헤헤이 에

도화유수 흐르는 물에 두둥실 배 띄고 놀아 볼까.

어디선가 가야금 뜯는 소리와 '양산도' 노랫가락이 들렸다. 구성진 노랫가락이 겨울밤에 촉촉하게 스며들었다. 가야금 소리는 사금파리 부딪치는 것처럼 청아했다. 세마치장단 장구소리 뒤로 '좋구나' 하고 사내들 추임새가 들렸다.

"강 사장, 이 군접도를 갖고 싶소?"

"내게 넘기려고 들고 온 것 아니오?"

"팔다니요. 강 사장, 이 군접도 전부와 청자진사죽문병과 바꿀까요?"

"뭐라고요?"

"이 군접도 석 점과 청자진사죽문병과 바꾸자고 했소."

"내가 청자진사죽문병을 어디에 쓰려고 구입했는지 몰라서 그딴 소리 하는 거요?"

"알지요. 이 청자진사죽문병을 후지노한테 들고 가 죽림한풍과 바꾸어 오기 위해서지요. 그래서 집 한 채도 팔아야 할 테고요."

"그걸 알면서?"

"강 사장이 죽림한풍을 찾아오기 위해 청자진사죽문병을

그렇게 비싸게 산 걸 내가 왜 모르겠소. 그러나 나 같으면 이왕 조부 그림을 찾아 나선 거, 죽림한풍 한 점보다 군접도 석 점을 택하겠소."

"김종하 씨, 청자진사죽문병 이야기는 빼시오. 이 군접도를 사겠소. 어서 가격을 불러 보시오!"

강석초는 군접도를 제 앞으로 당겨갔다.

"나는 군접도 석 점과 청자진사죽문병을 바꾸고 싶지, 이 군접도를 팔지는 않겠소."

"값을 많이 쳐 줄 테니 불러 보시오."

"나는 강 사장이 산 청자진사죽문병 값 두 배를 준다 해도 이 군접도를 안 팔 거요."

"이것 보시오 김종하씨!"

"돈도 필요 없다, 내가 갖고 싶은 물건을 갖고 오라, 이런 거다 후지노한테 배웠소. 강 사장도 후지노가 돈 대신 청자진사죽문병을 갖고 오면 죽림한풍을 내준다 하니 그렇게 따르지 않소? 그래서 나도 청자진사죽문병과 군접도를 바꾸자고 하는데 왜 역정을 내시오!"

"김종하 씨, 당신은 대체 누구시오? 대체 누군데 내 조부 그림들을 틀어쥐고 나한테 스멀스멀 접근하는 거요. 나까마면 나까마답게 돈으로 흥정하란 말이오!"

"나는 나까마이기도 하지만 그림 애호가요."

"그러면 이 그림을 나한테 보이지나 말든지!"

"내가 이 그림을 강 사장한테 보인 게 잘못이오?"

"그만 합시다, 아무래도 내가 뭔가에 홀린 것 같소."

강석초는 술잔을 훌렁 비웠다. 그 잔에 술이 철철 넘치도록 따랐다.

*

"강석초 씨는 우리 집을 어떻게 알고 찾아왔을까요?"

종하가 윗목에 있는 상자 보자기를 당기자 아내가 물었다.

"전에 술자리에서 묻기에 대충 가르쳐주었는데 이렇게 찾아올 줄은 몰랐소. 아침일찍 찾아와서 당신한테 미안하다고 전하라고 했소."

"급하면 아침이 아니라 새벽, 한밤에도 올 수야 있지만. 골목에 눈이 많이 쌓여 내리막길이 힘들었을 텐데. 당신 오늘 집에 있을 거예요? 나는 오늘 수동이 데리고 당주동 갔다 올게요. 조카 결혼식은 장곡천정[22] 공회당에서 하기로 했다네요. 모레 이바지 음식을 보낸다 해서 나도 가서 좀 도와야죠."

아내는 설거지를 마쳤는지 머릿수건을 풀어 손을 닦았다. 당주동 사는 처형은 아내보다 여덟 살 위로 아들 넷을 두었

22 소공동

다. 둘째 조카 결혼을 앞두고 처남댁과 작은 처형이 당주동 처형을 돕기 위해 모인다는 것이었다.

"나도 급한 일이 생겼소."

강석초가 청자진사죽문병을 들고 오지 않았더라면 오늘은 딱히 볼일은 없다. 그러나 청자진사죽문병이 손에 들어온 이상 한시 바삐 후지노한테 가야 한다.

"그럼 그렇지요. 강석초 씨가 아침 일찍 올 때부터 오늘 당신이 바삐 움직일 일이 있겠구나 했어요."

아침 일찍 대문 두드리는 소리가 들려 부엌에 있던 아내가 나갔다. 종하는 마루에 나가 마당을 내다보았다. 강석초가 대문 밖에 서 있는 게 보여 얼른 나갔다. 이른 아침부터 찾아온 것이 결례인 줄 아나 김종하 씨 마음이 변할까봐 서둘렀소. 강석초가 오동나무 상자를 내밀면서 말했다. 어제 당신과 헤어지고 집에 가서 밤새 생각했소. 밤새 고민한 끝에 죽림한풍과 군접도 중 군접도를 택하기로 마음먹었소. 어서 군접도를 갖고 나오시오.

종하는 얼떨결에 상자를 받아 안았다. 골목에는 눈이 소복하게 쌓였고 강석초가 밟았을 발자국이 움푹움푹 찍혀 있었다. 마침 아내가 북어탕을 끓이는 중이니 따뜻한 국물로 속을 좀 데우고 가라 했지만 강석초는 선걸음에 가겠다고 했다. 종하는 얼른 군접도를 챙겨 나왔다. 강 사장, 후지노 영감한테 죽림한풍을 찾아오면 강 사장한테 먼저 보여주겠소. 또 강 사장이 보고 싶다고 하면 언제든지 보여주겠소. 종하는 돌아서는 강석초에게 말했지만 그는 뒤도 돌아보지 않고 갔다.

"이제 당신이 아끼던 군접도마저 없앴네요."

종하가 상자에서 청자진사죽문병을 꺼내자 아내가 말했다.

"그런데 죽림한풍은 언제 찾아 와요?"

"오늘내일."

"오늘내일? 당신은 꼭 죽림한풍하고 숨바꼭질하는 것 같네요. 도대체 죽림한풍이 있기는 있는 거예요?"

"곧 찾는다잖소."

"죽림한풍을 찾는데 뭐가 그리 복잡해요? 병신 유고를 팔아 없애고, 군접도를 없애고 또…."

"곧 찾는다니까?"

종하는 저도 모르게 음성을 높였다.

"죽림한풍은 안 봐도 실컷 본 것 같아요. 그림을 모르는 내가 봐도 군접도는 정말 좋았는데."

"죽림한풍을 보면 그런 말이 안 나올 거요."

종하는 청자진사죽문병을 빙 돌려보았다. 밑바닥과 입구를 손으로 매만졌다.

"당신이 군접도를 집에 들고 온 날 기억 안 나요? 죽림한풍이고 뭐고 이제 다시는 병신 그림 안 찾는다, 그 말한 거 기억

안 나느냐고요?"

"수동아, 어서 일어나, 이 녀석 방학이라고 매일 늦잠이군."

종하는 자고 있는 아들 다리를 툭툭 쳤다. 품을 떠난 군접도 이야기는 하고 싶지 않았다. 놓아버린 물건에 더 이상 미련을 접어야 했다. 곧 〈죽림한풍〉을 찾을 터였다. 군접도는 싹 잊을 것이다. 〈죽림한풍〉을 손에 넣는다면 군접도 석 점을 없앤 골싹한 기운을 메워줄 것이라 여겼다. 그는 시계를 몇 번이나 들여다보면서 후지노 집에 갈 때만을 기다렸다.

"지금 나가려고요?"

종하는 양말을 신었다.

"눈이 더 오기 전에 볼일부터 봐야겠소."

종하는 체경에 놓인 손목시계를 보면서 말했다. 9시 35 분이다. 후지노가 병든 노인만 아니면 강석초한테 청자진사죽문병을 받자말자 후지노 집에 갔을 터였다.

아내 말 대로 종하는 군접도를 찾아왔을 때 제법 오랫동안 들떠 있었다. 군접도는 〈죽림한풍〉을 찾는 험난한 길목에서 본 들꽃 같았다. 들꽃에 취해 그냥 주저앉고도 싶었다. 병신이 그린 아름다운 군접도 석 점을 손에 넣었으니 더 이상 뭘 바랄까 싶었다. 〈죽림한풍〉를 찾느라 허기진 종하에게 조물주가 군접도를 보낸 것이라 믿고 싶었다. 그러나 군접도 수십 점을 손에 넣는다 해도 〈죽림한풍〉 없는 구멍은 메워지지 않았다. 〈죽림한풍〉을 포기하면 평생 상실감에 젖어 살 것 같았다.

곧 〈죽림한풍〉을 손에 넣을 것이다. 청자진사죽문병이란 마중물로 〈죽림한풍〉이라는 물을 주르륵 퍼 올릴 것이다. 〈죽림한풍〉을 찾으면 종하 비위를 살살 긁는 아내한테 제일 먼저 보일 것이다. 〈죽림한풍〉을 펼친 방안에는 서걱이는 댓바람으로 출렁거릴 터였다.

"당신이 알아서 하겠지만 사람 많은 곳은 되도록 가지 마세요. 요즘 조선 사람 모인 곳에 순사들이 바글바글하대요. 얼마 전에 윤봉길의사가 사형되고 나서 부쩍 거리에 순사들이 많이 보이더라고요."

"종로 바닥에 순사 벅적거리는 게 어제 오늘 일인가."

전차역이나 관공서 부근에 부쩍 순사들이 많다 싶었다. 그는 며칠 YMCA 건물 앞에서 사내가 순사한테 끌려가는 것을 보면서 심창수 생각이 나 그에게 전화를 했다. 심창수 목소리를 듣고서야 안심을 했다. 윤봉길 사건이 생긴 뒤로 기관에서는 독립운동에 가담한 자를 요시찰 인물로 감시한다는 소리가 들렸다. 그날 종하도 탑골공원 앞에서 순사한테 붙잡혀 검문을 당했다.

새옹지마(塞翁之馬)

종하는 청자진사죽문병을 들고 후지노 집에 찾아갔지만 헛걸음이었다. 청자진사죽문병을 요리조리 돌려보면서 흔감에 젖은 후지노가 〈죽림한풍〉을 내주는 상상을 하며 서둘러 그의 집에 갔다. 그러나 후지노 집 초인종을 아무리 눌러도 기척 없었다. 이튿날도 그 이튿날도 마찬가지였다. 며칠 계속 밤낮으로 하루에 두세 번을 찾았지만 허탕만 쳤다. 운신 못하는 영감이 집에 있지, 어디 있겠어? 답답한 마음에 그저께 최달구를 찾아 가 후지노 소식을 아느냐고 슬쩍 물어보았다. 그러나 최달구도 후지노 소식을 모르는 것 같았다. 골동계 소식통인 최달구가 후지노 근황을 모른다면 다른 사람한테 물을 것도 없었다. 종하는 어제도 후지노 집을 찾아 가 초인종을 눌렀다.

"누구세요?"

귀에 익은 양평댁 목소리와 동시에 게다짝 끄는 소리가 났다. 신발 끄는 소리가 반갑기는 처음이었다.

"김종합니다."

대문이 철컥 열렸다.

"영감님 뵈러 왔습니다."

종하가 대문 안으로 발을 들이자 양평댁이 막았다.

"이 집 아들들이 아직 누구한테도 말하지 말라고 했는데 김씨 아저씨가 영감님을 왜 찾아오는지 알기 때문에 이야기하는데요. 주인 영감, 얼마 전에 돌아가셨어요."

"예?"

"그러니 이제 찾아와도 소용없을 거예요."

종하는 안고 있던 청자 상자를 떨어뜨릴 뻔했다. 청자진사죽문병상자가 관(棺)을 안은 것처럼 무겁게 느껴졌다. 그러나 관이라도 상관없었다. 청자진사죽문병은 〈죽림한풍〉과 맞바꿀 마중물이면 됐다. 관이든 청자든 후지노에게 줘버리면 끝이었다. 이제 관도 소용없어졌다고 생각하니 세상이 캄캄해 보였다.

"얼마 전에 주인 영감님이 경성대학 부속병원 응급실에 입원했어요. 소식을 듣고 일본에 있는 영감님 아들이 일본으로 모시고 갔지요. 아들 부탁으로 나도 일본으로 따라갔다가 영감님 간병을 했는데 영감님은 일본에 도착한 닷새 만에 돌아가셨어요. 장례 준비를 하는 걸 보면서 나는 돌아왔죠. 이 집

아들이 집 팔릴 때까지만 좀 있어 달라고 해서 이러고 있는 거예요."

"잠깐만요."

종하는 양평댁이 대문을 닫으려 하자 대문을 잡았다.

"혹시 그 사이에 강석초 씨한테 연락이 왔거나 집에 찾아온 적은 없습니까?"

"강 씨 그 사람도 김 씨처럼 대나무 그림을 달라고 자주 주인 영감을 찾아왔어요. 그런데 언제부턴가 연락도 없고 오지도 않던데요. 우리가 집을 비운 사이 찾아왔는지 모르겠지만. 영감님이 강 씨한테도 무슨 청자를 갖고 오기 전에는 얼씬 말라고 으름장 놓았잖아요."

양평댁은 종하가 안은 청자진사죽문병 상자를 힐끗 보면서 말했다.

"그럼 영감님 소장품은 모두 어쩐답니까?"

"나는 그런 거는 몰라요. 알다시피 영감님 집에는 온통 그림이니 골동품이니 따위가 널브러져 있어요. 솔직히 나는 영감님보다 그런 물건이 더 무서웠어요. 내가 먼지떨이를 들기만 하면 영감님은 물건들 깨뜨릴까봐 청소를 못하게 하셨어요."

"아주머니, 죽림한풍은 잘 보관되어 있지요?"

"나한테 그런 거 묻지 마세요. 나는 잘 몰라요. 내 눈에는 영감님이 애지중지 하는 그런 물건들이 전부 고물로만 보이거든요. 그러니 나는 사실 뭐가 뭔지 구별도 잘 못해요."

"암튼 영감님 물건은 이 집에 전부 그대로 있지요?"

"그렇겠지요, 영감님 돌아가신지 얼마나 됐다고."

"영감님 아들 연락처 좀 알 수 없을까요?"

"안 돼요, 연락처를 아무한테 줄 수 없어요."

양평댁은 대문을 닫았다. 종하는 닫힌 문을 두드렸다. 현관문을 밀치고 들어가 〈죽림한풍〉을 찾아 나오고 싶었다. 아니 찾아 나와야 했다. 진작 완력으로라도 〈죽림한풍〉을 손에 넣었어야 했다.

"아주머니, 아주머니!"

종하는 몇 발 물러나 현관을 두리번거리면서 소리쳤다. 현관문을 밀고 들어가면 의자에 앉은 후지노가 정원을 내다보고 있을 것 같았다. '청자진사죽문병을 갖고 오란 말이야!'라고 외치던 후지노 음성이 귓전에 맴돌았다. 종하는 없애버린 군접도 생각이 간절했다. 〈죽림한풍〉을 찾기 위해 『병신유고』를 없애고 군접도 석 점을 없앴다. 심창수 말대로 정말 덫에 옭혀든 것만 같았다. 하나씩 잃을 때마다 늪으로 들어가는 것만 같았다.

후지노는 그렇게 갖고 싶은 청자진사죽문병을 보지 못하고 죽었다. 후지노는 병마에 시달리면서도 갖고 싶은 것을 포기하지 못했다. 청자진사죽문병을 살 돈이 없었던 후지노에겐

도록 속 청자가 그림의 떡이었을 터였다. 그는 청자진사죽문병을 가질 수 없다고 생각했기 때문에 더 갖고 싶었을 것이다.

종하는 소유할 수 없는 물건에 환상을 입혀 신화화(神話化)하는 이를 종종 보았다. 후지노도 그중 한 명이다. 간절함은 환상을 낳는 법, 환상이 입혀진 물건은 둘도 없는 보물일 터이다. 당신의 소장품을 보여 달라, 그러면 당신이 어떤 사람인지 말해 주겠다. 종하는 소장자들의 품평회에 갈 때마다 속으로 그 말을 읊조렸다. 종하가 소장자들 품평회에 가서 본 것은 골동품이 아니라 소장자들 집착과 환상이었다.

가래 받친 음성, 검버섯이 거무죽죽한 얼굴, 벌벌 떨던 손 등, 후지노가 그리워질 때가 다 있었다. 날짜를 셈해보니 후지노는 강석초가 경성미술구락부에서 청자진사죽문병을 낙찰 받을 때 일본의 병원에 있었다. 강석초가 경매장에서 나오자마자 후지노 집에 갔다 해도 헛걸음했을 터였다. 더는 소용없어진 청자진사죽문병을 두고 올공거릴 여유가 없었다. 청자진사죽문병을 한시라도 빨리 처분해 현금으로 만들어야 했다.

마츠하라한테 전화를 했다. 마츠하라가 보면 반가워할 청자가 있으니 만나고 싶다는 용건을 밝혔다. 마츠하라는 우가키 총독 사저에 신년 인사를 가야 하기 때문에 이틀 뒤에 만나자고 했다. 종하는 그와 만나기로 약속한 날짜만 꼽으며 기다렸다.

*

마츠하라 집은 용산 저택 단지에 있었다. 전(前)경무 차장 사택 옆에 있는 붉은 벽돌집이 마츠하라 집이었다. 그는 아내와 자식들은 일본에 두고 혼자 조선에 나왔을 터인데 저택에 살고 있었다.

"이게 내가 전화로 말한 청자요."

종하는 청자진사죽문병을 상자에서 꺼내 탁자에 올렸다.

"이거 강석초가 얼마 전에 경성미술구락부에서 낙찰 받은 물건 아니오?"

마츠하라는 손가락으로 청자 대나무 무늬를 툭 쳤다.

"그렇소만 어쩌다보니 내가 갖게 됐소."

"강석초가 이 청자를 왜 김 상한테 넘겼지?"

"이 손 저 손 옮겨 타는 게 골동품 운명 아니오? 또 사람 마음도 시시때때로 변하지요."

"그야 그렇소만 이걸 왜 나한테 들고 온 거요?"

"마츠하라 씨도 예전에 이 청자를 갖고 싶어 했잖소."

"이걸 사라는 말이오?"

"내 하는 일이 골동품을 사고파는 거요. 사고 말고는 마츠하라 씨 마음이고, 물건을 권하는 건 내 마음이오. 이 물건은 마츠하라 씨가 요시이 씨와 경합해서 놓쳤던 물건 아니오? 그래서 이제 이 물건을 품으라고 갖고 왔소. 알다시피 이번에는 강석초와 미야자키가 치열한 경합을 벌였소. 경합이 치열했던 만큼 강 사장이 좀 비싸게 낙찰 받았소만."

"그러게, 이게 만 삼천이백 원이면 엄청 비싸죠."

"누구는 낙찰가에 웃돈을 많이 얹어서 팔더라만 난 그냥 강 사장이 샀던 값으로 넘기겠으니 이 청자 거두시오. 고고학자에 청자 감식가인 마츠하라 씨 앞에서 이 물건에 대해 왈가왈부하는 것은 도사 앞에서 요령 흔드는 꼴이라 관두겠소."

"그런데 어쩌나? 나는 이 청자 이제 싫증 났소. 방금 김 상이 말했듯 사람 마음은 시시때때로 변하니까."

"그럼 주변에 이 물건을 살 만한 사람 없소? 있으면 소개 좀 해 주시오. 마츠하라 씨는 조용조용 골동품 거간도 한다던데. 물론 가격은 만 삼천이백 원 이하로는 안 되오. 대신 마츠하라 씨한테 거간비는 챙겨주겠소. 사실 나도 이 청자진사죽문병을 갖고 싶어 강 사장을 졸라 어렵사리 양도받았소만."

"김 상도 그새 싫증 난 거요?"

"알다시피 나는 나까마요. 청자를 샀다가 팔았다가 하는 게 내 일이요. 급한 일이 생기는 바람에 이걸 빨리 처분했으면 해서…."

"급한 일이라면."

"말을 하자면 좀 그렇소. 새옹지마라고 하듯, 한 치 앞을 내다보지 못하는 게 사람 일 아니오?"

"김 상은 강석초와 가까운가 봅니다? 강석초 그 친구, 제 손에 들어온 청자는 절대 팔지 않거든요."

"가깝고 말고도 없소. 나까마는 싫든 좋든 무조건 골동품 소장자들과 가깝게 지내야 합니다. 마츠하라 씨야말로 강 사장과 친하다고 들었소."

"친하다기보다는 그냥 알고 지내는 사이오. 내가 동경에서 변호사 사무장으로 있을 때 만났으니까 알고지낸 햇수도 꽤 됐소. 강석초는 나보다 네 살 적은 데다가 국적도 직업도 달라 대화거리는 별로 없었소. 청자 이야기 아니면 강석초와 연락할 일도 만날 일도 없었을 거요. 안 그래도 김 상이 오늘 나한테 온다는 연락을 받고 강석초한테 전화를 했소. 셋이 술이나 한 잔 하려고 했더니 집에 없더군요."

"사람들 말로는 마츠하라 씨도 청자가 많다 하던데요?"

종하는 거실 벽장에 눈길을 주면서 말했다. 저택에 비해 살림 도구는 많이 없었다. 장식장에는 백자 몇 점과 책 몇 권이 들어있다.

"동경 본가에 다 있소. 귀한 청자를 객지에 둬서는 안 되지요. 나는 어릴 때부터 청자를 봐 왔기 때문에 청자는 늘 친근

합니다."

"어릴 때부터 청자를 많이 보면 감식을 잘하나 봅니다?"

"그러게요, 언제부턴가 사람들이 나를 골동품 감식가니, 고고학자니 하는 칭호를 붙이지만 그래도 경성 최고의 골동품 감식가는 후지노 영감 아니겠소."

"이제 후지노는 돌아가셨으니 마츠하라 씨가 경성 최고 감식가가 되겠네요?"

"하하하, 그러게요."

"후지노 영감 장례식에 갔었소?"

"그럼요, 후지노 영감 아들이 내 대학교 후배요. 물론 과는 다르지만."

"후지노 영감이 병원에 입원한 것도 알았소?"

"몰랐소. 내 하는 일이 그렇다 보니 나는 경성보다 다른 지방에서 보내는 날이 더 많소. 그러니 후지노 영감이 경성대학 부속병원에 입원해 있다가 아들이 일본으로 데려갔다는 것도 모르고 있었소. 후지노 영감이 운신을 잘 못한다는 소리를 들었을 때부터 예상은 했지만 이렇게 갑자기 떠날 줄은 몰랐소. 그런데 김 상이 후지노 영감을 왜 그렇게 꼬치꼬치 물으시오? 영감한테 빚이라도 받을 거 있소?"

빚이라면 빚이었다. 종하가 2천 원을 갖다 주면 〈죽림한풍〉을 준다는 약속을 지키지 못한 것도 빚이고, 청자진사죽문병을 갖다 주면 〈죽림한풍〉을 준다는 약속도 지키지 못하고 떠난 것도 빚이었다. 후지노는 종하한테 영원한 빚쟁이이다. 종하는 후지노가 언제 어떻게 될지 모르는 나이 많은 병든 노인이라는 사실을 잊고 있었다. 종하에게 후지노는 병든 노인이 아니라 〈죽림한풍〉이라는 무지개를 떠받든 동산이었다. 종하 꿈을 쥐고 있는 이상 후지노는 죽지 말아야 했다.

"이 청자, 진사 바탕에 추초문(秋草紋)이 그려져 있어 후지노 영감이 좋아할 만한 물건이긴 한데."

"추초문이라는 표현을 쓰는 걸 보니 마츠하라 씨도 후지노 안목으로 도자기를 보는군요."

마츠하라 말꼬리를 잡기 싫었지만 대나무 무늬라 하면 너도나도 '추초문'이라는 표현을 쓰는 게 거슬렸다. 조선 소장자들 중에도 후지노를 따라 대나무를 추초문이라 하는 이도 있었다.

"대나무도 풀이오, 이런 암갈색 대나무는 가을 느낌이 나니까 추초문이라 해도 상관없을 테고. 암튼 후지노 영감만큼 대나무를 좋아하는 사람도 드물 거요."

"대나무 싫어할 사람은 없소."

종하는 경매도록을 펼치며 청자진사죽문병 사진을 보던 후지노 모습이 떠올랐다. 세 갈래 댓가지가 정면으로 보이는 사진이었다. 조선의 대나무라 해서 특별하지도 않았다. 그에 빠져있는 후지노가 의아스러웠다. 조선에 대숲은 흔하다. 대나무로 울바자를 친 집도 흔하다. 종하는 차라리 후지노가 대숲을 바람막이로 삼은 조선 사람의 늘품을 말했더라면 고개를 끄덕였을 것이다. 대숲을 울바자로 삼은 것은 바람으로 바람을 막겠다는 조선 사람의 익살이라고 맞받아쳤을 것이다.

후지노가 조선의 도자기나 그림을 좋아하는 것은 그의 취향이다. 그러나 조선의 물건이라면 찬사부터 늘어놓는 것은 와닿지 않았다. 종하는 그것이 우월 의식에 빠진 자가 열등한 자에게 던지는 막막한 찬사인지, 상대를 추어올려 논쟁에서 비켜서겠다는 심사인지 묻고 싶었으나 그는 죽었다. 후지노는 많은 사람에게 조선의 물건에 편향된 안목을 심어주고 끝내 바로잡지 못하고 죽었다.

"그건 그렇고 김 상, 이 청자를 못 팔아서 어쩌지요?"

"못 팔까 걱정은 안 하오. 설령 못 판다하더라도 뭐가 걱정이오? 꽃을 꽂든 술을담든 뭔들 못하겠소."

종하는 마츠하라 앞에 있는 청자진사죽문병을 들면서 말했다.

"그러고 보니 조선 사람들은 꽃을 꽂을 줄 모르더군요. 그 좋은 백자에 술을 담고, 참기름 담고, 호호호."

"술도 담고 참기름도 담지만 꽃도 꽂소. 외려 백자에 꽃을 더 많이 꽂지요. 그리고 조선 사람들은 백자 하나 갖고도 다양하게 썼소. 백자 사발을 마당 한 귀퉁이에던져 놓았다고 버린 게 아니오. 처마 밑이나 툇마루 기둥 아래 놓인 사발에 고인 빗물은 새나 개, 병아리가 핥지요. 그때는 물 사발이오. 항아리에 술 담으면 술병, 간장이나 기름을 담으면 간장병, 기름병이오. 꽃을 담으면 꽃병이 되는 게요. 감식이니 어쩌니 해가면서 도자기를 애지중지 하지도 않소."

"하하하 그렇군요. 아무 데나 던져 놓았지만 결코 아무 데나 던져 놓은 게 아니다? 그런 억지가 어딨소?"

"마츠하라 씨야말로 억지를 부리는 것 같은데요?"

"암튼 그렇다 치고! 그런데 김종하 씨, 이 청자 진짜 꽃병이나 기름병밖에 못 쓰겠는데요? 이 말을 할까 말까 아까부터 사실 망설였소만 당신도 알아야 할 것 같아 그냥 말하겠소. 이거 가짜요."

"뭐요?"

"이 대나무 무늬 좀 보시오. 댓잎 자락이 어딘지 조잡해 보이지 않소? 꼭 일본 과자 봉지에 찍힌 상표 무늬 같지 않소? 고려청자는 이런 조잡한 무늬가 없소."

"가짜라고요?"

"청자에 진사 무늬로 그려 넣은 대나무 무늬는 없소. 또 이 굽바닥을 보시오. 테두리에 암회색 모래 자국이 말이오. 땅 밑에서 나왔다면 이런 색이 될 수가 없소. 돈이 된다 싶으면 가짜를 진짜처럼 감쪽같이 만드는 사람이 많잖소."

"이게 가짜라는 것을 마츠하라 씨는 언제부터 알았소?"

종하는 목이 옥죄어 오는 것 같아 셔츠 섶을 만졌다가 놓았다. 목이 말랐다. 타닥타닥. 벽난로에서 장작 타는 소리가 났다.

"그게 뭐가 중요하오, 가짜라는 사실이 중요하지."

"예전에 마츠하라 씨도 이 물건을 탐냈잖소? 이게 탐나서 요시이와 끝까지 경합을 벌였잖소."

"나는 막판에 포기했소. 그때도 이 물건이 찝찝했는데 결국…."

"그러니까 마츠하라 씨는 이 청자진사죽문병 가격만 올려놓은 바람잡이였군요."

"말조심 하시오, 바람잡이라니!"

언젠가 최달구가 그랬다. 마츠하라를 조심 하라고. 그는 뱀처럼 교활한 모사꾼이라고.

새 소장자

그토록 뒤져도 보이지 않던 군접도를 종하가 지니고 있었다. 종하는 군접도 석 점과 청자진사죽문병을 바꾸자는 제안을 했다. 청자진사죽문병을 종하에게 내준다면 〈죽림한풍〉을 단념한다는 뜻이니 종하 제안을 선뜻 받아들일 수는 없었다.

강석초는 그날 집으로 돌아와 〈죽림한풍〉과 군접도 석 점을 저울질했다. 두 가지 모두 조부 그림이라 가치를 매길 수 없이 어금버금했다. 두 갈래의 길에서 방향을 정해야 한다는 게 그처럼 깊은 고민거리인 줄은 몰랐다. 밤새 생각한 끝에 〈죽림한풍〉한 점보다 〈군접도〉 석 점이 낫겠다는 결론에 닿았다. 날이 새기만을 기다렸다. 아침 일찍 종하 집에 가는 도중 몇 번이나 차를 세우고 망설였다. 밤새 첫눈이 내려 길도 미끄러웠다. 이른 아침부터 남의 집을 찾아간 것이 미안했다. 종하 아내가 깍듯이 맞아주어 더 미안했다. 청자진사죽문병을 종하에게 내주고 군접도를 챙겨 나올 때 마음이 싱숭생숭했지만 이를 옥깨

물고 돌아섰다.

집에 도착하자마자 군접도 석 점을 펼쳤다. 군접도는 '식도원'에서 봤을 때와는달라 보였다. 무지개 가루처럼 고와 보이던 나비들이 얼룩덜룩한 먼지처럼 보였다. 그때부터 〈죽림한풍〉만 어른거렸다. 시간이 흐를수록 군접도 석 점을 손에 넣었다는 것보다 〈죽림한풍〉을 잃었다는 기분에 사로잡혔다. 청자진사죽문병을 낙찰받은 그날 곧장 후지노 집에 가지 않았던 게 후회했다. 그러나 그 후회는 오래가지 않았다. 후지노가 죽었다는 소식이 이내 들렸기 때문이었다.

날짜를 헤아려보니 강석초가 청자진사죽문병을 낙찰받던 날에 후지노는 일본에 가 있었다. 청자진사죽문병을 낙찰받던 날 곧장 후지노를 찾아가도 그를 못 만났을 터였다. 뒷날 종하가 후지노 집에 갔더라도 허탕 쳤을 터였다. 일본의 병원에 입원해있던 후지노는 그 며칠 뒤에 죽었다.

아는 사람이 죽었다는 소식을 듣고 마음이 환해지기는 처음이었다. 후지노가 죽었다는 소식은 〈죽림한풍〉이 후지노 소장품으로 남아 있다는 소식이었다. 〈죽림한풍〉이 누구의 손에도 옮겨가지 않았다는 뜻이었다. 강석초는 꺼져가는 불씨가 되살아나듯, 포기했던 〈죽림한풍〉이 그를 향해 꿈틀꿈틀 살아오고 있음을 느꼈다. 군접도로 〈죽림한풍〉을 돌라맞추려고 했으나 닭은 절대 꿩이 될 수 없었다. 강석초는 한 치

앞을 내다보지 못하는 게 인생이라고 생각하면서 2층 객실 벽에 걸어놓은 군접도를 보고 있었다. '丙申'이라는 조부 이름을 어루만지려고 손을 뻗는데 전화 받으라는 해주댁 목소리가 들렸다. 종하였다.

"긴하게 할 말이 있으니 좀 만납시다."

"지금 바쁘오."

강석초도 종하 말투를 따라 사무적이고 퉁명스럽게 답했다. 〈죽림한풍〉을 찾을 희망이 되살아났는데 종하라는 덫은 피하고 싶었다. 또 종하한테 옭혀들고 싶지 않았다.

"그럼 전화로 간단히 말하겠소. 어제 마츠하라 씨를 만났소. 그 양반이 청자진사죽문병이 가짜랍디다. 이 사실을 강 사장한테 알려야 하나 말아야 하나 많이 망설였소만 누구보다 강 사장이 알고 있어야 할 것 같아 전하오, 그럼."

전화는 끊겼다. 강석초는 수화기를 귀에 댄 채 한참 동안 서 있었다. 종하를 만나고부터 믿기지 않는 일들만 자꾸 생기는 것 같았다. 그는 종하가 쳐놓은 덫에 걸려 버둥거리는 것 같았다. 종하를 정식으로 대면한 뒤부터 모든 게 숨 가쁘고 벅차게 돌아가는 것 같았다. 강석초는 종하와 전화를 끊고 바로 요시이한테 전화를 했다.

"나도 최근에야 알았어. 진작 알았다면 몇 년 전에 내가 그 청자를 왜 그렇게 비싸게 낙찰 받았겠나."

요시이 말투는 담배라도 물고 있는 것처럼 질겅댔다.

"그런데 자네가 낙찰받은 그 물건이 왜 김종하 손에 갔나? 김종하가 청자진사죽문병을 팔러 다닌다는 소리를 마츠하라한테 들었어. 마츠하라도 말 안 하려고 했는데 김종하가 가짜를 팔러 다니는 게 안타까워 사실대로 말했다더군. 골동품이야 진짜도 가짜 같고, 가짜도 진짜 같으니 모두들 뭐가 뭔지 몰라. 서로들 속고 속이면서 돈이 오가는 곳이 골동 바닥 아닌가."

강석초는 맨망스러운 요시이 말투를 더 듣고 싶지 않아 전화를 끊었다. 강석초는 청자진사죽문병 진위 여부에 관심 없었다. 어차피 청자진사죽문병은 〈죽림한풍〉에 닿는 징검다리로 후지노 품에 안길 물건이었다. 강석초는 청자진사죽문병을 종하에게 넘겼을 때부터 마음도 끊었다. 그러나 청자진사죽문병이 가짜라는 김종하 말을 듣는 순간 모욕감이 몰려왔다. 똥바가지를 덮어쓴 듯 누군가에게 우롱당한 기분이었다.

'청자진사죽문병이 가짜랍디다' 며칠 계속 종하 말이 귀에 맴돌았다. 강석초는 청자진사죽림병에 조리돌림 당한 이들을 차례차례 떠올렸다. 청자진사죽문병을 사기 위해 집을 저당 잡히고 빚쟁이에 시달려 끝내 목을 매단 심광옥. 청자진사죽문병을 사기 위해 수표동 집 한 채를 날려버린 강석초 자신. 청자진사죽문병을 갖기 위해 아끼던 군접도를 내놓은 종

하. 기다리던 청자진사죽문병을 보지 못하고 죽은 후지노.

'누구보다 강 사장이 알고 있어야 할 것 같아 전하오'라는 종하 뒷말이 명치에 얹혔다. 강석초는 종하가 생략한 다음 말을 헤아려 보았다. 괜히 여기저기 다니면서 가짜를 산 억울함을 토로하지 말라. 최고 경매회사인 경성미술구락부에서 가짜를 경매하느냐고 따지고 드는 순간 최고의 바보가 된다. 경매장이 떠나라 호기롭게 외쳤던 목소리만큼 당신은 쩌렁쩌렁한 바보가 된다. 당신은 집 한 채를 가짜에 욱여넣었다. 고로 당신은 만 삼천이백 원짜리 바보다.

*

"자네 덕분에 몇 년 만에 겨울 사냥을 나섰네만 날씨가 너무 춥구만."

"이건 추운 것도 아니네. 몇 년 전에 함경도 무산에 갔을 때는 눈이 너무 많이 내려 꼼짝 못하고 산막에서 밤을 꼬박 샜네."

강석초는 오대산에 맹수가 출현해 산간 마을주민들이 불안에 떤다는 소식을 그저께 신문에서 접했다. 오대산에 표범이 출몰해 산간 마을 주민이 넷이나 물려 죽었다는 기사가 눈에 번쩍 띄었다. 그는 주재소에서 강원도 포수 대원들을 풀었지만 대원들이 허탕을 쳤다는 대목에서 신문을 바투 잡았다. 표범을 소탕하지 않으면 인명피해가 더 늘뿐 아니라 산간 마을 사람들이 불안에 떨 것이라는 해설을 마저 읽고 신문을 덮었다.

곧 마츠하라한테 전화했다. 그에게 받은 명함을 버리지 않은 게 천만다행이었다. 유적 탐사 대원이다 뭐다 해서 바쁜 마츠하라가 집에 없을지도 모른다고 생각했지만 마침 그는 전화를 받았다. 오대산 표범 소탕 작전에 나서지 않겠느냐고 묻자 마츠하라는 기다렸다는 듯이 반색을 했다. 그는 그러잖아도 부여 고적 조사 발굴단에 참여해야 하는데 눈이 많이 와서 일정이 연기되는 바람에 멍하게 있던 중이라 했다. 조선에 오고 나서 한 번도 사냥을 하지 못했으며, 화약 냄새와 맹수 피 냄새가 그리웠노라고 말하던 마츠하라 목소리는 들떠 있었다.

"자네는 산막에 가 있게."

"혼자 해내겠나?"

"이봐 강석초, 나는 엽사야. 자네는 발자국 꾼이고."

마츠하라는 우거진 풀들을 눌러 밟고 그 위에 주저앉았다. 마른 짚 냄새가 확 풍겼다. 쌓인 눈을 걷어내고 거적 밑을 더듬으면 마른풀이 제법 있었다. 표범 발자국은 두로령에서 발견됐기 때문에 목적지인 두로봉까지 갈 필요가 없어졌다. 수북하게 쌓인 눈 위에 꽃무늬 모양이 꾹꾹 찍힌 표범 발자국은 발견하기 쉬웠다. 표범 발자국은 살쾡이 발자국보다 살짝 크고 대호보다는 작았다. 발자국 간격은 장성한 사내의 키 서너 배쯤은 되어 보였다. 표범은 먹잇감을 향해 전속력으로 도약했던 거다. 저만치 거적 더미에 농부 시체가 묻혀 있을 터였다. 표범은 농부 내장과 하체 일부분만 뜯어먹고 나머지는 나뭇가지와 마른풀로 묻어 두었다. 표범은 나머지를 먹기 위해 곧 나타날 것이다.

"잊었나? 내가 동경에서 잡은 첫 직장이 총포사였다고."

"거기서 심부름꾼이었지 엽사는 아니었잖아."

"심부름도 하고 때로는 총질도 했네. 가끔 총포사주인 발자국 꾼으로 따라나서서 오지 사냥터도 갔지. 오지 사냥에 재미 좀 붙이려고 하는데 주인 양반이 조선총독부 촉탁 엽사로 발령받아 갔네. 조선에 나온 주인은 가끔 나를 불러냈지. 함경도 무산이나 경남 거창에 따라가서 발자국 꾼을 했지. 이곳 오대산에도 왔었고, 조심해!"

강석초는 큰 통나무가 뻗어있는 덫을 지나는 마츠하라를 보면서 소리쳤다.

"이곳은 올무와 덫이 군데군데 깔려 있어. 소나무 둥치끼리 맞붙여 놓은 그게 바로 천둥 덫이네, 천둥 덫."

천둥 덫은 산간마을 사람들이 멧돼지를 잡기 위해 쳐놓은 덫이었다. 돌과 통나무에 맹수가 깔려 압사하도록 장치된 덫이지만 그 덫에 맹수만 걸려든다는 보장은 없었다.

"여기는 자네가 휘젓고 다녔다는 영국 리치몬드도 아니고 일본 기지 사격장도 아니야. 무산만큼은 아니지만 조선에서 오지게 험한 오대산이네. 산도 높지만 골이 깊고 넓어 어디서 무엇이 나타날지 모른다고."

강석초는 목소리를 낮추었다.

"놈은 이미 사정권에 들어 왔어, 내가 처치할 테니 기다려."

마츠하라가 총신을 쓰다듬으면서 말했다. 강석초가 안고 있는 마른풀 더미 사이로 마츠하라 모습이 얼기설기 보였다. 마츠하라 뒤로 검붉은 석양이 걸린 능선이 보였다. 여차하면 오늘 이곳에서 밤을 새야 한다. 밤을 새려면 마른풀을 많이 끌어 모아야 한다.

"상대는 신출귀몰한 표범이네. 총알을 연발 맞고도 길길이 날뛰는 게 표범 아닌가. 다 잡았다고 생각했는데 놓친 때가 한두 번 아니거든. 때를 기다려 보자구."

강석초는 마른풀 더미를 산막에 던져 넣었다.

"여기서 죽거나 조난당한다면 쥐도 새로 모르겠군."

마츠하라는 총을 어루만졌다. 그의 총은 라이플이었다. 라이플은 총알이 몇백 미터까지 날아갈 뿐 아니라 관통력이 좋아 맹수 사냥에 적격이었다. 강석초는 산탄총을 챙겼다. 맹수가 언제 어디서 나타날지 모르는 험한 산에서는 총탄이 한꺼번에 퍼져나가는 라이플보다 산탄총이 낫다고 여겼다. 벨기에제 브라우닝 5연발 산탄총은 강석초가 총포사에 있을 때 구입했다.

"여기서 죽거나 조난당하면 바로 맹수 밥이지."

강석초는 산막에 들어온 마츠하라에게 자리를 터주면서 말했다. 산막은 주민들이 멧돼지를 잡기 위해 덫을 놓고 기다리는 곳이었다. 오대산 산정 곳곳에 산막이 많아 급할 때 피신하기 좋았다.

"마누라는 내가 사냥 나온 거 몰라. 몇 년 전에 우리 헌터동호회 회원 한 명이 만주 노야령산맥 근처 범 사냥을 갔다가 맹수에 물려 죽었거든. 그 뒤부터 아내가 헌터동호회를 끊으라고 야단이었지. 사냥터에 가면 이혼하겠다느니 하면서 난리였지. 그러고 얼마 안 있어 조선으로 나오는 바람에 사냥과는 거리가 멀어졌지만."

"그럼 자네가 여기 온 걸 아무도 모르나?"

"당연하지, 마누라한테는 청자출토지 답사하러 간다고 했거든."

"자네도 거짓말을 하는군. 난 자네는 거짓말을 안 하는 줄 알았는데."

"마누라가 걱정할까 싶어서 둘러댄 말인데 그게 무슨 거짓말인가."

"사실과 다르게 말하면 거짓말이지. 마츠하라, 얼마 전에 김종하 씨한테 전화를 받았는데 청자진사죽문병 말이야."

강석초가 자리에서 일어나면서 말했다.

"맞아, 얼마 전에 김종하가 청자진사죽문병을 팔러 나를 찾아왔더라고. 자네가 낙찰받았던 그 물건 말이야."

마츠하라도 따라 일어났다.

"김종하 그 양반은 나까맙네 뭡네 하면서 장돌뱅이처럼 떠돌아다녀서 그런지 주워들은 게 많더라고. 제대로 주워들었으면 괜찮은데 어설프게 아는 것 갖고 빡빡 우기는 데는 두 손 두 발 들겠더군."

"주워들은 것만은 아닐 걸세. 그 사람이 알고 보면…."

"조선 사람은 한이 많지만 한을 예술로 승화시킬 줄 아는 민족이라고 했거든? 아, 그랬더니 김종하 그 양반이 조선 민족이 왜 쓸쓸하냐고 따지더군."

"나도 궁금하네. 조선 민족이 왜 쓸쓸한가?"

"자네까지 왜 이래."

"우기는 것도 뭘 알아야 우길 게 아닌가?"

"잠깐! 놈이 왔어."

밖에서 마른풀 서걱거리는 소리가 났다. 마츠하라가 움막 구멍을 내다보았다.

"어서 해치워야지."

마츠하라는 급히 총신에 전등을 매달았다. 픽픽. 표범이 시체 뒤적이는 소리가 들렸다. 표범 이빨과 시체 뼈가 부딪치는 소리도 빠각빠각 들렸다. 마츠하라가 총신에 붙은 전등을 켜자 거적 더미 주변이 환했다. 딸칵. 마츠하라가 총 안전장치를 풀자 강석초도 발사 자세를 취해 마츠하라 곁에 바싹 붙었다.

"탕!"

마츠하라가 움막 구멍에 총신을 넣어 발사하자 화약 냄새가 진동했다.

"타당탕탕탕탕탕탕탕!"

산천을 울리는 소리였다. 끼야아우웅. 표범이 자지러지는 소리는 태풍이 회오리치다가 가라앉는 소리 같았다. 강석초가 움막 밖으로 나가자 마츠하라도 따라 나왔다. 표범은 아직 치명상을 입지 않았다. 어둠 속에 표범 눈이 번쩍거렸다. 표범은 불빛을 보면 미처 날뛰는 맹수였다.

"이 살인범 새끼!"

마츠하라가 표범을 향해 소리치면서 총기를 겨누려 했다. 그 순간 표범이 비틀거렸다.

"타당탕탕!"

표범이 도약하려는 찰나에 강석초가 발사를 했다. 산탄총이 아니면 이동 속사가 불가능했다.

"이 새끼!"

표범은 입에서 피거품을 게워내며 자지러졌다. 치명상이었다. 마츠하라가 경련을 일으키는 표범을 향해 총을 다시 겨누었으나 강석초가 막았다.

"총 치우지. 이 화사한 노란 얼룩무늬 가죽에 굳이 총구멍을 하나 더 낼 필요는 없잖아."

"그렇지 참. 내가 조선 표범 가죽을 얼마나 갖고 싶어 했다고, 흐흐흐."

"그런데 마츠하라, 자네가 이 범 가죽을 두를 기회가 있을까?"

강석초는 한 팔로 마츠하라 목을 감고 총을 빼앗았다. 빼앗은 총을 계곡 쪽으로 던졌다.

"이게 무슨 짓인가!"

마츠하라는 강석초 팔에서 벗어나려고 힘을 주었다.

"난 김종하 씨처럼 주워들은 것도 아는 것도 없지만 청자는 좀 아네."

"청자 도굴꾼 출신이라면 당연하겠지."

"나 같은 도굴꾼 덕에 네 아버지 같은 청자 도굴 앞잡이나 벼락부자가 됐고, 네 외삼촌 야노 같은 장물아비들이 조선에서 크게 한탕씩 했지. 자네가 청부업을 한답시고 조선 여기저기 들쑤시고 다니는 것은 어찌 그리 자네 아비를 닮았나. 조선 사람한테 몇 푼 쥐어 주고 도굴 시키고 그렇게 빼낸 물건들을 일본 사람들한테 팔아넘기는 수법 또한 어찌 그리 네 아비와 똑 같은가!"

"너희 조센징이 못하는 일을 우리가 해주면 고맙다 할 것이지."

"조선 사람은 무덤을 못 파는 게 아니라 안 파는 거야. 얼마 전에 평양에서 캐낸 도검과 부여에서 캐낸 금귀고리를 변호사 세키구치한테 팔아넘긴 놈도 네놈이지?"

"이 더러운 조센징새끼, 이거 놔!"

마츠하라가 뻗대는 바람에 그의 방한모가 강석초 얼굴을 간질였다. 강석초가 고개를 비트는 중에 마츠하라가 팔에서 벗어났다. 강석초는 얼른 마츠하라 뒤통수에 총구를 들이댔다.

"움직이지 마."

강석초는 총을 겨눈 자세 그대로 한 발 뒤로 물러섰다.

"이래서 조센징은 거둬봤자 소용없다는 말이 나왔군. 자네를 일본 골동품 소장자들과 교류하게 해준 사람이 누구였나? 일본에서 청자를 살 수 있게 도운 사람이 누구였나?"

"말은 똑바로 하지. 그 사람들은 골동품 소장자들이 아니라 자네 같은 바람잡이나 모사꾼들 아니었나? 자네가 나서서 물고 온 청자 표주박 모양 주전자, 그거야 말로 가짜였어. 청자 감식가네 뭐네 하면서 오지랖 떨던 자네를 믿었던 내 잘못이었지. 가짜를 진짜라 하고 진짜를 가짜라 하면서 골동 소장자들을 우려 뒷돈을 챙기는 자네 같은 놈이야말로 양아치지. 그런 더러운 짓거리는 일본에서 끝냈어야지, 조선에 와서도 그 버릇을 못 고쳤더군."

"이 새끼가!"

마츠하라가 재빨리 돌아서서 강석초 총을 빼앗으려 했다.

"탕!"

강석초는 얼른 공포탄을 쏘고 마츠하라 심장 쪽으로 총구를 겨누었다.

"자네 말마따나 여기서는 누구 하나 뒈진다 해도 쥐도 새도 몰라."

"강석초, 자네가 나한테 이러면 후회할 걸? 내가 후지노 소장품 전부 맡아 관리한다는 걸 모르지? 이제 죽림한풍 소장자는 후지노가 아니라 나란 말이야. 후지노 손에서 나한테 넘어왔어."

"알지. 나는 후지노 영감이 죽었다는 소리를 듣고 자네부터 주시했어. 돈 되는 일이라면 자네가 손 안 뻗는 데 있나? 내 예상대로 자네가 후지노 아들한테 접근한다는 소문이 돌더군. 자네가 후지노 아들을 꼬셨겠지, 후지노 소장품을 맡아 처분해줄 테니 맡겨만 달라고 말이야."

강석초는 후지노가 죽었다는 소식을 듣자마자 최달구를 찾아갔다. 최달구의 너름새라면 후지노 소장품이 어찌 될지 가늠하리라 여겼다. 후지노 물건 말이야, 마츠하라 그 자식이 다 꿰찼어. 후지노 아들이 지 아버지 소장품 전부를 조선에서 처분하기를 원했다더군. 그걸 알고 마츠하라가 아들한테 접근했던 게야. 최달구는 후지노 소장품에 눈독 들였지만 마츠하라한테 다 넘어간 게 분통 터진다는 속내를 그토록 돌려서 뱉어냈다.

최달구 말 대로 후지노 아들은 동경은행 긴자지점에 근무하고 있었다. 강석초는 동경은행 긴자지점으로 전화를 했다. 강석초는 후지노 아들이 전화를 받자 자신을 간단히 소개하고 바로 〈죽림한풍〉 이야기를 꺼냈다. 저는 아직 경황이 없어서 아버님 소장품을 일일이 확인하지는 않았습니다만 아버님 벽장에서 커다란 대나무 그림은 봤습니다. 그게 〈죽림한풍〉이군요. 안 그래도 경성 골동계에서 활동하시는 마츠하라 상이 저에게 연락을 주셨더군요. 마츠하라 상이 아버님 소장품을 맡아 처분해준다고요. 저희야 조선 유적 탐사 대원이고 고고학계에서도 널리 활동하시는 마츠하라 상이 제 아버님 소장품을 관리 처분해주시면 고맙지요. 그래서 일단 그러자고는 했지만 아직 세부 계획은 정해지지 않았습니다. 마츠하라 상 외에 다른 분과도 의논을 해보고 심사숙고해서 결정할 것입니다. 또 동생 의견도 들어봐야 하고요. 그러니 〈죽림한풍〉 한 점만 강 선생님께 양보하겠다는 말씀을 선뜻 드리지 못함을 이해해주십시오. 후지노 장남 말투가 너무 깍듯해서 강석초는 더 사정할 말이 떠오르지 않았다. 공손함과 깍듯함이 소통을 막는 단단한 벽이 될 때도 있었다.

"재작년에 자네가 조선에 불쑥 나타나 경성미술구락부를 얼씬거릴 때 뭔가 있구나 했어. 자네와 김종하가 예전부터 찾아다닌 게 죽림한풍이라는 것을 알았지. 자네는 죽림한풍을 그린 병신 손자고. 경성에 최달구가 있는 한 비밀은 없지. 김종하는 죽림한풍을 소장했던 동치 손자고. 자네가 죽림한풍을 찾아다닌 이야기들은 눈물겹더군."

"자네가 조선에서 유적 탐사 대원이니 어쩌니 할 무렵, 요시이가 청자에서 금속 유물을 취급한다는 소문이 돌았어. 자네는 도굴하고 요시이는 장물아비를 맡겠구나 했지."

"내 말 자르지 마. 자네가 청자진사죽문병 비슷한 걸 구해달라며 나를 찾아왔을 때 올 것이 왔구나 했어. 후지노 영감은 죽림한풍을 간직하고 싶었는데 자네와 김종하가 찾아와 그걸 내놓으라고 사정사정하니까 어쩔 수 없이 후지노 영감이 조건을 걸었지. 청자진사죽문병을 갖고 오는 자에게 죽림한풍을 주겠다고 말이야. 그래서 김종하와 자네가 미친 들개처럼 청자진사죽문병을 찾아다닌 거고, 흐흐흐. 그런데 사달이 나버린 거지. 후지노 영감은 죽고, 청자진사죽문병이 필요 없어진데다 그나마 가짜로 판명 나고. 죽림한풍은 다시 내 손으로 들어와 버렸고, 흐흐흐."

"내 앞에서 청자 이야기 함부로 하지 마. 청자진사죽문병은 가짜가 아니야. 청자는 내가 잘 알아."

"지금 골동 바닥에 가서 외쳐볼까? 사람들이 골동품 감식가인 내 말을 믿을까, 도굴꾼 출신인 자네 말을 믿을까, 흐흐흐."

"아직도 여기가 자네 말이라면 무조건 고개 끄덕이는 경성 골동판인 줄 아나? 여기는 오지 산정이야. 자, 다시 한 번 더 지껄여 봐, 청자진사죽문병이 가짜야, 진짜야?"

강석초는 한 팔로 마츠하라 목을 감고 이마에 총을 겨누었다.

"이거 놔!"

마츠하라가 팔을 돌려 강석초 덜미를 할퀴었다.

"자네는 그거 모르지? 최달구가 나를 찾아 와 죽림한풍을 자기한테 팔라고 통사정을 한 거 말이야. 죽림한풍은 김종하와 자네, 둘만 찾아다닌 게 아니야. 돈에 환장한 최달구가 죽림한풍을 찾는다는 것은 무슨 뜻이겠어?"

최달구는 〈죽림한풍〉을 찾아 강석초에게 비싸게 팔 거라고 대놓고 마츠하라에게 말하곤 했다. 그는 살아오면서 가장 후회되는 일 한 가지 꼽으라면 〈죽림한풍〉을 함부로 다룬 것이라고 강석초에게 몇 번이나 말했다.

"최달구가 만 원을 줄 테니 죽림한풍을 달라고 하더군. 그 사람이 죽림한풍을 만 원에 산다면 자네한테는 얼마에 팔 것 같은가? 최소 이만 원이겠지? 이봐 강석초, 이거 놓고 이야기 좀 하자고."

"자네와 할 이야기 없어."

강석초는 마츠하라 목을 더욱 옥죄었다.

"자네가 가진 청자어룡장식병, 청자국화무늬정병 말이야. 그 두 점 중 한 점만 내게 주고 죽림한풍을 가져가게. 김종하한테는 만 원을 갖고 오면 죽림한풍을 주겠다고 했어."

"만 원이 무슨 똥개 이름인 줄 아나?"

"똥개 이름이 아니지. 그러니 김종하가 어떻게 만 원을 구하겠어? 나는 후지노 아들이 내게 후지노 소장품처분을 의뢰했을 때부터 자네를 만나 죽림한풍에 대해 의논하려고 했어. 좋은 데서 술이나 한잔 하면서 조용히 의논하려고 했는데 모양 없게 이게 뭐냐고. 이봐, 방금 말한 청자 두 점 중에 한 점만 내게 주게. 죽림한풍 바로 내줄 테니까."

"이제 내 손에 청자 한 점도 없어."

"열대엿 점 있다는 거 내가 다 아는데."

"자네는 모르는 게 없군. 내가 너 같은 놈한테 갖다 바치려고 청자를 산 줄 아나? 그래, 죽림한풍은 나한테 내놓는다고 치자. 후지노 영감 소장품 나머지는 어쩔 건데?"

"소장자들을 집에 불러 품평회를 해야지. 많은 소장자들 중에 골동품 가치를 잘 알고 소중하게 간직할 만한 치들한테 넘겨야지. 품평회 때는 당연히 자네도 부를 거야. 자네도 후지노 소장품을 보면 사고 싶은 게 많을 거라고."

"품평회라. 죽은 표범이 벌떡 일어나 웃을 소리네. 말은 번지르르 하군. 모두 일본으로 빼돌릴 거면서 헛소리는. 청화백자대나무각병, 대나무백납병풍 등 몇 점은 벌써 세키쿠한테 넘기기로 했다는 거 다 아는데."

"이봐, 일단 이거 놓고 말하자고. 이거 놓으란 말이야!"

"조선 땅 구석구석을 파먹는 자네를 내가 놓아줄 것 같아?"

"이 씨발!"

마츠하라는 강석초 손등을 깨물면서 뒷발로 강석초 정강이를 힘껏 찼다. 그 순간마츠하라 목을 감은 팔이 풀렸다. 그는 계곡 쪽으로 뛰어가는 마츠하라를 향해 총을 겨누었다. 한 손으로 얼굴에 묻은 눈을 쓰윽 쓸었다. 아까부터 멎었던 눈이 다시 눈이 퍼붓기 시작했다. 폭설이 멎지 않는다면 오늘 밤 안으로 마을까지 내려갈 수 없을 것 같다. 강석초는 오늘 밤에 미륵암에서 묵어야겠다고 생각하며 방한모를 새로 여며 썼다.

비장품(秘藏品)

〈죽림한풍〉을 찾는 여정에 마츠하라라는 복병을 만날 줄은 몰랐다. 종하는 마츠하라라는 새 길에 닿고 나서야 후지노라는 옛길이 수월했다는 걸 깨달았다. 그는 비장품인 금동미륵반가상을 팔기 위해 며칠 사이 평양을 두 번을 찾았다. 종하는 금동미륵반가상을 손에 넣었을 때 처음으로 무언가를 간직하는 기쁨을 느꼈다. 희귀함만으로 가치 있고, 가치 있는 것을 소장하려고 안간힘을 쓰는 사람들 마음이 이해됐다.

"도저히 그 불상 생각에 며칠 일이 손에 안 잡혔어."

점박이는 평양역에서 종하를 만날 때부터 계속 금동미륵반가상 이야기를 했다. 종하가 평양역사로 나오니 점박이가 손을 흔들며 다가오고 있었다. 그가 마중 나와 있을 줄은 몰랐다. 종하는 지프차 조수석에 앉아 차창 너머에 시선을 두었다. 멀리 능라도가 물안개에 가려 어슴푸레하게 보였다. 종하는 평양에 여러 번 왔지만 늘 급히 왔다가 가는 바람에 연광

정과 부벽루도 택시 안에서 스치듯 본 게 다였다.

"날이 많이 풀렸네요."

종하는 대동강 가에서 빨래하는 아낙들을 보면서 말했다. 며칠 전에 왔을 때만 해도 몹시 추웠다. 꽃샘추위라기엔 살을 에는 바람이었다. 종하는 마츠하라가 만 원을 갖고 오면 〈죽림한풍〉을 주겠다는 말을 듣는 순간 비장품인 금동미륵반가상을 팔리라 생각했다. 만 원을 구해오면 〈죽림한풍〉을 내준다는 마츠하라 말을 온전히 믿지는 않았다. 〈죽림한풍〉이 마츠하라 손으로 들어간 이상 그의 말을 따라야 했다. 능갈치든 야비다리를 치든 마츠하라와 담판을 지어 〈죽림한풍〉을 손에 넣고 봐야 했다. 그는 마츠하라와 헤어진 다음날 점박이를 찾았다.

종하에게 금동미륵반가상이 있다는 걸을 아는 이는 점박이뿐이었다. 금동미륵반가상을 손에 넣었을 때 가치를 알아보기 위해 점박이에게 보인 적 있었다. 자랑하면 닳을 것 같고 가치가 떨어질 것 같아 점박이 외에는 누구에게도 보이지 않았다. 후지노가 〈죽림한풍〉을 손에 넣었던 초반에는 벽장에 숨겨 놓고 보고 싶을 때 꺼내봤다는 말이 이해됐다. 귀한 물건이 누군가의 입질에 오르내리는 순간 닳고 축날 것 같았다는 그의 말이 이해됐다. 금동미륵반가상은 점박이 판단이 아니더라도 세상에 없는 희귀한 물건이다. 그런 물건을 혼자 소장한다는 것만으로 종하 인생이 알곡처럼 느껴졌다. 점박이는 종하를 볼 때마다 금동미륵반가상을 양보하라고 졸랐지만 거절했다.

만 원을 만들려면 7천 원가량 필요했다. 7천 원이란 거금을 마련하려면 금동미륵반가상을 팔 수 밖에 없었다. 〈죽림한풍〉을 찾기 위해 비장품까지 팔게 될 줄은 몰랐다. 마침 점박이는 그의 가게에 있었다. 종하는 불상 값으로 선심 쓰듯 만 원을 불렀다. 점박이가 깎으려 들면 마지못해 천 원에서 천오백가량 빼줄 셈이었다. 이 물건이 최고라는 건 알지만 아직 정식 감정이 난 것도 아닌데 너무 비싸, 4천 원에 주게. 점박이는 됫박을 밀듯이 싹 깎고 들어왔다. 종하는 언감생심, 어림 반 푼어치도 안 되는 소리 말라며 불상을 당겨갔다. 점박이는 종하가 불상을 상자에 넣는 것도 보지 않고 선반 물건을 정리했다. 십 여분을 가만히 흘려보낸 뒤 종하는 불상을 챙겨 자리에서 일어났다. 종하가 다음에 다시 보자며 인사하고 나오는데 점박이가 팔을 잡았다.

흥정은 다시 시작됐다. 종하는 5천 원에 가져가라고 단호하게 말했지만 소용없었다. 돈이 급한 종하 사정을 읽은 점박이가 고삐를 쥘 수밖에 없었다. 좋소, 4천 원에 가져가시오. 대신 오늘내일 잔금을 쳐주시오. 그러나 점박이는 말이 없었다. 팔짱을 끼고 탁상에 올려 진 불상을 한참 보더니 생각 좀 더 해 보고 연락하겠다고 했다. 금동미륵반가상에 목을 맸던 점박이라면 값에 아랑곳하지 않고 덥석 살 줄 알았던 종하 예상은 빗나갔다.

종하는 그길로 곧장 경성으로 돌아와 요시이를 찾았다. 웬만해선 요시이와 거래하지 않으려는 종하 다짐은 물거품이 되었다. 김 상, 이래 좋은 불상을 감춰두고 자랑하고 싶어서 어찌 참았나? 요시이는 이쑤시개를 질겅거리며 금동미륵반가상을 요리조리 돌려보았다. 요시이 너스레를 듣고 있을 여유가 없었다. 8천 원 주시오. 8천 원을 입에 올리는 순간 불상 한 귀퉁이가 깎여 내려앉는 것만 같았다. 금동미륵반가상은 돈으로 환산되어서는 안 될 물건이었다. 4천 5백 원에 팔려면 두고 가. 종하는 서로 조금 양보해서 5천 원으로 하자고 제시했으나 요시이는 단박에 잘랐다.

4천5백 원에 주게. 계약금 2천 원에 이삼일 내로 잔금 쳐주지. 종하는 가격 흥정에 실패할 때면 으레 그랬듯이 물을 마시면서 마음을 가다듬었다. 그러시오, 그럼. 대신 언젠가 내가 다시 사러 올 테니 잘 보관하시오. 물잔을 놓으면서 호기롭게 외쳤다. 물을 마셨건만 독한 술을 들이켠 듯 속이 쓰렸다. 계약서를 쓸 무렵 요시이가 멈칫거렸다. 며칠 생각할 여유를 좀 주게. 그래도 4천5백 원이면 문화주택 두 채 값인데 단박에 결정내리려니 많이 망설여지네. 마음이 정해지면 연락하지. 종하는 대답대신 물건을 챙겨 가방에 넣었다. 생각 좋아하다가 땅을 치는 사람 많이 안 봤소? 생각 많고 행동은 느리면 남는 건 후회밖에 더 있겠소? 종하는 요시이 멱살이라도 쥐고 흔들면서 소리치고 싶었지만 맥없이 중얼거렸다.

종하는 며칠 동안 전화를 기다리느라 외출도 하지 않았다. 전화를 기다리는 동안마츠하라한테 전화를 했지만 받지 않았다. 돈을 마련해 갈 테니 〈죽림한풍〉을 잘 간직하라는 말을 전하기 위해서였지만 연락이 닿지 않았다. 그 사이에 강석초와 내통했는지 궁금했지만 알 길이 없었다. 강석초와 내통했다한들 〈죽림한풍〉이 마츠하라 손에 있는 한 어쩔 수 없었다. 전화를 아무리 해도 받지 않아 사무실에 찾아갔다. 사무실 문이 잠겨 있었다. 집에 가도 마찬가지였다. 마츠하라는 유적 발굴이나 고적 답사로 다른 지방에 가 있을 거라 생각하니 초조함이 누그러들었다. 그러기를 닷새 째 되는 어제 저녁 무렵에 전화 받으라는 주인집 여자 목소리가 들렸다. 종하는 발신자가 요시이이기를 바라면서 수화기를 귀에 댔다. 내일 불상을 들고 평양으로 오게. 점박이 목소리는 수화기 너머까지 흘러나왔다. 그러지요! 발신자가 요시이가 아니라서 낙담한 마음을 추스르려면 목청이라도 높여야 했다.

"며칠 전에 왔을 때도 우리 가게에 잠시 앉았다가 물만 마시고 갔는데 오늘도 차 한 잔 달랑 마시고 헤어지면 섭섭한데?"

"다음에는 고주망태가 되도록 실컷 마십시다."

"여부가 있겠나."

점박이는 찻집 '세르팡' 부근을 빙빙 돌다가 차를 세웠다. 종하가 일 보는 대로 곧 경성으로 가야 한다니까 점박이가 평양 시내에 있는 '세르팡' 앞에서 차를 세웠다. 세르팡은 단층 건물 반 지하에 있었다. 종하가 먼저 들어 가 구석 자리를 찾아 앉았다.

"사장님, 안녕하십네까? 오랜만에 뵙습네다. 차는 어떤 거로 드시갔습네까?"

다탁에 앉자 여급이 다가왔다.

"나는 쌍화차, 자네는?"

"커피 주세요."

"알갔습네다."

여급은 허리를 숙이고 다탁을 떠났다. 담배연기가 자욱했다. 사람들 목소리와 클래식 음악이 섞여 실내는 다소 시끌벅적했다. 종하는 좌우를 두리번거리며 오동나무상자에서 물건을 꺼냈다.

"아무리 봐도 대단한 물건일세."

점박이는 종하가 다탁에 불상을 올려놓자 환호를 했다. '대단한'이라는 말조차 거슬렸다. 자기 손에 있을 때보다 남의 손에 넘어간 물건이 더 빛나 보인다는 소장자들의 말을 비로소 이해할 것 같았다. 점박이가 금동미륵반가상을 손바닥에 올려 요리조리 살피는 순간 점박이 손마저 번쩍거리는 것 같았다. 불상은 삼산보관(三山寶冠)을 썼던 흔적이 있고 등 뒤엔 화염문 광배(光背)가 큼직하게 달린 삼국시대 물건이었다. 초산으로 불상을 여러 번 닦았지만 녹이 완전히 제거되지 않았다.

"볼수록 빨려든단 말이야."

점박이는 불상을 손바닥에 올렸다. 그는 금속유물소장자로 알려졌지만 이렇다 할 물건은 없었다. 점박이 가게 선반에는 여래좌상, 장검, 반쯤 깨진 금관, 금귀고리, 팔찌, 금동으로 만든 연꽃, 오리, 용, 벌 모양 장식품, 놋 촛대, 마구, 청동향로와 솥, 숟가락까지 다양한 물건이 진열됐지만 금속 유물 일당백이라고 하는 불상은 한 점도 없었다.

"오늘 계약금 천 원 주겠네. 3천 원은 며칠 안으로 보내주면 되지?"

점박이는 여급이 다가오자 오동나무 상자를 한쪽 의자에 내려놓았다.

"오늘 경성 손님도 오셨고 해서 특별히 이걸 좀 내왔습네다."

여급은 점박이가 상자를 치운 자리에 찻잔을 나란히 놓았다. 그 옆에 녹두 영양갱도 놓았다.

"기럼 만나게 드시라요."

여급이 허리를 숙이고 자리를 떠났다.

"들게, 역시 잘 생기고 봐야겠어. 경성에서 온 사람이 자네 뿐인가? 세르팡 손님 반은 경성에서 온 사람인데 자네한테만 이런 걸 내 주네 허허허."

"잔금을 빨리 주시면 더 좋고요."

"최대한 빠른 시일 안에 보내줌세. 내가 그렇게 팔라고 할 때는 눈도 꿈쩍 않더니, 자네가 어지간히 급한가보이. 여태까지 꼭꼭 숨겨놓더니 급히 목돈이 필요한가 보네. 어디 큰 물건 봐놓은 거 있어?"

"제가 꽁꽁 보관하고 있었으니 오 사장님이 차지할 기회가 이렇게 왔지요."

〈죽림한풍〉을 찾을 명분이 아니라면 금동미륵반가상을 팔지 않을 터였다. 팔아야 할 사정이 생기더라도 최소 백지수표는 받을 작정이었다. 그러나 누군가가 정말 백지수표에 산다면서 백지에 얼마를 적어야 할지 가늠되지 않았다. '백지수표'를 떠올리면 마음이 저울질 당하는 것 같았다. 백지수표에는 금동미륵반가상을 손에 넣었을 때의 설렘과, 그 설렘 때문에 평상심을 잃은 값, 금동미륵반가상을 벽장 깊이 넣어두고 종하 자신이 거기 갇혀버린 값, 돈이 필요할 때마다 금동미륵반가상을 팔까 말까 망설이며 이를 옥깨물며 견딘 값이 포함되어야 했다. 그런 것들은 도무지 값으로 추정되지 않았다.

"이 불상을 나한테 넘겼으니 당분간 섭섭하겠지. 그렇지만 자네는 앞으로 얼마든지 이런 물건 구할 수 있잖아. 돌아다니다 보니 안목도 늘었을 테고. 아마 앞으로 자네는 이것보다 더 좋은 물건을 만날 거야. 이 물건을 익산인가 어디서 구했다고 했지, 아마?"

6년 전 이맘 때였다. 종하는 그날 늦은 아침을 먹고 방에 엎드려 경성미술구락부 경매도록을 뒤적이고 있었다. 그때 마당에서 빨래를 하던 아내가 손님이 찾아왔으니 나와 보라고 했다. 그 몇 해 전에 익산에서 안면을 터놓은 농부가 대문 앞에서 엉거주춤 서 있었다. 익산 농가를 돌면서 발갈이하던 그에게 밭을 갈다가 녹슨 숟가락이라도 좋으니 쇠붙이만 나오면 종하에게 갖고 오라고 주소를 적어주고 왔다. 땅을 파다본께 요것이 나왔지라. 뭔지 모르지만 엿 바꿔먹을 건 아닌거 같아서 김 씨한테 한 번 비일라꼬(보이려고) 요로코롬 찾아왔당께.

농부가 보인 불상은 종하 중지 길이정도 됐다. 녹과 흙이 듬성듬성 묻었지만 형체는 세련되고 정교했다. 녹을 덮고 있던 흙을 손가락으로 훑어냈다. 반가좌한 오른쪽 무릎이 다른 반가상에 비해 약간 더 올라갔으나 연화 좌대에 올려진 왼발은 자연스러웠다. 연화 좌대 아랫부분에 돌멩이에 찍힌 흔적이 있었지만 그것은 여느 금속 유물에도 흔히 있는 자국이었다. 종하는 농부에게 며칠 뒤에 다시 오라 하고 돌려보낸 뒤 점박이를 찾았다. 점박이는 몇 안 되는 반가상이라 가치가 크다며 입맛을 다셨다. 종하는 며칠 뒤 다시 찾아온 농부에게 꿍쳐놓은 310원과 처남한테 150원을 빌려 보태 주었다. 그때 처남한테 빌린 돈을 아직 갚지 못했다.

"계약서 씁시다."

종하는 불상을 오동나무 상자에 넣는 점박이를 보며 말했다. 어차피 그의 손을 떠난 물건을 더는 보고 싶지 않았다. 어서 자리를 털고 일어나고 싶었다. 종하는 다탁 앞에 바싹 다가앉았다. 벽시계를 보니 2시가 살짝 넘어 있었다.

*

덜컹덜컹. 기차 바퀴가 선로를 할퀴는 소리와 빗소리가 섞여 시끄럽다. 객차 안은 여느 때처럼 만석이다. 종하 옆에 앉은 사내는 두 손을 허벅지에 얹고 허공을 멀뚱멀뚱 보고 있다. 사내 무명 솜저고리는 기운 자국이 군데군데 있다. 그의 손등과 관자놀이 근처에 심한 흉터가 있다. 사내는 경북 군위에 사는 농민으로 만주행을 주선하고 있는 의주 친척 형에게 다녀오는 길이라며 주절거렸다. 그는 모레 식구들을 데리고 대구에서 출발하는 만주행 열차를 탈 것이며, 장춘에서 친척 형을 만나기로 했다는 것이다.

"가뭄이 질다(길다) 싶으디마는 마침맞게 비가 잘 오는 기라."

사내가 창밖을 보며 혼잣말을 했다. 밖은 캄캄하다. 가슴에 안은 보퉁이에 얼굴을 묻고 있는 여자, 지팡이를 턱에 괴고 창밖을 골똘히 바라보는 노인, 다리를 꼬고 신문을 펼치고 있는 청년 모습이 비쳤다. 종하는 김 서린 창을 쓰윽 문질렀다. 종하 앞자리에 마주 앉은 모녀도 유리창에 비쳤다. 종하는 창에서 눈을 떼고 앞을 보았다. 제 엄마한테 기댄 아이는 종하를 멀뚱멀뚱 바라보았다. 여자아이는 예닐곱 살가량 되어 보였다. 검정 무명옷깃에 달린 흰 동정이 깨끗했다. 아이 엄마는 두 손을 앞섶에 모은 채 눈을 감고 있다. 조금 전 모녀가 주고받는 대화로 추측한다면 아이 아버지는 만주에서 독립운동을 하다 신의주 경무대에서 신분이 발각되어 신의주 형무소에 수감 중이었다. 모녀는 수감자의 면회를 다녀가는 길이며 그들의 집은 충청도 청양이었다.

"잠깐 실례합니다."

종하가 일어나려 하자 사내가 몸을 틀고 두 다리를 옆으로 돌렸다.

"이봐!"

찻간 끝에 다다랐을 때 누군가 종하를 불렀다. 차장 옆에 서 있는 사람은 사복형사 같았다.

"차표 꺼내 봐."

종하는 바지 주머니를 뒤적여 차표를 꺼냈다. 차표 가운데는 구멍이 뚫려 있어 이미 검사를 마친 표였다. 형사는 표를 훑고 종하에게 건넸다.

"그 가방 이리 내봐."

형사는 가방을 빼앗다시피 쥐고 열었다.

"이게 뭐야?"

형사는 가방 속에 든 오동나무 상자를 꺼내 보였다.

"담배통이라도 할까 하고 주웠소."

종하는 형사가 꺼낸 오동나무 상자를 가방에 도로 넣는 것을 보면서 말했다. 상자는 빈 통이다. 그 속에 든 불상은 기차를 타기 전에 불상을 꺼내 잠바 안주머니 깊숙이 넣었다. 형사가 불상을 봤다면 종하를 도굴범으로 오해할 터였다. 경의선에 사복형사가 바글거리고 불심검문이 심한 것을 빤히 아는 이상 불상을 가방에 넣고 기차에 오를 수 없었다. 종하는 자리에 앉아서도 청처짐한 안주머니를 몇 번이나 더듬었다. 작고 단단한 불상이 종하 몸에 착 안겨있다 싶으니 마음이 잠포록해졌다.

종하는 불상매매 계약을 파기했다. '세르팡'에서 점박이와 금동미륵반가상매매계약서를 쓰고 얼른 일어났다. 비장품을 잃은 허출한 기운을 조금이라도 덜 느끼려면 어서 점박이와 헤어져야 했다. '세르팡' 밖으로 나오는 순간 오장육부가 털려 나간 듯 몸이 휘청거린 것은 아침부터 굶은 탓만은 아니었다. 그를 지탱했던 지지대가 쑥 빠진 탓이었다. 금동미륵반가상은 종하를 지탱했던 기둥이었다. 아무리 돈에 허덕여도 견딜 수 있었던 것은 금동미륵반가상이라는 든든한 기둥이 버텼기 때문이었다. 오 사장님, 미안합니다. 이 계약은 없었던 걸로 합시다. 종하는 점박이 앞에서 계약서를 찢었다. 이내 계약금을 점박이 손에 쥐어 주었다. 이게 무슨 짓인가. 점박이는 눈을 부릅뜨고 멀뚱거렸다. 미안합니다. 종하는 얼른 나왔다. 마침 '세르팡' 앞에 멈춘 택시에서 누가 내렸다. 종하는 그 택시를 탔다. 평양역에 내리자마자 경성행 기차표를 끊었다.

"어딜 가나?"

형사는 종하에게 가방을 던지면서 물었다.

"경성."

종하는 가방을 옆구리에 끼었다.

"직업은?"

"고물장이."

"조금 전에 개성을 출발 했으니까. 곧 경성에 도착할 거야. 돌아다니지 말고 얌전히 앉아 있어!"

종하가 화장실을 몇 번씩 드나드는 것이 형사 눈에 띈 것이었다. 종하는 변소에 들어가 세면대 물을 틀었다. 두 손을 코에 감싸고 힘을 주었다. 콧물이라도 좀 흘러나오면 시원할 것 같았다. 아무리 킁킁대며 코에 힘을 줘도 막힌 코는 뚫리지 않았다. 얼굴에 찬물을 거푸 끼얹었다. 기차가 곡선을 도는지 몸이 한쪽으로 기울었다. 차창에는 빗물이 거머리처럼 엉겨 붙었다 미끄러진다. 종하는 성에가 낀 창을 문질렀다. 깜깜한 창에 종하 얼굴이 비쳤다. 퀭한 눈빛 위로 빗물이 덮친다. 창에 비친 그의 얼굴은 너겁처럼 젖어 둥둥 떠 있다.

*

"무슨 술을 그렇게 마셨어요? 당신이 몸을 못 가눌 정도로 취한 건 어제 처음 봤어요."

종하가 일어나 벽에 기대자 아내가 냉수 사발을 내밀었다. 그는 냉수를 벌컥벌컥 들이켰다. 목을 타고 흐르는 물을 손등으로 쓱 문질렀다.

"아버지, 호떡 맛있어요, 아버지도 드세요."

아들은 입가에 묻은 호떡 꿀을 손가락으로 닦고 호떡 봉지를 내밀었다. 종하는 아들에게 학교에 안 가느냐고 물으려다 아차 싶다. 아직은 봄방학이고 개학하려면 며칠 남았다는 소리를 그제 들었다. 아들은 3월이 되면 4학년이 된다고 좋아했다.

"아버지, 봄 되면 꼭 온양에 갈 거지요?"

아들은 턱에 묻은 호떡 꿀을 손가락으로 훑어 입에 넣으면서 말했다.

"당신이 어제 밤에 수동이를 깨워 봄 되면 온양 가자고 했으니, 이제 수동이한테 코가 꿰었어요."

아내는 윗목에 놓인 수건을 종하에게 건넸다. 종하는 수건으로 목과 가슴께를 꾹꾹 눌렀다. 어떻게 집까지 왔는지 기억나지 않았다.

"그래, 온천 가야지."

종하는 아들을 보면서 중얼거렸다.

"수동이는 좋겠구나. 아버지가 온천도 데리고 가신다고 하고 호떡도 이렇게나 많이 사 오셨으니."

"아버지, 옆집 식구들처럼 우리도 온양에 가요."

"우리 수동이 이제 매일 온천 타령하게 생겼네. 당신은 수동이가 호떡 사달라고 그렇게 졸라도 들은 척도 안 하더니 어제 밤에는 무슨 바람이 불었는지 봉지가 터지도록 사 왔대요? 또 이것도 샀더만요."

아내는 방바닥에 늘린 호떡 봉지를 아들 앞으로 밀어놓고 경대 앞에 놓인 구라분을 들었다.

"이걸 38전이나 주고 샀다면서요? 둘째 성한테 받은 분도 안 바르고 그대로 있는데."

종하는 백분을 산 기억도 없다. 평소에 잡화점 앞을 지날 때면 화장품이나 빗 따위에 눈이 갔지만 외면했다. 수동이한테 호떡도 자주 사주지 못했다. 남편 노릇도 아비 노릇도 〈죽림한풍〉을 찾고 난 다음이었다. 종하는 아침마다 자라목이 되도록 풀이 가득 담긴 함지를 이고나가는 아내를 못 본 척했고, 청계천 다리 밑에서 풀을 사라 외치는 아내를 못 본 척했다. 언제부턴가 아내에게 〈죽림한풍〉을 찾고 나면 뭐든 다 해주겠다는 말도 하지 않았다.

"이 옷들 다 빨아야겠어요. 주머니 속에 든 것 다 꺼내세요."

아내는 윗목에 널브러진 종하 옷을 끌어당겼다. 옷들은 모두 눅눅했다. 종하는 안주머니에 든 봉투를 꺼냈다. 돈 봉투와 찢은 매매계약서쪼가리는 눅눅했다. 바지 주머니에 든 담뱃갑도 눅눅했다. 어제 밤에 경성역에 내렸을 때도 비바람이 세찼다.

"어제 요시이 씨한테서 전화 왔어요."

아내가 부엌으로 나가면서 말했다.

"전화 좀 해달라던데요."

아내는 장지문 틈으로 상을 놓았다. 들큼한 뭇국 냄새가 났다.

"다른 말은 없었소?"

종하는 담배를 피워 물면서 마루로 나갔다. 햇살에 마루에 환하게 퍼져 있다. 주인집 부엌 앞 장독대도 젖어 있었다. 장독대에 고인 빗물에 햇살이 고여 말갰다. 동백꽃잎이 떨어져 마당과 담장이 발긋발긋했다. 밤새 비가 계속 내린 것 같았다.

줄에 널린 빨래들 사이로 주인집 사내가 그의 아내 배웅을 받으며 나가는 게 보였다.

"급하니까 연락을 빨리 좀 해달라는 것 말고 다른 말은 없었어요. 그런데 심창수 씨는 상해로 떠났다면서요?"

"내가 심창수 이야기를 했소?"

"어제 경성역에서 내려 택시를 타고 심 씨 사촌 사무실에 갔다고 했잖아요. 심 씨가 앞서 술집을 가는 바람에 당신도 좋다하고 갔다면서요. 술자리에서 심 씨 소식을 들었다고 몇 번이나 말해 놓고선."

아내 말대로 종하는 어제 밤에 경성역에 내리자마자 택시를 타고 심창수 사무실로 갔다. 심창수는 없었고 사촌 심 기사만 있었다. 이 밤에 어쩐 일인가. 심 기사는 비에 젖은 종하를 보면서 물었다. 종하가 비를 좀 그으러 왔다고 하자 심 기사는 보던 설계도면을 한쪽으로 밀어놓고 의자에 걸쳐놓은 외투를 입었다. 둘은 근처 주막으로 갔다.

창수는 신분 위조를 해 상해로 떠났네. 많은 지사들이 투옥되는 마당에 더 이상 몸을 사릴 수가 없다고 하더군. 심창수가 떠났다는 심 기사 말에 종하는 술상 모서리를 움켜잡았다. 〈죽림한풍〉이라는 늪에서 빠져 허청거리는 종하를 심창수가 보고 있는 것 같았다. 자네가 만든 덫이라 누구도 어찌해주지 못하네. 자네 스스로 덫을 헤쳐 나오지 않으면 자네는 평생 〈죽림한풍〉이라는 구덩이 빠져 발버둥 칠걸세. 등 뒤에서 심창수 목소리가 들리는 것 같아 종하는 얼른 뒤돌아보았다. 그러나 어웅한 주막 구석만 보일 뿐 심창수는 없었다. 그는 목숨을 걸고 국경을 넘으러 갔다.

"어서 아침 들어요."

아내가 마루 쪽을 보면서 말했다.

종하가 방으로 가자 아내가 밥상을 종하 앞으로 밀었다. 종하가 뭇국 사발을 드는 순간 얼룩덜룩한 것이 눈에 들어왔다. 청자진사죽문병에 꽂힌 동백꽃 때문인지 체경 주변이 환하다.

"꽃을 다 꽂고."

"꽃병에 꽃을 꽂지 뭘 꽂아요? 어제 비바람에 꺾인 동백꽃 가지가 마당에 떨어져 있기에 아까워서 주워 꽂았어요."

아내는 방바닥에 떨어진 꽃잎을 주워 체경 앞에 놓았다.

"고물장이와 산 지 벌써 15년짼데, 아니지, 이제 해가 바뀌었으니 16년째네. 꽃병 하나 없어서야 되겠어요? 살다보니 청자에 동백꽃을 꽂는 날도 다 있네요. 당신 어제 밤에 분명히 말했어요, 이 병 이제 필요 없어졌으니 나 가지라고요."

종하는 어제 밤에 아내한테 무슨 이야기를 했는지 기억나지 않았다. 청자진사죽문병은 바람잡이들 수작과 농간으로 가짜라는 멍에를 들쓰고 있다는 것은 확실하다. 청자진사죽문병은 수작과 농간의 땟물을 벗고 가짜라는 멍에를 벗으려면 시간이 필요할 터였다.

"누가 이걸 보고 가짜라 했다면서요? 가짜든 진짜든 꽃만 꽂으면 되지, 꽃병이 가짜 진짜가 어딨다고."

"이거 가짜 아니오."

"누가 뭐래요? 청자 감식간지 뭔지 하는 사람이 이걸 가짜라 하더라면서요. 나는 가짜 진짜 이런 말부터 없었으면 좋겠어요. 가짜나 진짜나 똑같은 도자긴데. 죽림한풍도 그래요. 차라리 당신이 바람 부는 대숲 한 점 그리지 그래요? 당신이 그린 거나 병신 화공이 그린 거나 대숲에 바람이 불기만 하면 되잖아요."

"답답한 소리 좀 그만하구려. 내가 암만 대숲을 그려도 거기 바람까지 그릴 자신은 없소."

"그럼 뭐예요? 대나무 그리는 게 어렵단 말이에요, 바람 그리는 게 어렵단 말이에요."

"둘 다 어렵소."

"그런데 죽림한풍은 왜 아직 안 찾아오는 거예요? 죽림한풍은 없죠. 벌써 없어졌죠?"

"없기는 왜. 곧 찾을 거요."

"곧 찾는다는 말, 언제까지 들어야 해요? 내가 또 왜 죽림한풍 얘기를 꺼내 갖고서는. 그리고 참, 밤에 주인집에 전화 받으러 가는 거 미안해서 안 되겠어요. 우리도 전화부터 들여놓자고요. 당신 하는 일이 사람들과 연락을 주고받아야 하는 일인데 전화 없이 여태 버틴 게 용하다니까요?"

"그럽시다, 전화도 놓고 온천도 가고."

종하가 현재 지니고 있는 돈이면 집 한 채 사고, 처남 빚도 갚고, 전화도 놓을 수 있다. 〈죽림한풍〉 찾는 것을 포기하면 구겨진 현실이 다림질한 듯 펴질 것 같다. 〈죽림한풍〉만 포기한다면 거치적거릴 게 없을 것 같다. 그러나 구김 없고 거치적거림 없는 현실도 〈죽림한풍〉 없이는 불가능하다.

"있다가 수동이 하고 뒷산에 바람 쐬러 가 보세요, 우수도 경칩도 지났으니 봄이 바짝 와 있을 거예요."

아내는 동백 가지를 여몄다. 종하는 담배에 불을 붙이면서 꽃병을 보았다. 청자진사죽문병에 얽힌 사람들이 이 어둑한 방안에 다 모여 있는 것 같다. 후지노, 강석초, 마츠하라, 요시이, 미야자키 등이 차례로 머리에 스쳤지만 그들 모두는 꿈에서나 본 듯 희미하게 느껴졌다. 청자진사죽문병 주변으로 들러붙었다가 흩어져버린 그들은 부나비들 같다. 이제 〈죽림한풍〉이 마츠하라 손에 있다는 것도 실감나지 않는다. 모든 게 안개처럼 흐릿하기만 한데 꽃병에 꽂힌 동백꽃만이 선명하다.

죽림한풍을 찾아서

언제 좋은 시절이 다시 온다면 〈죽림한풍〉을 동치한테 꼭 줄 것이다. 어차피 〈죽림한풍〉은 동치 것이다. 종하 것이라 해도 마찬가지다. 내가 잠시 보관했다가 때가 되면 그 집에 되돌려 줄 것이다. 동치 식구가 한성으로 가든 평양으로 가든 나는 동치를 다시 만날 것이다. 팔도가 좁다 하고 휘젓고 다닌 내가 아니던가!

종하는 『병신유고』 마지막 부분 필사본을 몇 번 되풀이해 읽고 덮었다. 『병신유고』를 토씨 하나 빠뜨리지 않고 다 외웠지만 오래전에 필사를 했다. 따라 쓰면서 병신 필체를 흉내 냈다. 둥글넓적한 글씨체와 구절과 구절 간격을 늘썽하게 띄운 것도 병신을 따라했다.

〈죽림한풍〉은 종하 것이다. 〈죽림한풍〉은 처음에는 조부 것이었지만 조부가 종하에게 주었다는 사실까지는 병신이 모를 터였다. 〈죽림한풍〉은 병신이 잠시 보관했다가 때가 되면 돌려준다고 했으나 병신은 돌려주지 않았고, 종하는 돌려받지 못했다. 병신이 죽은 뒤로 행방불명인 〈죽림한풍〉은 '명품상회' 구석에 있다가 후지노 손에 갔다. 후지노 손에 있다가 마츠하라 손에 넘어갔다. 이제 〈죽림한풍〉은 경성미술구락부 경매로 나왔다. 마츠하라가 후지노 소장품을 맡아 관리한다는 말이 들리고부터 한 달 반 여만이다. '모든 고물은 경성미술구락부로!'라는 구호는 헛소리가 아니다.

청자 출토지 답사하러 갔다는 마츠하라는 한 달이 지난 지금까지 소식이 없다. 해당 기관에서 강진, 개성, 강화도, 해주 등의 청자 출토지와 그 인근을 샅샅이 뒤졌지만 마츠하라 행방은 오리무중이라고 한다. 마츠하라한테 고용된 인부들을 조사하는 과정에서 드러난 새로운 사실만 자자하게 퍼졌다.

마츠하라가 공주 일대 고분을 파헤쳐 꺼낸 부장품 중에 금제 투각 신발과 동제종(銅製鐘) 등의 유물을 일본 소장자들한테 팔아넘겼다는 것과, 마츠하라 뒷배를 봐준 치들이 총독부 소속 고적 조사반이었다는 사실도 드러났다. 도굴을 눈감아 준 그들 덕분에 마츠하라는 조선 곳곳을 마음 놓고 파헤쳤으며, 도굴품 일부는 총독부 관료 몇 명 손에 넘어갔다는 게 드러나자 당국에서 조사에 나섰다고 한다.

후지노 아들이 후지노 소장품 일괄을 경성미술구락부에 경매 처분 의뢰를 했다는 소식이 돌자 마츠하라 이야기가 잦아들기 시작했다. 경성미술구락부 측이 후지노 소장품 특별 경매 절차를 밟는 사이 소장자들은 후지노 소장품 가격을 가늠하며 저마다 명품과 졸품을 선별하고 있었다.

종하는 후지노 소장품이 경매로 나온다는 발표를 듣고도 안심하지 못했다. 〈죽림한풍〉뿐만 아니라 골동품은 발이 없지만 잘도 옮겨 다녔다. 병신 초막에 있었을 〈죽림한풍〉이 곰보 지전으로 갔다. 곰보 지전에서 '명품상회'까지 갔다. 경성미술구락부에 들어가 있는 〈죽림한풍〉이 평양이나 회령, 만주, 일본까지 안 간다는 보장은 없다.

〈죽림한풍〉은 손끝에 닿을 듯 말 듯 종하 애간장을 태웠다. 잡으려면 멀리멀리 달아났다. 그야말로 〈죽림한풍〉은 바람이었다. 손에 쉬이 잡히지 않는 바람이었다. 〈죽림한풍〉이 경매에 나온다는 소식을 들었을 때 종하는 『병신유고』 필사본을 몇 번이나 읽었다. 두 번 다시 〈죽림한풍〉을 놓치지 않겠다는 다짐이 불끈할 때마다 『병신유고』 한 대목을 읊조렸다.

언제 좋은 시절이 다시 온다면 〈죽림한풍〉을 동치한테 꼭 줄 것이다. 어차피 〈죽림한풍〉은 동치 것이다.

'동치'라고 쓰인 자리에 '종하'를 끼워 넣으면 됐다. 병신이 말한 '좋은 시절'은 지금이다. 병신이 돌려주지 않아도 종하 스스로 〈죽림한풍〉을 돌려받을 터이다. 종하는 경매 날짜를 손꼽아 하루하루를 기다렸다.

*

"이제 들어갑시다."

종하는 손목시계를 보면서 최달구한테 말했다. 경매 시작 15분 전이다.

"내빈 여러분, 모두 경매장 안으로 들어와 주시기 바랍니다. 곧 1부 경매를 시작하겠습니다."

경매사 말이 흘러나오자 마당에서 삼삼오오 모였던 사람들이 서서히 움직였다.

"이번에는 막돌이 대리인도 내가 나서야 해."

"요시이 상 소식은 통 없소?"

"그 영감탱이는 도망간 게 분명해. 내 말 맞지? 요시이하고 마츠하라가 한통속이라고. 마츠하라가 잠적하니 요시이도 행적을 감췄잖아. 요시이가 잠적을 하든 말든 우리가 뭐 답답해? 그런 약아빠진 미꾸라지들은 없어지는 게 낫지."

종하는 요시이의 잠적이 답답하다. 종하는 누구보다 요시이 행방이 궁금해 미칠 지경이다. 요시이가 금동미륵반가상을 가져간 이상 그의 행방을 알아야 하는데 알 길이 없다. 요시이가 급히 전화 하라고 했다는 아내의 말에 종하는 그날 오전 내내 고민했다. 요시이한테 금동미륵반가상을 판다 해도 어차피 만 원에 훨씬 못 미친다. 요시이한테 불상을 팔 것인가 말 것인가 고민하느라 담배 한 갑을 다 피웠다. 〈죽림한풍〉이 마츠하라 손에 들어간 이상 돈을 많이 마련해야 하는 것 말고는 뾰족한 방도가 없었다. 종하는 최대한 돈을 많이 마련해 마츠하라한테 사정을 해보기로 작정하고 그날 오후에 요시이 가게로 갔다.

예상대로 요시이는 금동미륵반가상을 사겠다고 했다. 종하는 요시이가 금동미륵반가상을 4천5백 원에 사겠다는 말에 점박이와 계약파기를 하고 온 게 천만다행이라고 여겼다. 점박이한테 팔았다면 5백 원이나 손해다. 잔금을 빨리 좀 쳐주시오. 종하는 요시이가 내민 계약금 천 원을 받으면서 말했다. 며칠 내로 나도 어디서 잔금 받을 데가 있어. 그 잔금 받으면 바로 김 상한테 줄 테니 마음 놓고 기다려. 요시이는 계약서에 도장을 찍으면서 누른 이를 드러내놓고 웃었다. 종하는 그 전이라도 돈이 마련되면 잔금을 빨리 좀 쳐달라는 말을 한 뒤 요시이 가게에서 나왔다.

종하는 요시이 가게에서 나오면서 안주머니를 더듬었다. 안주머니에는 계약서와 돈 봉투로 두둑했다. 두둑한 봉투라도 만져야 비장품을 없앴다는 허전함을 달랠 수 있을 것 같았다. 심광옥은 과도한 빚을 감당 못해 죽은 게 아니었다. 애장품을 잃은 상실감을 견딜 수 없어서 목을 맸던 것이었다. 손가락 크기 만한 불상 하나 없앴을 뿐인데 영혼이 뿌리째 뽑혀 나간 것 같았다.

"생각해 보라고, 마츠하라가 경성에 나타난 뒤부터 요시이가 금속유물에 손대기 시작했어. 그러면 빤하지? 나쁜 새끼들! 요시이, 마츠하라 두 놈이 장물아비, 도굴꾼 출신인줄 알았지만 뭐 뾰족한 방법이 있나? 총독부하고 손발 맞춰 다해처먹는데. 지금쯤 그 두 놈은 중국에 가서 도굴하고 있을지 몰라."

마츠하라와 요시이를 둘러싼 소문은 갈수록 불어났다. 요시이가 가게 물건을 일본으로 먼저 보내고 잠적할 준비를 다 했다는 소문이 돌았지만 종하는 하루에도 몇 번씩 요시이 가게를 찾아갔다. 잠긴 문을 주먹으로 두드려보았지만 소용없었다. 점박이와 계약을 파기한 것을 저리게 후회했지만 어느 누구에게도 하소연할 곳이 없었다.

자네는 〈죽림한풍〉을 찾고 나면 또 다른 걸 찾아 나설 거야. 자신에게 올가미를 씌워 거기 끌려갈 또 다른 이유를 만들고 핑계를 만들 거야. 요시이를 찾아다닐 때마다 언젠가 심창수가 했던 그 말이 귀에 맴돌았다. 요시이야말로 덫이었다.

절대 옭혀들지 않으려고 조심했던 덫이었건만 빠져들고 말았다. 종하는 〈죽림한풍〉을 찾는 것과 관계없이 무조건 요시이를 찾아 나서야 한다.

"아저씨, 바쁘시면 가게에 들어가시오. 어차피 아저씨 이름으로 응찰할 거니까 나 혼자 알아서 하겠소."

"아침밥도 굶고 이래 나와 줬더니 꺼지라고?"

"오늘 낮에 오사카에서 손님이 온다면서요. 아저씨 마음은 지금 오사카 손님한테 가 있을 거니까 하는 말이오."

"내 알아서 해! 일단 들어가자고."

최달구는 담배꽁초를 휙 던지고 경매장 쪽으로 걸었다. 저만치 화단가에서 강석초가 소장자들과 담소를 나누고 있다. 종하는 얼른 최달구를 따라 발길을 돌렸다.

"김종하 씨, 잠깐 좀 봅시다."

종하가 경매장 건물 안으로 들어가려는데 뒤에서 강석초 목소리가 들렸다.

"먼저 들어가시오."

종하는 최달구를 돌아보며 말했다.

"자네들은 뭐 그리 속닥거릴 일이 많아? 곧 시작하니까 금방 들어오라고."

최달구가 안으로 들어가자 종하는 강석초를 따라 건물 한 귀퉁이로 갔다.

"김종하 씨, 내가 며칠 고민한 끝에 내린 생각이오, 들어 보시오. 결국 죽림한풍은 경매장까지 왔소. 오늘 우리 외에 누가 응찰할지 모르지만 어차피 죽림한풍은 우리 둘 경합으로 갈 가능성이 많소. 우리가 호가를 자꾸 부를수록 죽림한풍 값만 치솟을 것이고, 그리되면 우리 중, 누군가가 비싸게 낙찰받는 것은 빤하고, 수수료도 올라갈 것 아니오? 죽림한풍을 내가 낙찰받을 테니 김종하 씨는 가만히 있으시오. 전에도 말했지만 나는 곧 미술관을 지을 거요. 미술관이 완공되면 김종하 씨가 관리해주면 좋겠소. 그렇게만 해준다면 나는 마음 놓고 떠돌아다닐 것이오. 만주, 블라디보스토크, 상해, 모스크바, 일본 등을 돌아다니면서 돈을 벌고 조선 팔도에 흩어져 있을 내 조부 그림도 찾을 거요. 물론 당신한테 월급도 줄 것이오. 김종하 씨, 당신도 알다시피 나는 자식도 누구도 없소. 당신이 미술관을 끝까지 관리하다보면 미술관이 누구 앞으로 떨어지겠소? 이만하면 내가 많이 양보한 거 아니오?"

"그러니까 강 사장이 죽림한풍을 낙찰 받아 그걸 강 사장 미술관에 전시할 예정이니 나더러 호가도 부르지 말란 말 아니오?"

"그렇소, 미술관 관리는 당신이 하고."

"그렇게는 못 하겠소. 내가 미술관이나 관리하려고 지금까지 골동 바닥을 헤맨 줄 아시오?"

"내 말 그렇게 삐딱하게 듣지 마시오. 난 우리 둘 다 죽림한풍을 가질 수 있는 방법을 제안한 거요."

"그 제안 거절한다잖소."

미술관에 걸린 〈죽림한풍〉을 매일 본다고 해도 그것은 결코 종하 몫이 아니다. 강석초 소유물이다. 갖고 싶었던 것을 가지지 못하고 바라보기만 한다면 평생 허기와 갈증에 시달릴 터였다. 그의 소유가 아닌 〈죽림한풍〉은 그림이 아니라 애달픔이다. 세상 모든 그림을 대신해 단 한 점을 소유하겠다는 일념으로 찾아 헤맨 〈죽림한풍〉이었다. 그 단 한 점이 애달픔과 갈증이라면 안 보는 게 나았다. 없는 게 나았다.

"어서 들어오라고!"

최달구가 손짓을 했다. 종하는 바지 주머니에 손을 넣은 채 입구 쪽으로 성큼성큼 걸어갔다. 화단가에서 담배를 피우던 점박이도 경매장을 향해 걸어오고 있었다. 종하는 고개를 숙인 채 총총 걸었다. 점박이 앞에 선 종하는 밀정자가 된 기분이다. 오늘은 〈죽림한풍〉을 찾아야 한다. 상서로운 기운이 아니라면 모든 걸 외면해야 했다.

"병신 영감 그림이 이렇게 경매장에 나올 줄 누가 알았나? 아, 내가 그 영감 그림을 잘 챙겨놓지 못한 게 뼈골 쑤시네, 뼈골 쑤셔."

최달구는 아까 경매장 마당에서 했던 말을 또 꺼낸다. 그는 담배 피우는 내내 예전에 강석초 품에서 〈죽림한풍〉을 빼앗았을 때 잘 챙겼어야 했는데 그러지 못한 것을 뼈저리게 후회한다는 말을 몇 번이나 했다.

"오늘도 저희 경성미술구락부에 오신 내빈 여러분, 고맙습니다. 이번에는 후지노 소장품 일괄 처분으로 1부와 2부 순서로 나눠 경매하겠습니다. 먼저 경매에 들어가기 전에 후지노 상 소장품 일괄을 저희 회사에 의뢰해주신 후지노 가족들에게 심심한 감사 말씀을 올립니다. 후지노 상 소장품이니만큼 오늘도 경합이 치열하리라 예상됩니다. 여러분의 협조와 관심으로 이번에도 모두 낙찰되리라 믿습니다. 자, 그러면 1부 순서부터 시작하겠습니다. 여느 때와 마찬가지로 도록에 실린 순서대로 진행할 것입니다. 낙찰 받고 싶은 물건이 있으시면 응찰에 참여하셔서 호가를 불러주시기 바랍니다. 경성미술구락부 회원이 아닌 분들도 호가를 부를 수 있지만 응찰자가 대리인 이름으로 기록된다는 것은 여느 때와 같습니다. 자, 조선 화공이 그린 쥐라는 그림입니다. 재질은 비단입니다. 후꾸 5십 원이오!"

경매사 목소리는 힘찼다. 가로는 한 자반가량 길이이고, 세로는 한 자 약간 못 미치는 담채로 들쥐 두 마리가 큼지막한 참외를 파먹고 있는 그림이다. 참외를 파먹는 쥐와 밖에서 머리를 쳐들고 망을 봐주는 쥐 묘사가 세밀하다. 참외 옆에 바랭이 풀과 달개비 꽃 한 무더기를 그려 넣은 것은 또 다른 볼거리다.

"백 원!"

앞에 앉은 조선 소장자 중 누군가 소리쳤다.

"백십 원!"

"2백 원!"

"2백십 원!"

"2백삼십 원!"

호가를 부르는 사람들의 목소리는 군기가 바짝 든 군인 같았다.

"3백 원!"

변재만이었다.

"3백 원 불렀습니다. 또 어디 없습니까?"

"3백십 원!"

엄 원장이 힘차게 소리쳤다.

"3백오십 원!"

일본 소장가가 힘차게 소리쳤다.

"3백육십 원!"

엄 원장이었다. 경매장 안은 조용해졌다. 특별한 그림들 빼고 조선화공이 그린 것은 한 점에 천 원을 넘긴 적은 거의 없었다.

“4백 원!”

변재만이었다.

“4백 원! 더 없습니까?”

경매사는 좌중을 둘러보며 빠르게 말했다. 변재만이 쐐기를 박는 값을 부르면 그를 뒤따르는 이는 거의 없었다. 변재만이 호가를 부른다는 것은 무조건 그 물건을 낙찰 받겠다는 뜻이었다.

“예, 쥐라는 그림은 4백 원에 변재만 씨가 낙찰 받았습니다, 축하드립니다!”

좌중에서 박수가 터져 나왔다. 종하는 끼고 있던 팔짱을 풀었다.

“다음은 병신이라는 조선 화공이 그린 죽림한풍이라는 그림인데 보시다시피 그림은 매우 큽니다. 재질은 화선지입니다. 자, 호가를 불러 주십시오.”

경매사가 그림을 소개하는 동안 조수들이 바삐 〈죽림한풍〉을 벽에 걸었다.

“후꾸 오십 원!”

맨 앞에 앉은 사내가 시작 가격을 불렀다. 종하는 한 발짝 앞으로 움직이려 했으나 사람들로 막혀 꼼짝할 수 없다.

“저건 그림이 아니라 먹물 젖은 붓을 저 종이에 닦은 것 같아. 오십 원은 무슨.”

"쳇, 후지노 소장품도 별거 아니네. 저걸 그림이라고 소장했나?"

주변에서 수군대는 소리가 들렸다.

"육십 원!"

조선인 서예가였다.

"오백 원!"

강석초다. 어차피 자신이 낙찰받을 물건이라면 감질나게 호가를 올려 시간을 오래 끌고 싶지 않다는 뜻이다.

"오백 원입니다. 또 누가 없습니까?"

경매사 목소리는 빨랐다. 그는 어서 십여 점의 그림을 끝내고 싶을 터다. 그림 경매가 끝나면 부채, 책, 서안, 백납병풍 등의 경매가 줄줄이 남았다.

"저걸 백자 한 점 값이나 부르다니."

"오백 원 또 누가 없습니까?"

종하는 강석초를 쳐다보았다. 강석초도 종하를 보고 있었다. 강석초는 종하 맞은편 객석 둘째 줄에 변진만과 나란히 앉아 있었다. 종하는 강석초 눈빛을 읽었지만 외면했다. 종하가 호가를 멈춘다면 강석초가 〈죽림한풍〉을 오백 원에 낙찰받을 지도 모른다.

"육백 원!"

장단을 맞추듯 종하는 백 원을 올려 불렀다.

"칠백 원, 허험."

강석초는 호가를 부른 뒤 헛기침을 했다.

"천 원!"

종하가 소리를 질렀다.

"천 원? 저게 뭐 천 원 씩이나 부르지?"

"천 원, 또 누가 없습니까?"

"초보 환쟁이 습작품도 못 되는 저 그림, 어디를 봐서 천 원이냐고."

"천 원입니다, 또 없습니까?"

경매사는 일본 소장자들 좌석 쪽을 훑으며 빠르게 말했다. 사람들은 〈죽림한풍〉만 쳐다보았다.

"천백 원!"

강석초가 외쳤다.

"천삼백 원."

종하도 질세라 소리쳤다. 그는 땀에 젖은 손을 바지에 문질렀다. 복도에서 어슬렁거리던 사람들도 실내로 들어섰다.

"저게 뭔데 천삼백 원을 부르지?"

"저 그림을 그린 사람이 병신이라고 그랬나?"

"병신이 누구지?"

"모르지, 조선에도 화공이 많더라고."

"듣도 보도 못한 병신 그림이 천삼백 원까지 올라가 있다,

참으로 병신이 웃을 일이네. 내 눈엔 저 그림이 꼭 경성 뒷골목 주막에 붙은 도배지 같은데 말이야."

"예, 여러분께서는 지금 병신이 그린 죽림한풍이라는 그림을 두고 두 사람이 경합하는 것을 보고 계십니다. 후지노 상이 이걸 소장했던 이유가 있었네요. 경매장 열기가 너무 달아올라 있어 잠깐만 한숨 돌리고 가겠습니다."

경매사는 다시 경락봉으로 〈죽림한풍〉을 가리켰다.

"보시다시피 조선 화공들이 즐겨 그렸던 대나무 그림입니다. 문인화도 민화도 아니고, 그렇다고 진경산수화도 아닌 것 같습니다만. 그림을 다시 한 번 잘 살펴보시길 바랍니다."

"무슨 그림이 여백도 없냐 말이지."

누군가 중얼거렸다. 여백은 그림 밖의 세상으로도 충분하다.

"죽림한풍이라는 제목에서 나타나듯 대나무가 찬바람에 휘청대는 그림이지요. 사시사철 푸른 대나무지만, 대나무는 찬바람에도 꿋꿋하니 동양에서는 선비의 기개나 충신들의 절개를 상징합니다. 특히 조선에서는 대나무가 그런 상징이 더 강한 것 같습니다. 보시다시피 이쪽에 시커멓게 뭉친 검정색은 바람에 쏠려 뭉친 대나무잎들입니다."

경매사 역시 댓잎만 언급한다. 후지노도 〈죽림한풍〉에서 댓잎만 보았다. 댓가지를 쥐락펴락하는 바람을 이야기하는 자는 조부 말고는 없었다.

"천삼백 원, 또 없습니까?"

"천오백 원!"

강석초다.

"쿵!"

경매사가 마이크를 떨어뜨리자 바닥에 소리가 천둥처럼 들렸다.

"아니 죽림한풍이 어떤 그림이기에!"

"천오백 원이라니!"

"후지노 소장품이라고 덮어놓고 호가를 올려 부르는 거 아닌가?"

사람들이 여기저기서 수군거렸다. 종하는 숨이 막혀왔다.

"천오백 원, 또 호가 부르실 분 없습니까?"

"이천 원!"

종하는 힘껏 외쳤다. 강석초가 그를 뚫어져라 보고 있었지만 종하는 외면했다. 종하가 2천 원을 부르지 않았다면 강석초가 천5백 원에 낙찰받았을 터였다. 강석초 말 대로 그가 〈죽림한풍〉을 낙찰받고 종하는 그의 미술관 관리를 한다면 모든 게 수월할 터였다. 종하는 〈죽림한풍〉만이 아니라 병신 그림을 피천 한 푼 들이지 않고 언제든지 볼 수 있다. 강석초 말 대로 종하가 미술관을 관리해도 나쁠 것 없다. 그러나 종하는 미술관이 필요 없다. 그에게 필요한 것은 〈죽림한풍〉이지 병신 그림이 모인 미술관은 아니다. 간절히 갖고 싶었던 〈죽림한풍〉을 손에 넣는다면 삶은 여줄가리조차 풍만할 것 같았다. 종하는 〈죽림한풍〉을 찾으면 방에 걸어놓고 볼 것이다. 〈죽림한풍〉에서 불어오는 바람이 방안을 메운다면 숨소리조차 바람처럼 살랑거릴 것 같다.

"이천 원입니다, 또 없습니까?"

경매사는 손수건으로 이마를 닦으며 강석초를 보았다. 강석초는 입을 꾹 다문 채 가만히 있었다.

"어어, 경매 물건 가까이 다가오시면 안 됩니다. 자리에 앉아 주시기 바랍니다!"

직원들 몇 명이 〈죽림한풍〉 가까이 다가가는 사내들을 막자 경매사가 급하게 말했다.

"이천 원, 또 없습니까?"

종하는 잠바 안주머니를 더듬으면서 강석초를 바라보았다. 돈 봉투가 두둑하다. 4천 원 넘는 돈이 품에 있다, 어서 값을 외쳐! 종하는 강석초를 바라보며 속으로 부르짖었다. 요시이를 잡아들이면 잔금 3천5백 원이 더 생길 터였다. 딱 그 돈에서 1전 모자라게만 값을 부르라고!

"조선 사람한테는 병신이라는 화공이 유명한 모양이야? 그렇지 않고서야 저렇게 값이 치솟을 수가 있느냐 말이야."

"조용히 좀 해주시기 바랍니다. 자, 다시 한 번 이 그림을 보겠습니다."

"그냥 진행하시오!"

"김 빼지 말고 계속하라고!"

경매사가 경락봉으로 〈죽림한풍〉을 가리키려 하자 좌중 여기저기에서 소리쳤다.

"조선 사람들 정말 웃긴단 말이야. 청자는 거들떠보지도 않으면서 저런 얄궂은 나부랭이 갖고 목을 매는지, 암튼."

"덕분에 좋은 구경거리 생겼잖아."

"김종하, 그만해. 막돌이는 팔아치울 집이라도 있어서 저런다지만. 고래가 뛰니까 망둥이까지 뛰어서 되겠나."

최달구는 종하 팔을 흔들었다. 종하는 〈죽림한풍〉을 찾기 위해서 모든 것을 내놓았다. 여기서 물러선다면 게도 구럭도 다 잃는다. 무조건 〈죽림한풍〉을 손에 넣어야 한다. 이제 누구에게도 〈죽림한풍〉을 빼앗기지 않을 것이다.

"그럼 이 열기 계속 이어가겠습니다. 다시 호가를 불러 주십시오."

경매사는 강석초를 쳐다보면서 말했다. 모두들 강석초를 보았지만 그는 여전히 입을 다물고 있다. 어서 호가를 외치라고! 종하는 강석초 눈을 맞받으며 속으로 외쳤다. 종하는 철갑처럼 무거운 이 정적을 어서 강석초가 깨부수기를 바라며 땀으로 축축해진 손을 바지에 문질렀다.

"계속 불어야지, 뭐해?"

"이야, 오늘 뜻하지 않게 재미있는 구경거리 생겼어."

여기저기서 다시 수군댔다. 강석초가 입을 열지 않으면 〈죽림한풍〉은 2천 원에 종하가 낙찰 받는다. 그러나 〈죽림한풍〉은 2천 원짜리가 되어서는 안 된다. 그는 『병신유고』와 군접도 석점, 금동미륵반가상 등, 돈으로 환산할 수 없을 정도로 귀한 것을 다 내놓았다. 〈죽림한풍〉은 그 귀중한 것들을 모두 대체할 만한 값이어야 했다. 강석초가 호가를 부르지 않는다는 뜻은 그가 종하와 맞잡은 팽팽한 줄을 놓겠다는 거다. 종하는 그렇게 혼자 나가떨어지려고 여기까지 온 게 아니었다고 생각하며 경매장 정면을 쳐다보았다.

〈죽림한풍〉이 바로 코앞에 있다. 산 건너 물 건너 여기까지 왔다. 그는 〈죽림한풍〉을 뚫어질 듯 쳐다보았다. 그러나 〈죽림한풍〉에 불던 바람이 멎어 버렸다. 강석초가 호가를 멈춤과 동시에 대숲을 흔들던 바람이 멎었다. 어서 호가를 부르시오! 종하는 속으로 부르짖으며 강석초 쪽으로 고개를 돌렸다. 조바심에 찬 종하 눈빛에도 불구하고 강석초는 입에 풀칠을 한 것처럼 꾹 다물고 있다.

바람 없는 〈죽림한풍〉은 그림이 아니다. 종하는 〈죽림한풍〉이 알겨낸 바람 따라 여기까지 왔다. 때로는 바람에 휩쓸리기보다 장성처럼 가만히 서 있고 싶었다. 꿈을 향해 달려가는 게 고통이었다. 〈죽림한풍〉이 어느 집 아궁이로 들어가 불쏘시개로 쓰여 영원히 사라졌기를 안 바랐다고 말할 자신은 없다. 〈죽림한풍〉이 후지노한테 가 있다는 '명품상회' 주인의 말을 들었을 때 후지노가 〈죽림한풍〉을 없애버렸기를 바라지 않았다고 장담하지 못한다.

〈죽림한풍〉이 없어지면 꿈을 찾아 헤매지 않아도 된다는 생각에 잠길 때면 잠시나마 맘이 편했다. 그러나 후지노는 천년 묵은 암고양이처럼 〈죽림한풍〉을 품고 있었다. 〈죽림한풍〉이 생생하게 살아 있는 한 외면할 용기가 없었다. 무조건 덤벼들어 찾아야 했다.

"자, 이천 원입니다. 또 없습니까?"

경매사가 경락봉을 들고 소리쳤다. 종하는 강석초를 향해 2천 원짜리 〈죽림한풍〉을 찾기 위해 여기까지 온 게 아니었다고 혀를 달싹였지만 말이 나오지 않았다. 가진 돈을 다 쏟아붓고도 모자란다면 요시이를 잡아넣을 것이고, 그도 모자란다면 종하 자신을 잡힐 각오였다. 뭐하시오 당신 차례요. 어서 값을 불러보란 말이오! 종하는 강석초를 향해 소리치고 싶지만 입안이 바싹 말랐다.

작가의 말

혼자 노는 걸 좋아하는 내게 박물관만큼 좋은 놀이터는 없었다. 박물관마다 진열된 유물들은 저 나름의 소장 내력을 품고 있었다. 그림이나 도자기 한 점을 손에 넣기 위해 가산을 탕진한 사람들의 이야기에 솔깃해졌다. 특히 일제강점기 때 경성미술구락부 언저리에서 벌어지는 골동품이나 소장자들 이야기는 흥미진진했다. 마음에 품은 물건이 있으면 무슨 일이 있어도 손에 넣고야 말겠다는 사람들과 빚을 지면서까지 물건을 사는 이들이 정상으로 보이지 않았다. 그까짓 그림이나 도자기 등이 무엇이기에 모든 것을 바치거나 빚을 내면서까지 사 모을까 싶었다.

무언가를 광적으로 모으는 사람들의 마음을 들여다보고자 이 소설을 구상했다. 김종하와 강석초를 앞세우고 그들의 뒤를 밟았다. 인간은 욕망하기 위해 살지 욕망을 실현하기 위해

사는 것은 아니라는 그 평범한 진리를 말하기 위해 너무 많은 종이를 낭비하고 말았다. 오늘도 나는 경성미술구락부라는 세상을 서성인다. 언제나 그랬듯이 이번에도 내 깜냥으로는 결코 손에 넣을 수 없는 것들만 경매대에 올라와 있다. 손닿을 수 없는 것이야말로 가장 값진 보물이라는 것을 알지만 경매장에만 오면 그 사실을 곧잘 잊는다. 군침을 흘리고 주머니를 만지작거리면서 먼발치에 서서 경매대 위에 놓인 물건을 하염없이 본다.

소설을 다 쓰고 보니 미흡한 게 너무 많다. 독자들의 아량에 기댈 수밖에. 부족하나마 이 소설을 유물 보존을 위해 애쓰시는 모든 분들에게 바친다. 아울러 이 소설의 출간을 위해 애써주신 윤한룡 대표님과 실천문학사 편집위원들에게 감사드린다.

이병순

죽림한풍을 찾아서

2021년 12월 20일 1판 1쇄 인쇄
2021년 12월 20일 1판 1쇄 펴냄

지은이 이병순
펴낸이 윤한룡
편집 신한선
디자인 윤려하
관리·영업 이소연

펴낸곳 (주)실천문학
등록 10-1221호(1995.10.26)
주소 남양주시 퇴계원읍 퇴계원로 52 405호
전화 02-322-2161~3
팩스 02-322-2166
홈페이지 www.silcheon.com

ISBN 978-89-392-3096-5 03810

본 도서는 2021년 부산광역시 **부산문화재단** 지역문화예술특성화지원사업 지원금을 받아 제작되었습니다.